他们越驶越近，

将细节看得分明。

承载了细微之物的陆地

呈现出各种色彩，

不同的生命形态在经过了

四周的海上生活后迎面袭来，

令他们沉默良久。

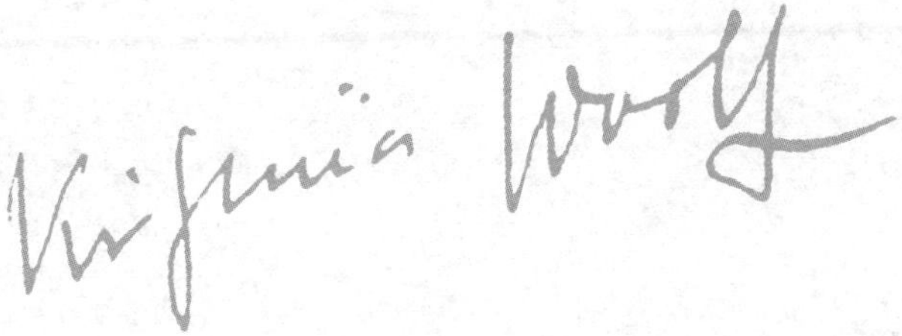

伍尔夫作品集

The Voyage Out

Virginia Woolf

远航（上）

[英] 弗吉尼亚·伍尔夫——著
孟雨慧 梁晨——译

華中科技大学出版社
http://www.hustp.com
中国·武汉

图书在版编目（CIP）数据

远航：上下 /（英）弗吉尼亚·伍尔夫著；孟雨慧，梁晨译. -- 武汉：华中科技大学出版社，2020.9

（伍尔夫作品集）

ISBN 978-7-5680-6341-8

Ⅰ. ①远… Ⅱ. ①弗… ②孟… ③梁… Ⅲ. ①长篇小说－英国－现代 Ⅳ. ① I561.45

中国版本图书馆 CIP 数据核字 (2020) 第 118759 号

远航：上下

Yuanhang：Shangxia

[英] 弗吉尼亚·伍尔夫 著

孟雨慧 梁晨 译

策划编辑：刘晚成

责任编辑：田金麟

责任校对：阮 敏

责任监印：朱 玢

装帧设计：璞茜设计 2815932450@qq.com

出版发行：华中科技大学出版社（中国·武汉） 电话：（027）81321913

武汉市东湖新技术开发区华工科技园 邮编：430223

印 刷：武汉精一佳印刷有限公司

开 本：880mm × 1230mm 1/32

印 张：21.25

字 数：306 千字

版 次：2020 年 9 月第 1 版第 1 次印刷

定 价：69.80 元（全 2 册）

华中出版

本书若有印装质量问题，请向出版社营销中心调换

全国免费服务热线：400-6679-118 竭诚为您服务

目录

CONTENTS

第一章

从河岸街通向维多利亚堤岸的街道可是相当狭窄的，最好不要手挽手地沿着街走。如果你执意如此，那么律师助理们恐怕就得一蹦一跳地在泥地里前行，年轻的打字员姑娘们会焦躁不安地跟在你身后。在伦敦的街道上，人们对美丽视而不见，怪异却总要承受苛刻的目光。还有，人最好别长得太高大，不要穿蓝色的长斗篷，左手也不要在空中乱拍。

十月初的一个下午，正值街道变得车水马龙，一个高大的男士挽着一位女士迈着大步走在人行道上。愤怒的目光纷纷扎向他们的后背。那些瘦小、焦虑的人们——和这对夫妇相比，大多数人看上去都很瘦小——身上别着钢笔，拎着沉重的公文箱，赶着准时上班去，还有周薪要领。也难怪他们会向安布罗斯先生高大的身形和安布罗斯太太的斗篷投去不友善的目光。可是，有某种魔力将这一男一女隔绝在了恶意与不受欢迎之外。从他张合的嘴唇来看，人们猜测他大抵是在思考；而她冰冷的双眼直视前方，视线高过了大多数人。人们猜想，她或许是沉浸在悲伤中。她只能靠着目空一切并做出不屑一顾的样子才能忍住眼泪，与行人的碰擦也显然令她觉得痛苦。她隐忍地盯着堤岸来往的车马，几分钟后又揪紧了丈夫的袖子，在川流不息地车辆中穿行。当两人安全地到达了另一头时，她轻轻地摆脱他的臂弯，同时放松自己的双唇，或是说颤抖起双唇来。她的泪珠紧接着就簌簌地滚落了下来。她双肘靠在栏杆上，并遮挡住自己的脸庞，将好奇的目光隔绝在外。安布罗斯先生试着安抚她。他轻拍她的肩膀，可她对此丝毫没有理会的意思。站在这个比他还要悲伤的人身边，安布罗斯先生感觉尴尬极了，他双手交叉背在身后，沿着人行道缓缓地踱步转圈。

堤岸向四周延伸出一个个凸起的坝角，如同一座座布道台。不过那上面并没有传教士，而是被一群小男孩占据了。他们甩绳子、丢石头，或是让纸团浮在河面上开始它的旅程。他们有着善于捕捉古怪事物的敏锐目光，觉得安布罗斯先生是一个糟糕的家伙。在他经过时，反应最快的那个机灵鬼大叫道：“蓝胡子[①]！”为了防止他们接着去调戏他的妻子，安布罗斯先生冲他们挥舞起手杖。看着这情形，男孩们认定他只不过是个怪人罢了，四个人索性齐声喊起了“蓝胡子”。

虽然安布罗斯太太一动不动地站了好久，久得异乎寻常，小男孩们还是放过了她。时常会有人一个劲地盯着滑铁卢大桥下的河流看；还有一对夫妻会在一个美好的下午站在那聊上半小时；大多数在这儿散步消遣的人都会沉思上三分钟，相比其他场合，人们大多是说上几句话便继续走路了。有时候威斯敏斯特的公寓、教堂，还有宾馆就如同薄雾中君士坦丁堡的轮廓一般。泰晤士河有时呈现出一种浓重的紫色，有时又是泥土般的颜色，有时又像大海一般泛着波光粼粼的蓝色。这个地方总是值得人们花费时间往下看，去瞧瞧下面正在发生些什么。可是这位女士既没有朝上看也没往下看。自她站在那里起，她唯一看见的东

① 蓝胡子（Bluebeard）：法国民间传说中的残暴丈夫，连娶多名妻子后将她们逐一杀害，第七名妻子逃脱了。

西就是一块色彩斑斓的斑点，中间有根细秆，缓缓地飘过去。隔着盈满眼眶的泪水，细秆与斑点在视线中游啊游啊。眼泪涌上来又落下去，洒进了河水里。随后一阵声响逼近了她的耳畔——

克鲁西姆的拉斯·波塞内王

以九大神祇起誓——

骚动声渐弱，好像说话的人经过她后又走远了——

塔奎因的元老院

势必不再蒙受冤屈。[①]

是啊，她明白自己必须回到现实中，可眼下她非得哭上一场不可。她把脸遮了起来，抽泣得更厉害了，她的肩

① 此处安布罗斯先生吟诵的诗歌名为《霍雷修斯》，为英国诗人麦考利创作的以古罗马历史为主题的叙事诗集中的一首。该诗集出版于维多利亚时代初期，作为吟诵与消遣的素材风靡一时，广为流传。

膀相当有规律地起伏着。她丈夫刚摆脱一个兜售明信片的男人，正走到锃亮的狮身人面像那里，转过身就看到了她这副模样，诗句便戛然而止。他向她走去，将手放在她的肩上，开口道："亲爱的。"他的声音非常恳切。可是她将脸别了过去，如同在说，"你根本就不会明白。"

正因为他没有离开，她不得不抹抹眼泪，抬起头望向河对岸的工厂烟囱。她还看见了滑铁卢桥的一道道圆拱，货车在上面穿梭，活像游戏射击场里出现的一连串动物。她茫然地望着它们，不过无论她看的是什么东西，都势必能止住她的泪水，让她走动起来。

"我情愿走路。" 当她的丈夫拦下了一辆已经坐了两名金融雇员的出租马车时，她开口说道。

走路将她已经稳定下来的情绪打破了。疾驰而过的汽车与其说是地球上的物件，它们更像是月亮上的蜘蛛。轰鸣的运货马车，丁零当啷的汉瑟姆马车①，还有小巧的黑色

① 汉瑟姆马车（Hansom cab）：由英国建筑师约瑟夫·汉瑟姆于1834年发明并获得专利的轻型二轮马车。由于其安全性与轻便性，在维多利亚时期遍布了英国的城市街头。

四轮马车，让她思索起这个她生活的世界来。就在那些尖塔上方的某个地方，炊烟从一座尖尖的小山丘中升腾而起，在那里她的孩子正呼唤着她，可得到的也只有几句宽慰。正是这些乱哄哄的街道、广场，还有公共建筑拆散了他们。此刻她只有一种感受，这座伦敦城中令她欢喜的事物寥寥无几。尽管她生命中的四十年里有三十年是在同一条街上度过的，她很会解读她身边的过路人：有在这个点互相登门拜访的富人；也有坚守岗位径直冲向办公室的工作者；还有闷闷不乐，势必做出些坏事的穷人。虽然还有几缕阳光穿透薄雾，可是衣衫褴褛的老头老太已经在长椅上打起了瞌睡，头沉沉地点着。当一个人不再去注意那遮盖万物的美丽外皮时，眼中所剩的也只有下面的森森白骨了。

蒙蒙细雨让她的心情更阴沉了。干着古怪行当的大篷车顶着同样古怪的名字——斯普鲁尔斯，锯末制造商；格拉布，每张废纸都让人称心如意——简直就是个糟糕的笑话。奔放的爱侣们躲在同一件斗篷下面纵情肆欲，在她眼里真是有伤风化。讲话总是很中听的卖花女们本安静地聚在一块儿，现在倒成了浑身湿透的老太婆。那些红色、黄色还有蓝色的花朵都挤在了一起，失去了光彩。不仅如此，她的丈夫迈着大步，步伐迅速带有节奏，还时不时甩起空着的那只手，不是像维京人就是像中了弹的纳尔逊[①]，这时几只海鸥改变了他的调子。

“里德利，我们坐车好吗？坐车好吗，里德利？”

安布罗斯太太不得不高声叫道，因为那时他已经走远了。

沿着相同的街道，稳稳的马车一路小跑，不久就带他们离开了西区，驶进了伦敦。这儿看上去就像是一个巨大的制造基地，人们就在这里一门心思地造些什么东西。就好像灯火通明的西区，透着黄光的巨大玻璃橱窗，精心修建的房屋，还有生气勃勃地在人行道上奔走的渺小人影，或是在街上穿梭的汽车，都不过是一件件制造品。在她眼中，这间巨型工厂制造出的成品如此微小；不知怎的，在她看来，这一切就如同挂在一件黑色大氅边缘的一道小小

① 纳尔逊（Horatio Nelson， 1758年—1805年）：英国海军上将，拿破仑战争时期的重要人物，在特拉法加战役中击溃法国与西班牙的联合舰队，但在此役中中弹身亡。

的金色流苏。

她看到这一路上再没有其他的汉瑟姆马车从身边经过了，有的只是大篷车和送货的四轮马车。在她眼里，成百上千的男男女女里没有一位绅士或淑女。安布罗斯太太这才明白，贫穷终究是件寻常事，这座伦敦城里更有着数不清的穷人。这个发现令她震惊，她又想到自己这一辈子都在皮卡迪利广场[①]打转，便在经过伦敦郡议会建造的夜校大楼的时候长舒了一口气。

“上帝啊，这是多么的惨淡啊！”她的丈夫嘟囔着，“可怜的人啊！”

想到她可怜的孩子，悲惨的穷人，还有这雨，她的心神就如同一道伤口被赤条条地晾在空气中一般。

这时马车停了下来，因为它现在有可能会像枚蛋壳一样被碾碎。宽阔的堤岸曾经容得下大炮和骑兵中队通过，如今却缩成了一条卵石小道，弥漫着麦芽和油脂的气味，

---

① 皮卡迪利广场（Piccadilly Circus）：伦敦市中心最著名的圆形广场，毗邻西区，与五条大街相连，当时为英国零售商店的聚集地，现在依然是伦敦最繁华的商业区。

还被运货马车堵得水泄不通。正当安布罗斯先生读着墙上写着出发去苏格兰的船次时刻表的布告时，安布罗斯太太在一旁尽可能地找寻信息。他们身处的这个世界充斥着满载麻布袋的运货马车，两人的身形几乎完全地没入了黄色的薄雾之中，没有人来帮忙，也没有人留意他们。奇迹出现了，有一位老人走向他们，猜到了他们的意图，提出要用他那艘停靠在楼梯洞下的小船把他们摇到大船那儿去。他们带着几丝犹豫，还是相信了他。他们在小船上坐好，没多久就来到了波涛起伏的河面上。伦敦收缩成了两道布满楼房的直线，方正的楼宇和椭圆形的建筑排成行，如同孩子用积木搭出的大道。

泛着混浊黄光的河水汹涌地奔流着。笨重的驳船靠着拖船的牵引迅速地漂浮而下。警察的小艇飞快地经过了所有船只。风顺着水流吹动。他们乘坐着没有顶棚的手摇小船，上下起伏地沿着繁忙的航道一路颠簸。划到中游时，老人将手搁在了船桨上，汹涌的河水冲刷着船桨，他说起了他一度载过许多人渡河的往事，而如今乘客却寥寥无几。他仿佛忆起了当年停泊在湍急的水波之上的小船曾载着一双双纤足，把人们送到罗瑟希德[1]的草坪上。

“现在他们都愿意从桥上过河了。”他指着塔桥那怪物般的巨大轮廓说道。海伦悲伤地看着他，是他用河水把她与她的孩子隔开的。海伦悲伤地望着逐渐靠近的那艘大船；她停靠在河的中流，他们几乎看不见她的名字——尤弗罗西尼[2]。

在十分暗淡的暮色中，他们能够看见一道道缆索，一根根桅杆，还有鼓起的深色旗子在风中飘扬着。

随着小船渐渐靠向汽船，老人摇起了桨，指着上方再次开口道，全世界的船在起航的那天都会升起这面旗。在两位乘客的心里，那面蓝色的旗子看上去是个邪恶的象征，正预示着不祥，尽管如此，他们还是站起身，收拾好东西，登上了甲板。

二十四岁的蕾切尔·温雷丝走下楼梯，来到了她父亲

① 罗瑟希德(Rotherhithe)：位于伦敦东南部，泰晤士河南岸的一个半岛。
② 尤弗罗西尼(Euphrosyne)：希腊神话中美惠三女神里代表欢乐的女神。西方的船只往往以神话故事中的女性神祇命名，同时也倾向于用女性人称“她”来指代。

船上的会客厅，站在那儿紧张地等候着她的舅舅和舅妈。首先，他们尽管亲缘深厚，可她却几乎记不得他们了；再者，他们是长辈；最后，作为她父亲的女儿，她必须得有所准备，要好好招待他们。她满心盼望着见到他们，就像一个文明人总会期待第一眼望见另一个文明人一样。尽管他们的到来似乎让她身上感到不自在——就像一只过紧的鞋子或是一扇漏风的窗。意料之外的是，她早已做好了迎接他们的准备。正当她专心致志地将叉子和餐刀一丝不苟地摆齐时，她听见一个男人阴沉地开口道：

“在黑夜里要有人从这个楼梯上一头栽下去，”还有一个女人接上话，“准会摔死。”

说着最后几个字时，女人已经站在了门廊那儿。她个子高挑，眼睛大大的，披着一条紫色的披肩。安布罗斯太太浪漫又美丽。她或许没什么同情心，因为她的双眼目视前方，对看进眼里的东西总有考量。她的脸庞比希腊人的更柔和，也比一个寻常的英国美女更粗犷。

“噢，蕾切尔，你好！”她说道，上前握了握手。

“你好吗？亲爱的。”安布罗斯先生开口道，他把额头向前凑去，接受她的亲吻。他的外甥女自然而然地喜欢上了他瘦骨嶙峋的身形和他硕大的脑袋，以及那双明锐且纯真的眼睛。

“跟佩珀先生说一声。”蕾切尔向佣人吩咐道。这对夫妇随即在桌子的一侧落座，他们的外甥女则坐在了对面。

“我父亲叫我先开饭，”她解释道，“他正忙着和船员……你们认识佩珀先生吧？”

这名矮小男人弯折的腰就像被一道狂风刮过的树木。他悄悄走进来，向安布罗斯先生点头致意，和海伦握了握手。

“有风。”他说着将大衣的领子竖起来。

“你的风湿还没好？”海伦问道，她的嗓音低沉又性感。尽管用了漫不经心的口吻，城镇与大河的景象依然在她的脑海中浮现着。

“一旦得了风湿恐怕就再也好不了啦，”他回答说，“某种程度上来讲，这取决于天气，不过没多少人会考虑到。”

“不管怎么说，这病死不了人。”海伦说道。

“一般来说，死不了。”佩珀讲。

“来些汤吗，里德利舅舅？”蕾切尔问道。

“谢谢你，亲爱的。”他回道。他一边将盘子递出去，一边出声地叹息着：“啊！这孩子跟她母亲长得不像。”海伦没来得及用圆底酒杯敲击桌子，好让发出的声响盖过蕾切尔的耳朵，不至于让她听了尴尬得涨红了脸。

“瞧这佣人打理的花儿呀！”她慌张地开口道。她将一只绿色的皱口花瓶拉到面前，开始把一枝枝花瓣浓密的小菊花从里面抽出来，把它们放在桌布上，一丝不苟地一枝枝摆好。

一时间寂静无声。

“你认识詹金森吧，安布罗斯？”佩珀先生在桌对面问道。

“彼得学院①的詹金森？”

“他死了。”佩珀先生说。

“啊，天啊！我认识他，好多年前的事了。”里德利说道。“他是那桩平底船事故里的英雄，你记得吗？他不按常理出牌，娶了一个烟草商的女儿。住在苏格兰的沼泽

① 彼得学院（Peterhouse）：剑桥大学的一个学院。

地区——再没听说过他过得怎么样了。”

“酗酒——嗑药，”佩珀先生言简意赅却不怀好意地答道，“真是可悲啊，混得一塌糊涂，别人告诉我的。”

“那人确实有些真本事的。”里德利说。

“他为杰勒贝的介绍依然占有一席之地呢，”佩珀先生继续说着，“这挺令人震惊的，看看教科书的变化。”

“里面是不是有一个关于行星的理论？”里德利先生问道。

“我想他脑袋里肯定有根筋搭错了。”佩珀先生说着摇了摇头。

这时整张桌子晃动了一下，舱外的光线变了方向。与此同时，刺耳的电铃响了一遍又一遍。

“我们起航啦。”里德利说。

一道细微却可感的水浪似乎在地板下滚动，它沉了下去，随后，又有一道更明显的浪过来了。灯光堪堪掠过了没遮帘子的窗户。整艘船发出了一声忧伤的呜咽。

“我们出发啦！”佩珀先生说。其他的船只和它一样悲伤，在外头的水面上应和着它。河水坦荡荡地发出咯咯的轻笑与嘶嘶的吐息。船身起伏着，端着餐盘的乘务员不得不扯住帘子来维持平衡。一时间寂静无声。

“卡茨的詹金森——你和他还有联系吗？”安布罗斯问道。

“差不多就那样吧，”佩珀先生说，“我们每年碰一次头。今年他的妻子不幸去世了，当然啦，见面时充满了悲伤。”

“确实很悲伤啊。”里德利附和道。

“我记得他还有个未出嫁的女儿替他管理家务，可是一切都不再一样了，在他这个年纪都不一样了。”

两位绅士一边意味深长地点点头，一边啃起了自己的苹果。

“他曾有过本书是不是？”里德利问道。

“曾经是有本书，但之后再也不会有了。”佩珀先生恨恨地说着，引得两位女士看向他。

“再也不会有那本书了，因为有某个人已经替他写了，”佩珀先生语气极酸，“这就是做事拖延的结果，采集化石啦，在人家的猪圈上修补诺曼式圆拱啦。”

“我承认我对此抱以同情，”里德利忧伤地叹了口气，“我对这类开不了工的人总是很心软。”

“……一生的累积都浪费了，”佩珀先生继续说道，“他积累的收藏都够堆满一间谷仓了。”

“我们有的人逃避了，真是罪过，”里德利说，“我们的朋友迈尔斯如今又有了一项新成果。”

佩珀先生酸溜溜地嗤笑了一声。“据我推测，”他说道，“他一年写了两卷半，算上他酝酿所花费的时间，称得上是一桩可圈可点的事业了。”

“是啊，老校长对他的评价真是全部应验喽。”里德利说道。

“某种程度上来说确实如此，”佩珀先生说，“你知道布鲁斯的收藏吗？——当然啦，不公开的。”

“我想我不清楚，”里德利意味深长地说，“他作为一名神职人员——真是相当的自由啊。”

“比如，内维尔路上的泵？”佩珀先生问道。

“恰是如此。”安布罗斯说道。

在座的两位女士，沿袭女性风尚，在不听男人讲话的情况下，老练地让他们的对话进行下去，心中却各有所思——孩子们的教育，或是在歌剧院里怎么用雾笛——全都可以做到不露声色。海伦唯一想到的就是，作为女主人的蕾切尔似乎过于沉默了，她应该着手做些什么。

“不如——？”她拖长了尾音说着。她俩起身离席，倒让两位绅士暗地里吃了一惊。他们不是以为她们听得过于专注，就是早已忘记同在席上的这两个人。

“啊，人们总是能讲些昔日里的古怪故事。”她们听见里德利正重新坐回椅子里时这样说道。她们转头看向门廊，只见佩珀先生似乎突然松脱了衣服，成了一只生气勃勃的丑恶老猿。

女人们用面纱裹住脑袋，走上了甲板。他们正沿着河流缓缓航行，经过了一艘艘驻船投下的阴影。伦敦是一团光，还盖着一只从上面耷拉下来的淡黄色顶棚。那里有着大剧院的灯光，有着长街的灯光，有着大广场的灯光，透着家庭的和乐融融，还有挂在空中的灯光。从未有黑暗能够降临到这些灯火之上，过去几百年里的黑暗也未曾做到。这座城镇竟能够在同一处地方永远燃烧着，这看上去很可怕；

至少对于离开陆地去海上冒险的人来说是可怕的，在他们眼中，这座被圈起来的土丘永远地燃烧着，留下了磨灭不去的伤疤。从汽船的甲板上望去，这座伟大的城市看上去就是一个蜷缩着的胆小鬼、一动不动的守财奴。

两人并肩倚靠在栏杆上，海伦问：“你不冷吗？”蕾切尔顿了一秒接着说道：“不冷……多美啊！”风景几乎不可见——有几根桅杆，在这儿有一片陆地的影子，那儿还有一串明亮的窗户。她们试着让自己迎风而立。

“刮起来了——刮起来了！”蕾切尔喘着气说，声音却顺着喉咙被风压了下去。一旁在风中挣扎的海伦却突然冒出一阵冲动，把长裙在膝盖周围一裹，双手抓着头发，向前冲去。可是这一阵陶醉的冲动渐渐地消逝了，风变得狂野阴冷起来。她们透过一道百叶窗的细缝朝里面看去，只见男人们在餐厅里抽着长长的雪茄；她们看见安布罗斯先生重重地瘫坐在椅子里，佩珀先生遍布皱纹的脸仿佛是由木头雕刻出来的。一阵粗放的大笑飘向她们，又立刻被湮没在风中。在这间黄色灯光通明的屋子里，佩珀先生与安布罗斯先生显然是忘却了所有的骚动；他们身在剑桥，那时间大约是在一八七五年。

“他们是老朋友了，”海伦微笑地看着这一幕说道，“现在，可有一个房间让我们坐坐？”

蕾切尔打开了一扇门。

“与其说是房间，这儿更像是一个楼梯平台。”她说。实际上，这间房间与岸上封闭安静的房间完全不同。中央安了一张桌子，四周固定有椅子。热带的阳光刚好将挂毯的颜色晒褪成了蓝绿色。装饰着贝壳的镜子边框出自乘务员的巧手，在南部海洋上航行的时光漫长无聊，它倒显得古雅别致却不丑陋。壁炉架上装点了长着红色唇边好似独角兽犄角的螺旋状海贝，还盖了一块边缘垂着几颗小球的紫色长绒毯子。有两扇敞开的窗户正对甲板，汽船在亚马孙的烈日下炙烤时，穿过窗户的阳光将对面墙壁的挂画颜色晒褪成了淡黄色，罗马斗兽场与逗弄西班牙猎犬的亚历山德拉皇后这两幅画几乎也分不清了。壁炉边的一对柳条椅引得人们想要凑到炉架前，点燃金色的刨木屑暖暖手。一盏巨大的灯悬在桌子上方——就是这种灯让文明之光闯过黑暗的田野来到了乡野间行者的手中。

“大家竟然都是佩珀先生的朋友，真是奇怪。” 蕾切尔紧张地开口说道，现在的氛围十分尴尬，房间里很冷，而海伦又异常沉默。

“我猜，你是想当然地把他当作那种人了？”她的舅妈说。

“他就像这玩意。”蕾切尔说，开灯照亮了一条盆里的鱼化石，并向她展示起来。

“我想你是太过严苛了。”海伦说。

蕾切尔即刻试图证明她所说的并非本意。“其实我不太了解他。”她说，以事实来遮掩，她相信年长者喜爱事实多过情感。她简述了一堆自己对威廉·佩珀的了解。她告诉海伦，他们在家时他总会在周日拜访他们，他知晓好多好多事情——数学、历史、希腊语、动物学、经济，还有冰岛的萨迦史诗。他曾将波斯语的诗歌转译成英语散文，将英语散文转译成希腊语的抑扬格诗；他还是个研究硬币的专家；还有——还有一样东西——噢，对了，她记得那个是叫车辆交通学。

他要么就是研究在海里的东西，要么就是推测奥德修斯[1]的航线，因为希腊语永远都是他的爱好。

“我有他所有的小册子，”她说，“小册子。黄色的小书。”看来她应该是没有读过。

“他谈过恋爱吗？”海伦问，她选定了位子坐下。

她出人意料地问到了点子上。

“他的心就是一只旧鞋皮做的。”蕾切尔扔下鱼说道。可被问到这个问题时，她也承认自己从未问过他。

“我得问问他。”海伦说。

“上次我见你时，你正在买钢琴，”她继续说着，“你还记得吗——那架钢琴，阁楼上的那间屋子，还有那盆巨大的带刺植物？”

“是啊，我姑妈说钢琴会穿过楼层砸下来，可到了她们那个年纪还会害怕在晚上被杀吗？”她问。

“我前不久还收到贝茜姑妈的来信，”海伦说，“她担心你这样长久地坚持练琴会毁了你的胳膊。”

① 奥德修斯(Odysseus)，是古希腊神话中的英雄，史诗《奥德赛》的主角。他曾参加特洛伊战争，献计攻克了顽抗十年的特洛伊。战争结束后，他在海上漂流了十年，经历无数困难终于重返故乡。

“前臂的肌肉而已——弄伤了后我就结不了婚了？”

“她也没说得那么严重。”安布罗斯太太回道。

“噢，不会——她当然不会这么说。”蕾切尔叹了口气说。

海伦望着她。她一脸软弱缺乏坚定，只剩下一双死气沉沉的大眼睛带着疑问的目光。她不漂亮，原是因为她躲在屋里，缺失了血色与鲜明的轮廓。此外，她讲话支吾，更确切地来说，她的词不达意更显得她不及她的同龄人。说话一向很随意的安布罗斯太太现在想到，她自然不会指望在船上的这三四个星期能和蕾切尔产生亲密的感情，不过现在这个想法危险了。与和她年龄相仿的女人交往往往令她生厌，她猜和女孩子在一块儿或许更糟。她又瞟了蕾切尔一眼。没错！毫无疑问，她是如此优柔寡断、多愁善感。当你跟她说点什么时，对她产生的影响不会比拿根棍子打一下水面的效果来得更久。女孩身上没有什么抓得住的东西——没有什么坚固、永久且令人满意的东西。威洛比说的是三周，还是四周来着？海伦试图回想。

然而，在这时，房门开了，一个高大结实的男人走进房间。他走上前，带着一种真诚热烈的情绪握了握海伦的手。这就是威洛比本人了，他是蕾切尔的父亲，海伦的姐夫。这么多肉本应该是长在一个大胖子身上的，然而他的骨架十分巨大，可人并不胖。他的脸盘也很大，从小小的五官与凹陷发亮的脸颊来看，这张脸更适应与肆虐的天气抗衡，但是并不善于表达情感与情绪，或是回应他人的情绪。

“你们能来真是太好了，”他说道，“我俩都很高兴。”

蕾切尔在她父亲的眼色下顺从地喃喃了几句。

“我们会竭尽所能让你过得舒舒服服的，还有里德利。能招待他，我们深感荣幸。佩珀需要一个来驳斥他的人——反正我是不敢。你发觉这孩子长大了，是吧？成了个大姑娘了，嗯？”

他依然握着海伦的手，又将手臂环上了蕾切尔的肩，这个姿势把他们凑得极近，让人不舒服，可是海伦忍着不去看他们。

“你觉得她会符合我们的期望吧？”他问。

“噢，会啊。”海伦说。

“因为我们对她有很高的期许。”他继续说，捏了把他女儿的胳膊又放开了她。“不过现在该说说你了。”他们并排坐在了一张小沙发上。“你有好好与孩子们道别吗？他们该上学了吧，我想。他们像你还是像安布罗斯？他们肩上的小脑袋我看肯定很灵光吧？”

说到这个，海伦立刻前所未有地显出了容光焕发的一面，说道，她儿子六岁了，女儿十岁了。每个人都说儿子像她，女儿像里德利。至于头脑嘛，他们都是机灵鬼，她想。她还稍微讲了一个关于她儿子的小故事。就在大人走开的没一会儿工夫里，他抓了一块黄油，带着它一路跑过房间，把它放进了火里——就为了找乐子，她能够理解这种感受。

“可你得让这个小鬼知道不该玩这种把戏，嗯？”

“和一个六岁的孩子说吗？我觉得这没有关系啊。”

“我是个老派的父亲。”

“胡说，威洛比。蕾切尔知道得更清楚。”

毫无疑问，威洛比想要他女儿赞扬他几句，可是她并没有。她的眼神毫无波澜，手指依然拨弄着那块鱼化石，她正神游天外。长辈们继续探讨着如何能令里德利觉得更舒服的安排——给他设了张桌子，抬头就能看见海，远离锅炉，同时也把他与来往的游客隔绝开来。他打包了所有的书，除非他把这次远航当作假期，不然他就完全没有假期了。因为出于经验，海伦知道，自出发去圣玛丽娜的那一刻，他就会整日埋首工作。他的箱子，海伦说，全都装满了书。

“交给我！——交给我！”威洛比说，显然他打算做的要比海伦向他要求的还要多。不过这时传来了里德利与佩珀在门口发出的声音。

“你好啊，温雷丝？”里德利一进门便伸出了一只孱弱的手招呼道，仿佛这次会面的两人都透着忧伤，不过总体来看他更忧伤一些。

威洛比依然保持着他真挚的热情，还怀揣着敬意。一时无话。

“我们刚才朝里看的时候，瞧见你们在笑，”海伦说，“佩珀先生刚刚一定是说了个极好的故事。”

“呸。没一个故事是好的。”她丈夫不耐烦地说道。

“依然还是一个严苛的评委吗，里德利？”温雷丝先生问。

“是我们让你们觉得无聊了，所以你们便走了？”里德利直接向他妻子问道。

这话确实没错，海伦不打算否认，她便接着说："那我们走了以后交谈有没有变得好些？"不幸的是，回答她的是她丈夫垂下的双肩："要有变化的话，也是变得更糟了。"

现在的气氛让每个人都觉得相当不舒服，长时间的压抑与沉默足可以证明这点。佩珀先生着实另辟蹊径，一跃蹿上自己的位子，把两只脚缩到自己身下，活像一个见了老鼠的老姑娘，原来是冷风刺痛了他的脚踝。他坐在那儿，吮吸着自己的雪茄，双臂环住膝盖，看上去像一尊佛像。他坐得高高的，开启了自己的长篇大论。他没有在对谁讲，因为没有人想要他说话。他讲起了大海的深不可测。当他听闻温雷丝先生有十艘在伦敦与布宜诺斯艾利斯往返的大船，却没有派一艘去调查深海的巨型白色海怪时，他表示大为震惊。

"没有，没有，"威洛比笑道，"这世上的怪兽够我受的了！"

蕾切尔发出一声叹息："可怜的小山羊哟！"

"如果不是因为有山羊，那么连音乐都没有了，我亲爱的，音乐全仰赖山羊了。”她父亲尖锐地说道。佩珀先生继续描述着那些白色无毛的瞎眼怪兽，它们蜷缩在深海的沙脊上，如果你把它们带上海面，它们就会爆炸。当失去压力时，它们身体的一侧会爆开，内脏四散向空中。他讲述了诸多细节，展示了大量学识，让里德利感到无比恶心，恳求他别说了。

看了这一切，海伦得出了自己的结论，相当悲哀的结论。佩珀是个讨厌鬼；蕾切尔是个不像样的姑娘，她无疑是相当自信，说的第一句话就是：“你知道的，我跟我父亲处得不好。”威洛比一如往常，热爱他的生意，建造他的帝国。和他们在一块儿，她会感觉相当无聊。作为一个行动派的女人，她还是站起身，表示她应该上床睡觉了。她走到门后本能地回望了蕾切尔一眼，希望在场仅有的两个女人能够一同离开。蕾切尔起身，茫然地看着海伦的脸，支支吾吾地轻声道：“我准备出去吹……吹吹风。”

安布罗斯太太最糟糕的怀疑成真了。她沿着过道跌跌撞撞地走着，她一会儿用右手扶着墙，一会儿又用左手扶着墙。每走一步，她都恨恨地大喊一句，“该死！”

第二章

也许是，或者说肯定是因为佩珀先生的被褥不够，再加上一路的颠簸与咸咸的空气，这个夜晚过得并不舒服。这样一来，翌日早晨的早饭就显得相当美妙了。起航了，在淡蓝色的天空下，在宁静的海面上，愉快的旅途开启了。尚未探索的感觉，想要开口却驻在唇边的话语，将这个时刻变得意味深长。因为在未来的日子里，这个场景成了整个旅程中最具代表性的画面，其中还多多少少夹杂着前一夜漂浮在水面上的轰鸣汽笛声。

苹果、面包和鸡蛋丰盛地摆满了一桌。就在海伦把黄油递给威洛比时，她瞟了他一眼，暗忖道："我想，她嫁给了你，她是快乐的。"

她沉浸在一连串熟悉的思绪中，又被带进了各种铭记于心的场景，思考起最初的那个问题，为什么特里萨嫁给了威洛比？

“当然啦，大家都看在眼里呢。”她想道。她的意思是说大家都看得见他高大魁梧的身形，还有一副嘹亮的好嗓门、一对铁拳与独立的意志。“不过——”想到这儿，她又陷入了一番对他的细致分析，用一个词完美地来形容就是“多愁善感”。她的意思是说，他从未简单真诚地正视过自己的感受。举例来说，他几乎从来不提起亡妻，却以豪华的排场来度过纪念日。实际上，就像她之前总是怀疑他欺凌过他的妻子一样，怀疑他对女儿异常凶暴。她不由自主地开始将自己的命运与她朋友的做起了比较，只因威洛比的妻子算是海伦勉强能称之为朋友的女人。而这番比较常常作为她们的谈资。里德利是位学者，威洛比则是个生意人。里德利的第三卷品达诗集刚出版时，恰逢威洛比的第一艘船下水。他们建造新工厂的那年正好也是亚里士多德的评注本（是这个吗？）在剑桥大学出版社出版的那年。“还有蕾切尔。”海伦看着她，定是要得出个结论。另一方面，因为双方的实力过于均等，她只好摆出了蕾切尔比不上她的孩子的事实。“她真该只有六岁。”这便是她所有的评价。不过除了这女孩那张圆滚滚、没有轮廓的小脸，其他的也无可指摘了。要是蕾切尔会去思考、感受、大笑，或是自我表达，而不是为了观察水滴的形状就让牛奶从高处滴下来，她或许会是个有趣的女孩，尽管生得不太漂亮。她长得像她母亲，与她母亲在宁静夏日的水池中映照出的那张生动、绯红的脸颊一模一样。

与此同时，海伦自己也在被别人审视着，尽管目光并非来自她的任何一个牺牲品。佩珀先生正打量着她。他一边把吐司切成小块，干脆地给它们抹上黄油，一边在沉思，思索自己那特别冗长的一生。锐利一瞥后，他更确信前一夜自己的判断没错——海伦是个美人。他殷勤地把果酱递给海伦。她正在扯些废话，无非就是人们吃早饭时经常聊的那些。他大脑的血液循环令他吃过苦头，而这个时候正打算找他的麻烦。他秉持原则，向她继续说着“不”，因为他从来没有因为性别而向哪个女人屈服过。现在，他把目光落到了自己的盘子上，思考起了自己的一生。他有充分的理由不结婚，只因为他还没遇上一个值得他尊敬的女人。他无奈地在孟买的一座火车站里度过了自己多情敏感的年轻岁月，在那儿他只见过深肤色的女人，女军人和女官员。他理想中的女人就算不会波斯语，也要会读希腊语，要有一张无可挑剔的漂亮脸蛋，还要明白他脱衣服时玩的小情趣。实际上，他已经沾染了一些自己丝毫不以为耻的习惯。每天，他总要花上几分钟去用心地学些东西。他每次取票都要记下号码。他在一月里全情投入于佩特罗尼乌斯[①]，二月给卡图卢斯[②]，三月或许属于伊特鲁里亚[③]的花瓶。总之，他在印度干得不错，除却一些聪明人并不会感到遗憾的基本缺陷，他依然把握住了当下，所以这一辈子没什么遗憾。他这么想完便猛地抬起头露出微笑。蕾切尔捕捉到了他的眼神。

“我猜，你还在琢磨那点陈芝麻烂谷子的事吧？”她心里想着，但还是礼貌地出声问道，“你的腿今天还疼吗，

---

① 佩特罗尼乌斯（Aius Petronius，大约 27 年—466 年）：罗马帝国朝臣、抒情诗人、小说家，生活于罗马皇帝尼禄统治时期。据说是《讽世录》一文的作者。

② 卡图卢斯（Catullus，约公元前 87 年—约公元前 54 年）：古罗马诗人，他继承了萨福的抒情诗传统，对后世诗人如彼特拉克、莎士比亚等产生了深远的影响。

③ 伊特鲁里亚（Etruria）：处于意大利中部的古代城邦国家。伊特鲁里亚被认为是伊特拉斯坎人（Etruscan）的国家，后来被古罗马人吞并了。伊特鲁里亚在公元前是意大利半岛上一个重要城市，古罗马的伊特鲁里亚时期是其鼎盛时期。

佩珀先生？”

“你是说我的肩胛骨？”他问，说着痛苦地动了动肩，“美景对于给我苦头吃的尿酸水平毫无影响。”他叹了口气，凝视着对面的椭圆形窗格，窗外是蓝天碧海。与此同时，他从口袋里掏出一小捆羊皮卷，放在桌上。显然，他期待着别人对此发表意见，于是海伦便问他那是什么书。她知晓了它的名字，却也收获了一大通关于如何正确修路的专题论述。他从古希腊人说起——他们有不少麻烦要应付，他说道。接下来，他又讲到了罗马人，再说到了英国。他说，开始时是正确的方法，可它们很快就出了岔子。讲到这里，他将当今所有的筑路商都狠狠地批判了一番，尤其痛斥了里士满公园的筑路商。佩珀先生每天用早饭前都习惯去那里骑会儿自行车。搅动的勺子把咖啡杯碰得叮当作响。佩珀先生的餐盘旁至少垒着四只小面包的面包芯。

“卵石！”他总结道，恶狠狠地把另一只面包的面包芯垒了上去 。“英国的路都是拿卵石铺的！‘只要下一场大雨，’我早就跟他们说过，‘你们的路就全都淹了。’被我一次又一次地说中，但你觉得在我跟他们说这话时，他们听进去了吗？ 我给他们指明后果，那可是事关国库的，还提议他们去读读科里菲尔斯的书，他们听了吗？并没有，安布罗斯太太！你没在自治市议会待过，根本见识不到人类的愚蠢！”小个子男人凶狠地瞪着她。

“我有佣人，”安布罗斯太太聚焦起目光说道，“我跟前还有个保姆，人倒是不错，可她执意要让我的孩子祷告。亏得我不遗余力地照看，他们目前还把上帝当成是一种海象；可如今我既已不在他们身边——里德利，”她转过身向丈夫问道，“我们回家后要是发现他们又念起主祷文了，该怎么办呀？”

里德利发出了一小声“呸”。可威洛比听着也不舒服，他身子轻轻一晃，尴尬地开口说：“哎，真的，海伦，一点点宗教信仰伤害不了谁的。”

“我倒宁愿我的孩子撒谎。” 她回应道。威洛比沉浸在思绪中，他弟妹比他记忆中还要古怪。她把椅子往后一推，匆匆地跑下楼。不一会儿他们又听见了她的声音，“噢，瞧呀！我们在大海中央了！”

他们跟着她来到甲板上。所有的烟雾与房屋都不见了，汽船航行在一片空旷的海域上。大海澄澈又清新，颜色却在晨曦中显得黯淡。他们离开了一片泥泞的伦敦。一道极细的影子稀疏地落在地平线上，其厚度勉强能承受住巴黎的重量。尽管如此，它还是扛住了。没有了道路，没有了人，他们感受到了自由，因此四周洋溢着相同的兴奋之情。汽船缓缓前行，细浪轻轻拍打着它，破开的水面又如沸腾了一般嘶嘶作响。它一路在两侧留下了一小串泡泡与水沫。上方十月的天空没有颜色，只有稀疏的云。空气仿佛经过了一道柴火的熏烤，透着美妙的咸味与凛冽。其实甲板上冷得根本站不住。安布罗斯太太将手臂探进了丈夫的怀里。两人走开了，可以看见她凹陷的脸颊朝他别着，似乎要谈些私事。他们走了几步，蕾切尔看到两人在接吻。

她低头向大海的深处看去。海平面仅是被航行而过的尤弗罗西尼稍稍打扰，海面之下却是一片浓绿与昏暗，而且愈来愈暗，到了海底的沙地，只剩下一片看不清的昏暗。人们只能依稀看见沉船的黑色船骨，或是由爱掘洞的大鳗鱼建造的螺旋形高塔，抑或是游过的光滑绿皮怪物，时不时地闪着光。

“对了，蕾切尔，要是有人想找我，告诉他我要到一点钟才有空。”她的父亲说道，一如既往地带着不容反驳的口吻。和女儿讲话时，他在她肩上重重地拍了一下。

“要到一点钟，”他重申，“你会给自己找点事情做的，嗯？弹弹琴，看看法语，看看德语，嗯？佩珀先生知道的离合词比全欧洲的男人知道的都多，嗯？”他大笑着走开了。蕾切尔也笑了，实际上她从记事起，便这么笑开了，也不去想那有趣与否，只因为她仰慕自己的父亲。

正当她环顾四周，想着给自己找些事情干时，她被一个女人挡住了去路。那女人又胖又壮，挡了蕾切尔的路，躲都躲不掉。从她小心翼翼又踌躇不前的步子，还有那身朴素的黑裙可以看出，她来自更下一层的阶级。尽管如此，她还是如磐石一般立在那儿。她四下张望，确认了周围没有其他上流人士在场后，才准备开口。她要讲的是关于床单的情况，这可是重中之重。

“我们到底该怎么熬过这次航行，蕾切尔小姐，我真不知道，”她摇了摇头开始讲话，“只有床单是够分的。老爷的那条有一块地方破极了，用手指可以一戳一个洞。

还有床罩。你注意到床罩了没？我看就算穷人瞧了都会觉得难为情。我给佩珀先生的那条勉强能盖住只狗……不行，蕾切尔小姐，它们补不了啦，它们只能当防尘罩使了。问我为什么？你要是让我拼了命地缝补，下回洗起床单来我可就干不了喽。”

她的声音中涌动着愤慨，泪水似乎已经在打转了。

现在别无选择，只有把那一大堆床具摊在桌上再检视一番。契莱太太收拾起床单来，每一条的名字、特点和质地，她似乎都知晓。有的沾着黄色的污渍，有些有几处抽丝抽得厉害。但是在一般人眼里，它们看上去就和一般的床单一样，整洁、雪白、冰冷，且一尘不染。

契莱太太突然转移了床单的话题，放下了床单，把紧攥的双拳搁在上面，坚定道：“还有，你不可以让一个活物坐在我坐的位置上！”

契莱太太原本是被安排坐在一个相当宽敞的船舱里，可那儿离锅炉太近了，以至于五分钟后她都能听见自己的心脏“丢了”，她一边捂着胸一边抱怨道。这种可怜的情状可是温雷丝太太，蕾切尔的母亲做梦都想不到的——温雷丝太太熟悉她家里每一条床单，并期望事事俱到，可她不在了。

再给她另外安排一间房可是世上最容易的事情了，而且床单的问题也能够奇迹般地迎刃而解。毕竟污渍和抽丝还不至于无可救药，可是——

“假话！假话！假话！”小姐气愤地大吼，她奔上了甲板，“跟我撒谎做什么？”

她气的是一个五十岁的女人竟像个小孩一样跑到一个女孩跟前哭诉，就为了想要坐到轮不到她坐的位置上去。她不再考虑这个特殊事件，打开乐谱后，很快便忘记了那个老女人的一切和她的床单。

契莱太太叠着床单，她脸上挂着了无生趣的表情。这个世界不再在意她了。这儿又不是家。当昨天的灯亮起时，水手就在她的头顶咚咚咚地走来走去，她哭了；今晚她还会哭的；明天她也要哭。与此同时，她在房里整理起自己的装饰品，都是些轻易得来的东西。这些奇怪的玩意都是在航海途中获得的——陶瓷哈巴狗、微缩茶具、印有布里斯托市纹章的俗气杯子、生满了绿锈的发夹盒、彩塑的羚羊头，还有好多小照片，上面不是穿着礼拜正装的工人，就是抱着雪白婴儿的女人们。但有一张人像被放在了一个镀金相框里，相框还缺一颗钉子。在找钉子时，契莱太太戴上眼镜，读起了一张相框背后的字条：

“威洛比·温雷丝将此张女主人的相片赠予埃玛·契莱，感谢她三十年来的尽心服侍。”

泪水模糊了文字和钉帽。

“只要我还能为你们家做些事情。”她边敲着钉子边说着，这时过道里传来了一阵悦耳的嗓音：

“契莱太太！契莱太太！”

契莱太太立刻整整裙子，抹抹脸，打开了房门。

“我遇上个麻烦，”安布罗斯太太说，她的脸通红，喘不上气，“你知道先生们是什么样子。椅子太高了，桌子又太低，地板离门有六英寸。我想要把锤子，一床旧被子，你这有厨房餐桌一类的东西吗？总之，别告诉其他人。”眼下她猛地打开丈夫会客室的门，只见来回踱步的里德利眉头紧锁，大衣的领子立着。

“他们就好像是煞费苦心地要来折磨我！”他大叫道，

突然停住脚步，“我加入这次远航难道就是为了染上风湿和肺炎的？真该有人给温雷丝多灌输点理智，亲爱的。”海伦正蹲在一张桌子底下，“你只是在把自己弄脏罢了。我们最好认清事实，我们注定要忍受长达六周的悲惨折磨。总之，一切都愚不可及。不过既然我们人都在这儿了，我想我能像一个男人一样去面对它。我的病肯定会加重——我的感觉已经比昨天还要糟了。不过我们只能感到庆幸，孩子们开心地——”

“走开！走开！走开！”海伦叫道，她推了把椅子像赶一只乱跑的母鸡一样把他从一个角落轰去另一角落。“你走开，里德利，不到半小时你就会发现一切都妥当了。”她把他从房里赶了出去，她们听见他一路还在过道上嘟嘟囔囔、骂骂咧咧的。

“我猜他不是很强壮吧。”契莱太太说道，同情地看着安布罗斯太太，一边帮着她收拾。

“尽是书，”海伦叹了口气，将满满一大摞书从地上放到书架上，“从早到晚都在看希腊语。要是蕾切尔嫁得出去，契莱，祈祷她最好嫁个大字不识的男人。”

因为最初的不适和恶劣的条件，头几日的海上旅程让人神经紧绷，几乎毫无兴致。不过忍过一时，接下来的日子过得还算愉快。十月份一天天飞快地过去，散发着融融的暖意。相比之下，之前的夏日倒显得幼稚而且反复无常。大片大片的土地被照耀在秋日的暖阳之下。整个英国，从荒芜的沼泽再到康沃尔的悬崖，自晨昏到日暮，都被照亮了，呈现出一片片连绵不绝的黄色、绿色和紫色。在这种照耀下，就连大城镇里的屋顶都闪烁着光。在几千座小花园中，几百万朵暗红色的花儿正在绽放，待悉心照料它们的老太太们带着剪刀走下小径，剪断花儿多汁的茎秆，将它们放在村里教堂中的冰冷石架上。无数聚会、野餐的游人们直到日落才回家，哀叹道："还会有像今天这样美妙的天气吗？""是你。"年轻的男子低语道，"噢，是你呀。"年轻的女人回应着。所有的老人，还有许多病人都情不自禁地到户外走上几步，预测些关乎这个世界运转的开心事。至于情爱的私语与表白，不仅能在玉米地里听到，还从灯火通明的屋子里传来。在那里，打开的窗户通向花园，抽雪茄的男人们亲吻着灰色头发的女人们，更是不计其数。有人说天空标志了生命的降临。长尾羽的鸟儿啁啾而鸣，在树木间穿梭，身上的羽毛带有金色眼睛的花纹。

这一切都在陆地上展开，几乎没有人会想到大海。他们想当然地认为大海是沉静的。而且也没有必要去想大海，因为在许多房子里，在有爬山虎轻抚的卧室窗户后面，夫妇们在亲嘴前都会嘟囔，“想想今晚的船”或是“感谢上帝，我不是那个在灯塔里的男人！”在他们所有的想象中，当一艘船融进天际线消失不见时，就如同雪融进了水里。说实话，大人的见解并没有比那群穿着游泳短裤在英国海岸边扑腾水花、拿着桶子舀满水的小家伙来得多。他们看着片片白帆或是束束烟柱穿过地平线。要是你说这些是海龙卷或是海洋之花的白色花瓣，他们也会认同的。

然而，船上的人对于英国抱持着一样单纯的看法。在他们眼里，它不仅是座岛，还是一座很小的岛，而且是一座正在萎缩、禁锢着人们的岛。有人发现，他们先是像一大群没有方向的蚂蚁挤在一块，几乎都快把对方挤出了边缘；后来，船驶离了，有人发现他们正在徒劳地吵嚷，没人听得见他们说些什么，到后来不是消停了就是升级成了骚乱。最后，当船开得远得看不见陆地时，英国人彻底哑了，变得平平无奇了。这个病在地球的各个角落肆虐，欧洲萎缩了，亚洲萎缩了，非洲和美洲萎缩了，这艘船是否再有可能碰上像这种皱缩的地块都值得怀疑了。但另一方面来说，它内心泛起一股强烈的自尊；它是这个广袤世界的栖居所，只承载了那么一点点居民，它整天穿行在空荡的宇宙中，还遮盖着一身面纱。它比横穿沙漠的商队更寂寞；它无疑更神秘，靠自身的力量移动，靠自己的资源维持。大海可能会给予它死亡或是前所未见的欢欣，而这一切无人知晓。它是奔向丈夫的新娘、不被男人知晓的处女。凭借它的活力与纯洁，它也许会被比作一切美好的事物。而作为一艘船，它拥有属于自己的生活。

说实话，要是没有好天气的祝福，天天都是蓝色的晴空，平静、圆润、完美无缺的话，安布罗斯太太本会感到十分无聊的。现在一瞧，她在甲板上支了张刺绣框，她一侧的小桌上摊着本黑皮的哲学著作。她从腿上铺着的各色线团里选出一根线，给树皮绣上红色，或是给河流绣上黄色。她正在进行一项大工程，那是一条穿过热带森林的热带河流，最后还会有一只在香蕉、橙子和巨大石榴等众多水果间大快朵颐的花斑鹿。与此同时，还有一队赤身裸体的土著，正在朝空中投射飞镖。在下针的间歇，她还不时转头看向一边，读上一两句《物质的真实》（Reality of Matter）或者《善的本质》（Nature of Good）。在她周围，穿着蓝色工装裤的男人们正跪着擦洗甲板，或是靠着栏杆吹着口哨。不远处的佩珀先生正坐着，拿着一把削笔刀切着植物的根。剩下的人占据了汽船的其他角落：里德利在看希腊语——他根本找不到比这个更令他欢喜的事情；威洛比在处理文件，因为他得利用这次航行处理生意上积压的事情；还有蕾切尔，——海伦，在她哲学书的字句间，有时也会疑惑蕾切尔自个儿会做些什么，她有些想要过去瞧瞧。自从第一夜后，她们之间讲的话不超过两句；两人见面时都很客气，可是她们之间毫无信任。蕾切尔似乎和她的父亲处得很好——好多了，海伦想着，比她想象中处得好多了。既然她不睬海伦，那海伦也不准备去理她。

同一时间，蕾切尔正坐在房里，什么事情都不做。当船满之时，这个房间就有了些响亮的名头，这儿是晕船老太太的修养圣地，她们将甲板让给了年轻人。凭着漂亮的钢琴、地上的一大堆书，蕾切尔将这间房认作是自己的。她会坐在这里弹上几小时艰难的乐章，读一点德语，或是在情绪上来时读一点英语，然后——就像现在——什么事情都不做。

她所受的教育，加之她懒散的天性，无疑是造成她这副样子的部分原因。她受的教育和那些十九世纪末富裕人家女孩儿接受的一样。亲切的博士和温柔的老教授教过她多达十门学科的基础知识，可是他们很快就以她的手太脏为由，逼着她全心投入到一些沉闷的苦差事里去。每周有一两个小时可以愉快地度过，部分要归功于其他的小学生；部分要归功于那扇正对着商店背后的窗户，冬天里人影会从红色的窗子里透出来；部分要归功于那些事故，因为当一间房里超过两个人时注定会出些事。可是在这个世界上，她并没有一门完全通晓的科目。她的心智程度同一位伊丽莎白女王初登位时期的智者一样：她几乎全盘相信别人跟她说的一切，为她说出口的所有事情编造理由。地球是什么形状，世界有怎样的历史，火车如何运转，钱是怎么投资的，有什么法律正在实施，哪些人想要什么，为什么他们想要这个，现代生活系统中最基本的概念——没有一个教授和家庭女教师向她传授过这一切。不过这个教育系统有个极佳的优点，它虽什么都没教，但也不会妨碍孩子去发挥某些真正的天赋。蕾切尔有音乐天赋，除了音乐什么别的都没让她学，她便对音乐入了迷。所有本该投向语言、科学或是文学的精力，那些本来可以让她结交朋友或是向她展现世界的精力统统都直接涌向了音乐。在她发现自己的老师不够格后，她便开始自己教自己。在她二十四岁的时候，掌握的音乐知识不比大多数三十岁的人少。在天赋所及的范围内，她能演奏到最好，而且每天都愈来愈好，这确实是一件了不起的事情。如果这项明显的天赋被最为古怪和愚蠢之人的梦想和观念包围的话，那就再也没有聪明人了。

她的教育是如此的寻常，那她的情况也就更算得上是平平无奇了。她是独生女，从来不曾被兄弟姐妹嘲笑欺凌过。母亲在她十一岁时过世了，两个姑妈（她父亲的姐妹）

将她带大。她们住在里士满那座舒服的房子里，过着毫无波澜的日子。她从小自然是受到了相当细心的照料。还是个小孩时，她的健康备受关注；不管是她被当成小女孩还是大姑娘，跟她提道德伦理似乎都太过粗鲁了。直到最近她才刚刚知晓女人居然还有道德问题的存在，此前她对此一无所知。她在旧书里探求知识，并且是以冷淡的字句呈现出来的。但她天生不在意书本，先经姑妈过手再交由父亲的审查也从不教她烦恼。朋友们或许会告诉她一些事情，可她没有同龄的朋友——里士满位置偏僻尴尬——实际上，她唯一熟识的一个女孩是个宗教狂，她狂热地沉浸于谈论上帝以及画十字的最佳方式。这类话题只能偶尔令那些神游天外的人感兴趣。

她陷进椅子中，一只手搁在脑后，另一只抓着椅子上的凸起部分。显然，她正顺着自己的思路，心无旁骛地沉思着。她的教育给予了她充足的时间思考。她眼睛定定地望着汽船扶手上的那个球，要是有什么东西碰巧挡住了它哪怕一秒钟，她都会猛地一惊并心生懊恼。伴随一声大笑，她开始了自己的冥想。这一切都是由接下来这首《崔斯坦》[①]的译文引发的：

在那瑟缩的颤抖中，

他似将自己的羞愧掩藏，

而面对他的至亲国王，

他竟献上死尸般的新娘，

难道我所说的话就毫无意义？

她大叫道就是“毫无意义”，便把书一扔。接下来她又拿起了《柯珀书信》[②]，这本父亲要求她读的经典曾经令她觉得无聊。书中碰巧有句话描述了柯珀花园中金雀花气味，令她随即回想起了母亲葬礼那日。她眼前浮现出里士满居所中一间铺满鲜花的厅室，那股味道是那么浓烈，

① 《崔斯坦》：崔斯坦的故事见于亚瑟王的传说。崔斯坦为圆桌骑士之一，与自己的叔父马克国王的妻子伊索尔德有一段不伦恋情，他们的爱情故事是中世纪最为凄美动人的传奇故事之一。诗文出自瓦格纳的同名歌剧《崔斯坦与伊索尔德》（*Tristan and Isolde*）选段。

② 《柯珀书信》（*Cowper's Letters*）。威廉·柯珀（William Cowper，1731 年—1800 年）：英国诗人，浪漫主义诗歌的先驱者。1823 年他的一系列书信经亲属整理后正式出版。

哪怕到了今天，任何一种花香都能重现那种可怕的病态气息；她走过这幕场景，半是听半是看地去往了下一幕。她看见露西姑妈正在会客室里侍弄花朵。

“露西姑妈，”她出声道，“我不喜欢金雀花的味道，它让我想到葬礼。”

“胡话，蕾切尔，”露西姑妈答道，“别说这种傻话，亲爱的。我总觉得这是种令人相当雀跃的植物呢。”

躺在炽热的阳光下，她的思绪停留在了姑妈的性格、她们的观念和生活方式上。实际上，有好几百个清晨，当她绕着里士满公园散步的时候，这个主题就占据了她的脑海，遮挡住了树木、行人和小鹿。为什么她们会做那些做过的事情？她们感觉怎样？这一切是怎么回事？她有一次听到露西姑妈在对埃莉诺姑妈说话。那个早晨她正要去了解一个佣人的性格，“还有，那是当然的，早上十点半应该是有个女佣来擦洗楼梯的。”真是奇怪！真是说不出的奇怪！但是她也无法向自己解释清楚，为什么她的姑妈突然将整个她们在其中生活的世界、那些就在眼前的事物讲成是某种异常陌生而且令人费解的东西，平白无故地把她们自己看作四处散落的椅子和雨伞。她只能哆哆嗦嗦地小声问道："你喜 - 喜不喜欢埃莉诺姑妈啊，露西姑妈？"她姑妈紧张地像只咯咯叫的母鸡，她轻笑一声回答道："我亲爱的孩子，你这问的是什么问题呀！"

"多喜欢呢？非常喜欢？"蕾切尔追问道。

"我说不上来我曾想过会'有多喜欢'，"温雷丝小姐说，"如果有人在意一个人的话是不会去考虑'多喜欢'的，蕾切尔。"这番话直指她的侄女，她还从来没有像她们期望的那样，真挚地"奔向"她们过。

"可你知道我在乎你，不是吗？亲爱的，因为你是你母亲的女儿，不仅仅是因为这个，还有许多其他的原因。"她倾下身子，略带激动地亲吻了她。这一处的争论如同一桶倾洒的牛奶般覆水难收。

蕾切尔就是这样步入思考的。她的眼睛专注地盯着一个球或是一个把手，嘴唇停止颤动，如果这能称为思考的话。她努力想达成谅解的结果却只是伤了姑妈的心，那结论就是，最好不要去尝试了。要对任何事产生强烈的感受就是要在自己和他人之间生出一道深渊。其他人的感觉或许强烈但也有所不同。弹奏钢琴，忘掉其余的一切，这可就好多了。这个结论相当受用。就让这些奇怪的男男女女——她的姑妈们、亨茨一家、里德利、海伦、佩珀先生，以及剩下的所有人——都变成符号吧，平平无奇却高贵庄严，年长的符号、年轻的符号、母性的符号、学识的符号，还有美的符号，就像舞台上的人往往都是美丽的。似乎没有一个人说出真正想说的话，或是谈谈他们真正的感觉，而这就是音乐存在的意义。 现实扎根于一个人的所见所感中，但不存在于话语中。一个人能接受一个万物往复循环，众人皆感满意的世界，不用频频花心思去考虑它，除非出现了什么非常怪异的事情。她心满意足地沉浸在自己的音乐中，也许每两周会怒火中烧一次。而在她平息下来后，就像现在这样陷入沉静。她的神智交织着如梦似幻的迷乱，似是进入了神交，愉快地舒展开来，并与甲板上发白木板的魂灵、大海的魂灵、贝多芬的第一百一十二号作品的魂灵，甚至远在奥尔尼的威廉·柯珀的可怜魂灵交织到了一起。如同一团毛茸茸的蓟花冠毛亲吻着大海，升起，再一次地吻，一路上升一路亲吻，最后消失在视线之外。起起落落的蓟花毛团被她突然前倾垂下的头颅取代了，当它飘离视线时，她睡着了。

十分钟过后，安布罗斯太太打开门，看着她。见到蕾切尔这副样子度过早晨，她并不惊讶。她扫了屋子一眼，看见了钢琴、书本和乱哄哄的杂物。她先是用审视的眼光观察了蕾切尔，见她毫无防备地躺着，犹如一只自猛禽脚爪中掉落的猎物。不过想到她是个女人，一个二十四岁的年轻女人，这个场面就发人深省了。安布罗斯太太站在那思考了至少有两分钟。随后她露出微笑，悄无声息地转身离去，生怕吵醒睡梦中的女孩，引来一番尴尬的对话。

第三章

第二日清晨传来了一阵链条被猛烈拖拽的声音。尤弗罗西尼稳健的心脏缓缓停止了跳动。海伦将头探出甲板，只见一座静止不动的城堡立于一座静止不动的山上。他们在塔古斯河[①]的河口落了锚。海浪不再无休止地劈出新的浪花，而是反复冲刷着船的一侧。

一用完早饭，威洛比就消失在船的另一头了。他提着一只棕色的皮箱，转过头高吼，每个人都要守好规矩，他要在里斯本处理些生意，直到下午五点才能结束。

到了那个点，他再次出现了。只见他拎着箱子，一脸倦容与不耐。他显然是饿了、渴了、冷了，想要立刻来上一杯茶。他搓着手，向大家讲述自己一天的奇遇：他是怎

① 塔古斯河（the Tagus）：伊比利亚半岛最大的河流，最终在葡萄牙里斯本注入大西洋。

样撞见在办公室镜子前梳理胡子的老可怜杰克逊的，杰克逊自己都没料到会碰见他，一大早就给他带来一堆差使，因为很少有人会碰到他；之后威洛比又请他吃了顿午饭，他们喝了香槟还吃了圃鹀；他还去拜访了杰克逊太太，她胖得不得了，可怜的女人，不过她好心地问候了蕾切尔。上帝啊，小杰克逊懦弱地向他吐露了件烦心事——好吧，好吧，一切无事，他想着，要是刚下达的命令随即就会被违反，那提出来还有什么意义呢？他坚决表示这趟旅途不会捎带旅客。说到这儿，他摸索起自己的口袋，最后找到了一张卡片，猛地往蕾切尔面前的桌子上一放。她读起上面的文字："理查德·达洛维夫妇，布朗大街 23 号，梅菲尔区[①]。"

"理查德·达洛维先生，"温雷丝继续说道，"看着是位绅士，自认为当过国会议员，妻子出身名门，他们就可以尽情地提要求。总之，他们说服了小杰克逊，说是

① 梅菲尔区（Mayfair）：位于英国伦敦市中心，也是这座城市最繁华、最多富人聚集的区域之一。

非要捎上他们一程不可——拿出封来自格伦纳威勋爵的信来，要我私下里帮个忙——他们驳回了杰克逊提出的所有反对意见（反正我也不信它们会有多大作用），所以我看现在也别无选择了，只能让步。”

可显然是出于某些原因，尽管威洛比表现得怒气冲冲，但他还是相当乐意地让步了。

实际上，达洛维夫妇发现自己被困在了里斯本，茫然无助。他们已经在欧洲大陆上旅行了几周，主要是为了帮达洛维先生拓宽思路。他在国会为国家效命时，政治生涯中出现了一次原因不明的事故，达洛维先生正在尽最大的努力在国会之外的地方为国效命。就此而言，拉丁国家是个相当好的去处，虽然东方无疑本应是更好的选择。

“等着我在彼得堡或是德黑兰传来消息吧。”他站在旅行者俱乐部[①]的台阶上转身向大家挥手告别道。可是东方爆发了一场大病，俄罗斯爆发了霍乱，而且听上去并不

① 旅行者俱乐部（the Travellers'）：创立于1819年，位于伦敦，众多外国大使与高级专员为该绅士俱乐部的成员。

太妙的是，里斯本也出现了疫情。他们已经游历了法国，在制造中心停了下来，在那儿写了封介绍信，就被领着参观了几个工厂。他还将所见所闻详实地记录在了一本口袋本上。他与达洛维夫人在西班牙骑了骡子，因为他们想要了解农民是怎么过日子的。比如说，他们造反的时机成熟了吗？达洛维夫人坚持要在马德里多待两天拍些照片。最终，他们到达了里斯本，在那里度过了六天，在之后一本私下披露的刊物中，他们将旅行描述为“独一无二的趣味”。理查德谒见过几名大臣，并预测说不日会有一个危机，“政府的基石已经腐败不堪。可该怪谁呢，等等。”而克拉丽莎则检视了一番皇家马厩，拍了几张快照，有被放逐了的人，还有破损了的窗户。她还做了其他事情，拍摄了菲尔丁[①]的坟墓，解救了一只被某个恶棍捕获的小鸟，“因为在有英国人长眠的地方，一想到有任何东西被困在笼中，总有人会对此深恶痛绝的。”日记里如此写道。他们的旅

① 亨利·菲尔丁（Henry Fielding， 1707 年—1754 年）：英国作家、剧作家，病逝于里斯本。

途彻底打破了常规，没有遵循任何周详的计划。《泰晤士日报》的外国记者们认定他们的路线史无前例。达洛维先生想要去看几把枪，还认为非洲海岸远比故国民众想象中要动荡得多。出于这样的原因，他们想要一艘慢得出奇的航船，要舒适，因为他们都不习惯乘船旅行，但不必奢华。那艘船会在一些个港口靠上一两天装煤，这时达洛维夫妇就能自顾自地去游览。他们发觉自己被困在了里斯本，一时还登不上那艘符合心意的大船，这时他们却听说了尤弗罗西尼。不过他们也听说了它只是艘货船，只有经过特殊安排才会接收乘客。它的主要业务是将谷物、棉和煤一类的干货运到亚马孙地区，再把橡胶带回家。然而“经过特殊安排”这几个字给了他们莫大的鼓舞，因为他们正是来自一个几乎所有事情都经过（也可以说都可以）特殊安排的阶级。这样一来，理查德只需要给格伦纳威勋爵写张便条，在开头题写上他的头衔；去找老可怜杰克逊；去跟他说达洛维夫人是如何如何，他又是遭遇了这些那些，他们想要这样那样。这就搞定了。他们愉快欣慰地分了手。就这样，一周之后，一艘载着达洛维夫妇的小船在暮色中驶近了。三分钟不到，他们一同站上了尤弗罗西尼的甲板。他们的到来无疑引起了一阵骚动。几双眼睛都看向了达洛维夫人这位高挑纤瘦的女人，她周身裹着皮草，脸上遮着头纱。而达洛维先生则是个中等个儿，身形健壮，打扮得像个秋日荒野上的户外运动家。达洛维先生随身带的一只公文箱，他妻子带了一只化妆盒，里面应该是收着一条钻石项链以及银色盖子的瓶瓶罐罐。除此之外，还有许多只深棕色的皮箱没多久就包围了他们。

“那儿瞧着真像惠斯勒[①]的画啊！”她高声说，与蕾切尔握手时朝海岸挥了挥手。蕾切尔只能趁机看了一眼旁边的灰色群山。紧接着，威洛比就为她介绍了契莱太太，由她将这位女士带进她的客舱。

尽管这一幕看似短暂，这段插曲依然令人苦恼。每一个人，从乘务员格赖斯先生，到里德利他自己，都多多少少被打扰到了。几分钟后，蕾切尔走过吸烟室，找到了正

① 惠斯勒（James McNeill Whistler，1834 年—1903 年）：美国著名印象派画家。

在挪动扶手椅的海伦。她一心忙于布置，见了蕾切尔，吐露了一番：

“要是有人能给男人们一间屋子让他们自己坐着去，那可真是太好了。扶手椅可是重要的东西——”她开始把它们推到各处。“现在这儿看上去还像个火车站酒吧吗？”

她将桌子上的长绒桌布迅速地扫了下去。房间的面貌得到了惊人的改善。

随着晚餐时间的临近，陌生人的到来再一次让蕾切尔清醒地意识到，她必须得换身裙子。大钟的声音敲响时，她依然靠坐在自己铺位边，脸盆架上的小镜子倒映出她的头与双肩。镜子里，她的表情紧张又忧郁，因为她已经得出了个沮丧的结论：自达洛维夫妇到来后，她脸上的表情就不是她想要的，而且十之八九再也不可能变成为她想要的表情。

然而，她深谙守时的规矩，所以不管脸上挂着什么样的表情，她也必须加入晚餐。

威洛比只用了几分钟草草地向达洛维夫妇介绍了他们即将碰面的人，并用手指一一指了出来。

“这是我内弟，安布罗斯，是名学者（我猜你们听闻过他的名字），他妻子，还有我的老朋友佩珀，一个相当沉默的家伙，但是他无所不知，反正是有人这么跟我说的。就这些了。我们就一点点人。把他们送到海岸放下就成。”

达洛维夫人，微微地歪着头，尽全力回忆起安布罗斯来——这是个姓？——还是没想起来。她听到的话语让她感觉有些不舒服。她知道学者总是会和任何人结婚——要么是在农场读书会上认识的姑娘；要么是郊区的小女人，不以为然地说着，“我当然知道你想要的是我丈夫，不是我。”

不过海伦在那时正好进来了，达洛维夫人见了她便释然了，尽管外表有些古怪，但她不邋遢，把自己收拾得很干净，她压着自己的喉咙，彰显出作为一位淑女的标志。佩珀先生没有特意换去他那身整洁丑陋的西装。

“不论如何，”克拉丽莎跟着温雷丝去用晚餐时暗自思忖道，“每一个人确实都很有趣。”

当她在桌边落座时，她需要一些信念，主要是因为里德利。他来晚了，看过去一脸的未经修饰，满面愁容地喝着自己的汤。

丈夫和妻子间传递了一个极微小的信号，意味着他们把握住了形势，并会忠贞不渝地相互支持。达洛维夫人转向威洛比，几乎没有迟疑地开口说：

“我发现大海的无聊之处就是里面没有花。想像一下，海中央开着大片的蜀葵和堇菜！那该多美啊！”

“不过这会对航行造成一些危险。”理查德响亮地说道，他声音低沉，如同一支应和他妻子激扬小提琴演奏的巴松管。“为什么呢，光海草就让人够呛，不是吗，理查德？我记得横穿毛里塔尼亚[1]的那次，问了船长——理查兹——你知道他吧？——‘现在告诉我，你最怕你的船碰到什么危险，理查兹船长？’我以为他会说冰山啦、荒船啦、大雾啦，或是其他什么东西。结果一样都不是。他的回答我一直记着。‘Sedgius aquatici’他说了这个拉丁名字，我估摸着就是种水浮萍啦。”

佩珀先生抬起头狠狠地看了一眼，正要问问题时威洛

① 毛里塔尼亚（Mauritania）：西非阿拉伯国家之一，十五世纪开始，先后被葡萄牙、荷兰和英国相继殖民。1912 年成为法国殖民地。

比接着开口了：

“他们因为这个可是够呛呢——这些船长们！船上有三千条人命呢！”

“是啊，确实。”克拉丽莎说道。她又转向海伦，深奥地开口道：“人们说，是工作让人精疲力竭，我确信他们都错了。责任才是。我看，这就是为什么一个人付给厨子的工钱要比付给女仆的多。”

“这么说的话，那人该付双份的钱给自己的保姆，不过也有人不这么做。”海伦说。

“是啊。可想想，与其和盘子打交道，和宝宝们在一块儿是多么开心呀！”达洛维夫人说着，饶有兴趣地看着海伦想，她应该是个做母亲的。

“比起当保姆，我倒宁愿当个厨子，”海伦说道，“没有什么能让我起念头去带孩子。”

“做母亲的总爱夸大其词，”里德利说，“一个有教养的孩子不用担太多责任。我和自己的孩子环游了整个欧洲。你只要把他们裹得暖暖的，再往行李架上一放。”

海伦听了大笑。达洛维夫人看着里德利，高声道：

“做父亲的就是这样！我丈夫也是。随后他们就谈起了性别平等来！”

“是吗？”佩珀先生问。

“噢，有些人会的！”克拉丽莎大叫道，“我丈夫每天下午去开最后一个会时都得从一位怒气冲冲的女士身旁走过，我猜她也不说别的。”

“她坐在屋外。那看上去真尴尬，”达洛维说，“最后我鼓起勇气对她讲，‘这位好太太，你待的地方正好挡道了。你妨碍了我，而且正在对自己做无益的事情。’”

“随后她揪住他的外套，差点没把他的眼睛给抠出来——”达洛维夫人插嘴道。

“哼——那说得夸张了，”理查德说，“不，我同情她们，我承认。坐在这些台阶上的感觉一定糟透了。”

“她们活该。”威洛比唐突地说了句。

“噢，我完全同意你的话，”达洛维说道，“没有人比我更有资格去谴责这种愚不可及的无用功了。至于这整个僵局嘛，好吧！英国的女人要能有投票权，要么等我死了！这就是我要说的。”

她丈夫那番隆重的断言令克拉丽莎也变得严肃起来。

“真是无法想象，”她说。“别告诉我你是个妇女参政主义者[1]？”她转向里德利问道。

“我完全不把这个放在心上，”安布罗斯讲，“如果有谁自欺欺人到认为一张选票能给他或她带来好处的话，就给他一张嘛。他马上就会受教了。”

“我明白了，你不是个政治家。”她微笑道。

“天哪，我不是。”里德利回道。

“我担心你丈夫不会接受我。”达洛维在一旁对安布罗斯太太说。她突然想起来他曾在议会工作过。

“你就不觉得在那儿很无趣吗？”她问，实际上她并不知道究竟该说些什么。

理查德的双手摊在自己面前，好像手掌里刻了铭文待他去解读似的。

“如果你是问我觉不觉得干这行其实无趣得很，”他

① 妇女参政主义者（suffragist）：十九世纪末二十世纪初提倡扩大女性在公共选举中选举权利组织的成员。

说着，“我肯定要回答‘是’；换句话，如果你问我就所有行业来看，好的坏的，最舒服的最值得羡慕的，不去谈它较为严肃的一面，那么所有行当中，最对于一个男人来说最应考虑从事的，我肯定会答‘从政’。”

“当律师或是从政，我同意，”威洛比说，“为了挣钱你得多奔波。”

“一个人的才能总要派上用场，”理查德说道，“我有可能于险境中如履薄冰。但我对诗人与艺术家的看法往往如此：在你自己的诗行间，你所向披靡——自然是的；可离了你的诗句——噗——你就得忍让了。现在，我不该去想有谁会为我忍让。”

“恕我不能苟同，理查德。”达洛维夫人说，“想想雪莱。我觉得在《阿多尼斯》[①]里包含了一个人想要的一切。”

“一定要读读《阿多尼斯》，”理查德坦言道，“可每当我听到雪莱，我就对自己反复说着马修·阿诺德[②]的

① 《阿多尼斯》（*Adonais*）：雪莱于 1821 年所写悼念济慈的长诗。
② 马修·阿诺德（Matthew Arnold，1822 年—1888 年）：英国诗人、评论家、教育家，对雪莱推崇备至。

字句：‘怎样的安排！怎样的安排！’”

这话引起了里德利的注意。“马修·阿诺德？一个自命不凡的讨厌鬼！”他嗤笑道。

“一个自命不凡的人——没错，”理查德说道，“但是，我想他也是个通晓世故的人。这就是我要讲的重点。我们政治家在你们眼里（不知怎么的他将海伦认定为文艺人的代表了）就是一大群寻常的人；但我们双方兼顾，我们或许笨拙，可我们尽最大的努力去弄懂一些事情。如今你们艺术家发觉事情一团糟，耸耸肩膀，沉浸到自己的想象中去——我肯定那一定十分美妙——然后把烂摊子扔在那儿。这在我看来，就是在逃避个人责任了。此外，并非所有人生来就具备艺术天赋的。”

“这太可怕了。”达洛维夫人说道，她丈夫讲话时她一直在思考。“我和艺术家在一块儿时，很是享受这种快乐。将自己关在一个专属的小天地中，里面有画，有音乐，有所有美丽的事物。可是我走上街去就碰见了一个苦孩子，那张刻满了贫穷与饥饿的脏兮兮的小脸蛋儿让我回过神来，并对我说，‘不，我不可以把自己关起来——我不能活在自己的世界里。我应该停止画画、写作以及演奏音乐，直到这种事情不复存在。’你感觉不到吗，”她激动地冲海伦说道，“生活就是一场永恒的斗争？”海伦思考了一会儿。“没有，”她说道，“我想我感觉不到。”

这时的一阵沉默无疑令人感觉不舒服。达洛维夫人随即微微颤抖了一下，问起是否有人能将她的皮草大衣递给她。她一边调整着颈间柔软的棕色皮草，脑海中突然闪现出一个新话题。

“我得承认，”她说道，“我永远不会忘记《安提戈涅》[①]的。我是多年前在剑桥看的这部剧，它自此就萦绕在我的心头了。你不觉得这是你所见过的最现代的东西吗？”她问里德利。“于我而言，我已经认识了二十个克吕泰涅斯特拉[②]了，一位迪池灵村的老太太也算一个。我一个希腊字都不认识，

① 《安提戈涅》（*Antigone*）：古希腊悲剧作家索福克勒斯公元前442年的一部作品，被公认为是戏剧史上最伟大的作品之一。剧中描写了俄狄浦斯的女儿安提戈涅不顾国王克瑞翁的禁令，将自己的兄长——反叛城邦的波吕尼刻斯——安葬，她被处死，而一意孤行的国王也遭到了妻离子散的命运。

② 克吕泰涅斯特拉（Clytemnestras）：斯巴达皇后海伦的双胞胎姊妹，在希腊神话中是阿伽门农的妻子，野心勃勃。

可我就是能一直听着它——”

佩珀先生在此时突然用希腊语念道：

纵有奇迹无数，
无一妙过人类；
穿过白色海潮的神力，
乘驾狂暴的南风，
劈泾斩浪
令其无从吞噬。[①]

达洛维夫人抿起嘴唇望着他。

“如果能让我识得希腊语，我愿意用十年的生命去换。”佩珀先生念完后，她说。

“我能在半小时里教会你字母表，”里德利说，“一个月之内你就能读荷马的作品了。我要是真能指导你，那可是莫大的荣幸。”

① 原文为希腊语，选自戏剧《安提戈涅》。

海伦现在正和达洛维先生聊着，刚讲到下议院引用希腊语的习惯正在渐渐消失的状况。听了那番对话，她在随身携带的大册摘录本中记录下这样一个事实，所有的男人，哪怕是像里德利那样的，也确实更喜欢时髦的女人。

克拉丽莎兴奋地表示那真是太好不过了。在一瞬间，她能看见自己坐在布朗大街的会客室里，腿上摊着本柏拉图——一本希腊原版的柏拉图著作。她禁不住去相信一位真正的学者——或许是因极度兴趣使然——能够毫不费力地将希腊语塞进她的脑子里。

里德利答应了她明天就过去。

“但愿你的船能对我们温柔相待！”她大声说道，向威洛比开着玩笑。为了客人，还有这些尊贵的来宾，威洛比随时恭候，以确保万事得体，海浪再不太平船也要开得平稳。

“我晕船晕得厉害，我丈夫也不太行。”克拉丽莎叹了口气。

“我从不晕船，”理查德解释道，“至少，我只真正晕过一次，那次是要过英吉利海峡。那时候波涛汹涌，我承认，或许还要糟糕，一个大浪搅得我难受极了。人总还是要吃饭的，可我看着食物说：‘我不行了’；你吃上一大口，但天晓得你要怎么把它吞下去。可是坚持下去，你就能一劳永逸地抵御袭击。我妻子是个胆小鬼。”

他们把椅子往后一推。女士们在门廊处徘徊。

“最好由我来带路吧。”海伦说着，走在了前面。

蕾切尔跟在后面，她没有参与交谈，没有人跟她讲过话，可是她听到了里面的每一个字。她的目光从达洛维夫人到达洛维先生，又从达洛维先生回到达洛维夫人身上。克拉丽莎确实是道迷人的风景线。她穿了一条白裙子，带着闪烁的长项链。她的穿衣搭配，还有她立体精致的脸庞在她渐灰的头发下透着美丽的粉色，她与十八世纪的大师杰作惊人的相似——像是雷诺兹[①]或是罗姆尼[②]的作品。有她在一旁，衬得海伦和其他人看上去粗糙又邋遢。她轻松

---

① 雷诺兹（Joshua Reynolds，1723 年—1792 年）：英国十八世纪时极有影响力的画家，以其肖像画闻名。

② 罗姆尼（George Romney，1734 年—1802 年）：英国肖像画家。他是同时代最杰出的艺术家之一，曾为许多社会名人作画。

地坐正，看上去像是在自己的世界随心所欲地打着交道；这颗巨大沉重的球体就在她的手指下肆意打转。还有她的丈夫！达洛维先生那低沉浑厚的动听嗓音更令人深刻。他仿佛来自一台油润轰鸣的机器核心，那里面的光杆在滑动，活塞在撞击。他捕捉起事物来既稳当又轻松，显得其他人像一文不值的老姑娘。蕾切尔紧跟在妇人们后面，似是陷入了恍惚。一阵奇异的紫罗兰香味从达洛维夫人那飘来，混合了她裙子软软刮擦的簌簌声，还有她链子的叮当声。蕾切尔一路跟着，一股极度的自卑感涌了上来，笼罩住她的整个生活与她所有朋友的生活，“她说我们生活在自己的世界里。说得对。我们真是可笑至极。”

“我们坐这儿。”海伦说，打开了会客厅的门。

“你弹琴？”达洛维夫人问安布罗斯夫人，拿起了摊在桌上的《崔斯坦》乐谱。

“我外甥女弹。”海伦说着将手放在了蕾切尔的肩头。

“噢，我真嫉妒你！”克拉丽莎第一次对蕾切尔说话，“你还记得这个吗？是不是美妙极了？”她带着戒指的手指在谱子上弹了一两个小节。

“之后崔斯坦是这样子，还有伊索尔德——噢！——这一切都太惊心动魄了！你去过拜罗伊特[1]没有？”

“没有，我没去过。”蕾切尔说道。“那你还是要去的。我永远不会忘记我第一次看《帕西法尔》[2]——那是八月里炎热的一天，这群胖胖的德国老女人穿着鼓囊囊的长礼服裙走上前，还有黝黑的剧院。接着音乐奏响了，人们都止不住泪。一个好心的男人上来递了杯水给我，我还记得呢；可我只能在他肩上哭泣！我哭得都喘不上气（她摸着喉咙），就好像这世界什么都不剩！你的钢琴在哪儿？”“在另一间房里。”蕾切尔解释道。

“不过你会给我们弹琴的吧？”克拉丽莎恳求说，“我想不到比坐在月光下聆听音乐更美好的事情了——就是听上去还像个女学生似的！你懂吧。”她说着，转向海伦又开口，“我觉得音乐并不一直都对人有好处——我恐怕是

---

① 拜罗伊特（Bayreuth）：德国巴伐利亚地区的一座城市，瓦格纳在这里创办了拜罗伊特音乐节。
② 《帕西法尔》（*Parsifal*）：华格纳最后一部歌剧，以男主角的名字命名，帕西法尔即亚瑟王圆桌骑士之一。

这么想的。”

“太紧张了？”海伦问。

“怎么说呢，太过情绪化了，”克拉丽莎说道，“当一个男孩或女孩把音乐作为职业，有人就会立刻意识到这一点。威廉·布罗德利爵士告诉过我一样的事情。你就不讨厌人们疯狂痴迷瓦格纳时的那种态度吗？诸如此类的——”她抬头凝视着天花板，紧握着双手，摆出一副迷醉的神情。“这根本不意味他们欣赏他，我总认为事实上恰恰相反。你知道亨利·菲利普斯[①]吧，那位画家？”她问。

“我见过他。”海伦说。

“光看表面，人们或许会认为他是个成功的股票经纪人，而不是当代最伟大的画家之一。我就喜欢这点。”

“如果你喜欢盯着他们瞧的话，会发现许许多多成功的股票经纪人的。”海伦说。

蕾切尔愤愤地希望她的舅妈不要那么乖张倔强。

“当你看见一位留着长发的音乐家时，你难道不会本

① 亨利·菲利普斯（Henry Philips，1820年—1868年）：英国肖像画家。

能地知道他是个糟糕的人？”克拉丽莎转向海伦问道，“瓦茨与乔基姆——他们看上去就如同你与我。”

“要是他们都有卷发就会看上去漂亮得多呢！”海伦说道，“问题在于，你是准备关注他们漂亮的外表了是吧，是还不是？”

“整洁！”克拉丽莎说道，“我相当希望一个男人看上去是干干净净的！”

“说到整洁，你实际上是想说剪裁精良的衣服吧？”海伦说。

“一个绅士是要有某种标志的，”克拉丽莎讲道，“不过人们也说不出是什么。”

“现在拿我丈夫来说吧，他看上去像名绅士吗？”

在克拉丽莎看来，这个问题的品位糟糕至极。“有些事情不能说出口。”她本能地将问题打发了，因为她找不到答案，只能干笑一声。

“好了，总之，”她转向蕾切尔说道，“我可是坚持要你明天来给我弹上一曲的。”

她举手投足间的气质令蕾切尔爱上了她。

达洛维夫人压下了一个小小的哈欠，只让鼻孔微微张了张。

“你知道吗，”她说道，“我困极了。都怪海上的空气。我想我该撤了。”

一个男人的声音传来，她认为是佩珀先生的。那声音在讨论中尖锐刺耳，渐渐逼近会客大厅，引起了一阵警觉。

“晚安，晚安！”她说道，“噢，我认识路——希望能睡个好觉！晚安！”

她的哈欠一定只是装装样子的。她没有任自己的嘴巴垂下，把所有的衣服像穿在一根线上似的从身上褪下来揉成一团，也没有在铺位上肆意地伸展四肢；她只是换下裙子，披上一件装饰着无数褶边的晨衣，双脚裹进一张小毯子里。她坐下来，膝头放着一册信纸。这件窄小紧凑的船舱赫然已经成了一位高贵女士的更衣间。里面有装着液体的瓶瓶罐罐，有托盘、盒子、刷子、别针。显然，每一样用具都恰到好处地组成了她身上的每一部分。那股曾令蕾切尔迷醉的香气弥漫在空气中。一切既已妥当，达洛维夫人写起了字。她手中的笔成了用来爱抚纸张的东西，她本可能一边抚摸轻搔着一只小猫，一边写字：

想像一下我们，亲爱的，在一艘你能想象得到的最奇怪的大船里，漂浮在海面上。奇怪的不是这艘船，而是船上面的人。在旅途中碰到各种奇怪的人这不奇怪。我得说我发现这有趣极了。航线上有位经理叫温雷丝，一个不错的英国人，大个子，话不多——你知道的那种。至于其他人嘛——他们就像是从一本古老的《笨拙》[①]杂志里跑出来的人，就像六十年代玩槌球的人。他们在这艘船里关了多久我不清楚——我猜连着好多年了吧——给人感觉就好像登上了一个与世隔绝的小世界，而他们从未上过岸，或者在这辈子也没像正常人一样，做过些平常事。这就是我对文人的惯常看法——他们是最难相处的那类人。最糟糕的还在于，这些人——一个男人和他的妻子，还有外甥女——让人会感觉到，如果他们不是被牛津、剑桥这种地

---

① 《笨拙》（*Punch*）：十九世纪英国每周发行的杂志，以刊载幽默与讽刺作品知名，也是“漫画卡通”这一概念的滥觞之地。

方给吃掉而变成了怪人的话，他们本可能就和普通人一样。那个男人确实不错（要是他能剪剪指甲的话），那个女人脸蛋十分漂亮，不过，当然啦，她像是穿了个装土豆的麻袋，发型就跟伦敦利柏蒂百货里的售货小姐一样。他们聊起艺术，也觉得我们是傻子，居然在晚上还要盛装打扮。可是，我就是情不自禁。要是我不换好衣服就去用晚餐，我情愿去死——你难道不是吗？这比汤汤水水重要多了。（真是奇怪，这些事情确实要比人们想的重要得多，要让我贴身穿着法兰绒，还不如砍了我的头。）还有个害羞的好姑娘——可怜的小东西——我希望能有人在还来得及的时候把她带出来。她的眼睛和头发漂亮极了，不过，当然啦，她也会变得很可笑。我们应该开办一个为年轻人拓宽思路的社团——这可要比传教有用多啦，海斯特！噢，我还忘记了，这儿有个可怕的小东西名叫佩珀[1]。他人如其名。他有种说不出的卑微无用，脾气特别古怪，可怜的人啊，就像是与一条坏脾气的猎狐梗同座共进晚餐。只不过要真

① 佩珀（Pepper）：这个姓氏与“胡椒”的拼写相同。

是条狗，主人还能替他梳梳毛、扑扑粉。有时也真是遗憾，一个人不能像狗一样对诗人啊！最大的慰藉就在于我们远离了报纸，这样理查德就能度过一个真正的假期啦。西班牙不算度假……

“你这个胆小鬼！”理查德说，整个房间几乎都被他强壮的身形填满了。

“我在晚饭时尽了自己的职责！”克拉丽莎喊道。

“不管怎么说，你居然让自己去学希腊字母表。”

“噢，亲爱的！安布罗斯是什么人？”

“据我所知，他以前是个剑桥大学的老师。家住伦敦，研究古典文学的。”

“你以前见过这样一群怪人吗？那个女人居然问我她丈夫看上去像不像一位绅士！”

“在晚餐中让对话不要中断自然是很不容易的，”理查德说，“为什么那个阶级的女人会比男人还要古怪得多呢？”

“他们长得也不是太难看，他们就是——相当的——

古怪！”

两人都笑了，想到了一起去，所以他们不必再比较彼此的想法了。

“我想我有很多事情要对温雷丝讲，”理查德说，“他对萨顿以及整套装置都相当了解，他能告诉我许多关于北方造船的情况。”

“噢，我真高兴听到这个。男人总是比女人好上那么多。”

“这是当然的，人们总是会对一个男人有话要讲，”理查德说，“但我毫不怀疑，聊起宝宝，你准会立刻滔滔不绝，克拉丽斯[①]。”

“她有孩子了吗？不知为什么她看起来不像是有的。”

“两个。一男一女。”

一股妒意刺痛了达洛维夫人的心。

“我们非得生个儿子不可，迪克。”她说。

“上帝啊，这些机会都给现在的年轻人啦！”达洛维

① 克拉丽斯（Clarice）：克拉丽莎的昵称。

先生说，他的话语让他思考起来，“自从皮特的时代过后，我觉得这里不会再有那么好的机遇了。”

“可那是属于你的！”克拉丽莎说。

“要成为人的领袖，”理查德自言自语地说，“是一项优秀的事业。上帝啊——多伟大的事业啊！”

他的胸膛在马甲下缓慢地起伏着。

“你知道吗，迪克，我克制不住地在想英国，”他妻子若有所思地说道，她将头靠在他的胸前，“登上这艘船后这一切变得更为鲜活了——它就是作为英国人的意义。想想我们做过的一切，我们的海军，在印度和非洲的人们。我们经历了一个又一个世纪，将来自乡下村庄的男孩们派出去——还有你这样的男人，迪克。让人感觉到，当不了英国人简直难以忍受！想想国会上方通明的灯火，迪克！我刚才站在甲板上时，我仿佛都看见了。那就是伦敦赋予一个人的意义。”

“这就是连贯性。”理查德简洁地说道。英国历史的图景，国王一代接着一代，首相一任接着一任，正当他妻子讲话时，一条条法律湮没了他。他的思绪在保守政策中穿梭，从索尔兹伯里大法官稳固地传到阿尔弗雷德手里，随后渐渐地封卷装存，就好像一条打开的套索捕捉到了东西，以及人类栖居星球上的巨大碎块。

“那要花上很长时间，但我们快要完成了，”他说，“它尚待巩固。”

“而这些人根本看不见！”克拉丽莎大声讲道。

“创造一个世界需要各种各样的事物，”她的丈夫说，“如果没有一个反对党，那么政府也不会存在。”

“迪克，你比我强，”克拉丽莎说，“你看到了全局，而我只看到了这儿。”她按着他的手背说道。

“那是我的工作，我试着在晚餐时解释的。”

“我喜欢你，迪克，”她继续说，“因为你始终如一，而我是个感情用事的人。”

“不管怎么说，你是个漂亮的女人。”他说道，目光更深沉，凝视着她。

“你是这么想的，是吗？那吻我吧。”

他热情地亲吻了她，那封写到一半的信滑落到地上。他把它捡起来，不打一声招呼便读了起来。

“你的笔呢？”他问。随后他遒劲的小字加入了进来：

来自R.D.：克拉丽斯没跟你说她在晚餐时是多么光彩照人，她强势地下定决心提出要学习希腊字母表。我想趁此机会补充说，我俩在异国他乡玩得十分开怀，真希望我们挚友（你和约翰）的加入能令这次旅行如期许那般完美尽兴，并发人深省……

走廊尽头传来说话声。安布罗斯夫人正在低声说话，威廉·佩珀正用他那清楚尖利的嗓音说道：“她就是那种女人，我向来对她们毫无同情。她——”

而理查德与克拉丽莎都没有就这份断言作出评论，似乎这样做会直接传到他们耳朵里，理查德撕下一张纸。

“我常常在想，”克拉丽莎枕着一册与她形影不离的白色帕斯卡[①]著作，在床上思考着，“让一个女人和一个

① 帕斯卡（Blaise Pascal，1623年—1662年）：法国神学家、数学家、物理学家、发明家、作家。

在道德层面上高于她的男人（如同理查德之于我）生活在一起是否真是一件好事情。这让一个人的依赖性变得如此之强。我想，我对他的感觉就如同我母亲以及她同辈女人对耶稣基督的一样。这恰好表明了没有了某些东西的存在，一个人是办不成事情的。”她陷入了睡眠中，就和平时一样，十分安然舒适，但是奇妙的梦境造访了她，巨大的希腊字母在她房间踱步。当她醒来，还笑起了自己，回想自己身在何处，希腊字母成了真人，就在不远处沉沉睡着。随后，她又想到了外面在月光下翻腾的黑色大海。她颤抖了，想到了她的丈夫和其他人都是这次远航的旅伴。实际是，梦境并非仅在她的脑海里打转，而是接连地造访了一个个脑袋。他们都在那天晚上梦见了其他人，这是自然，想想他们之间的隔板真的很薄。他们离开陆地，又在大海中央毗邻而坐，看见了对方脸上的每一个细节，又听见了他们说的每一个字句，这是多么奇异。

第四章

第二天早上，克拉丽莎起得比其他所有人都早。她穿戴好，走上甲板，呼吸宁静的早晨的清新空气，并绕着整艘船逛了两圈。她迎面撞上了消瘦的格赖斯先生，那个乘务员。她道了声歉，同时向他问了个问题：顶上这些半是玻璃半是黄铜的发亮物件是做什么的？她一直在思索这个，可就是猜不出来。他向她解释了一番后，她激动地叫道：

“我就知道当水手一定是这个世界上最棒的活计！”

“你又知道些什么呢？”格赖斯先生问道，激起了异样的态度，“抱歉。在英国长大的男男女女有哪一个会懂得海上的事情？他们宣称自己懂，其实他们压根不知道。”

他苦涩的口吻给接下来的事情蒙上了不好的兆头。他将她领到自己的宿舍。达洛维夫人在一张黄铜包边的桌子旁坐下，她的身躯白皙清瘦，消瘦的脸庞挂着警觉，看上去怪像只海鸥的。她不得不听这个狂热的男人滔滔不绝地讲话。她意识到了吗，陆地只是这个世界的一小部分？比起大海来，它是多么平和、多么美丽、多么仁慈？假使明天陆地上的动物都因为瘟疫死绝了，深海的蕴藏依然能不费吹灰之力地供养欧洲。格赖斯先生回想起他在世界上最富有的那座城市里见过的可怕光景——男男女女站成一排，等呀等呀，就为了领上一大杯漂着油花的汤水。“我还想到这下面有游动的肥鱼可以尽情地捞。我算不上是个新教徒，我也不信天主教，可我巴不得祈祷罗马天主教再度回归——因为有斋戒。”

他边说边打开一只只抽屉，摆弄起玻璃小罐。这里都是些伟大海洋赐予他的宝藏——浸泡在绿色液体中的浅色鱼，一团团长着卷曲长须的水母，脑袋上带着灯的鱼，它们生活在深海。

“它们曾在尸骨间四处游动。”克拉丽莎叹了口气说。

“你想到了莎士比亚。”格赖斯先生说道，从摆放整齐的书架上取下一本书，带着浓重的鼻音背诵道：

"你的父亲深眠于五尺五下。"[1]

"伟大的家伙，莎士比亚。"他说着，把书放回了原处。克拉丽莎听到他这么说很是高兴。

"你最喜欢哪部戏？让我猜猜是不是和我的一样？"

"《亨利五世》。"格赖斯先生回道。

"棒极了！"克拉丽莎大叫，"就是它！"

你也许会觉得《哈姆雷特》对于格赖斯先生来说过于内省了，而十四行诗又太过热情。《亨利五世》于他而言恰是英国绅士之典范。不过他最爱读的还是赫胥黎[2]、赫伯特·斯宾塞[3]，以及亨利·乔治[4]。至于艾默生与托马斯·哈代，他只是读来消遣的。正当他向达洛维夫人就英国的现

① 你的父亲深眠于五尺之下（Full fathom five thy father lies）：出自莎士比亚戏剧《暴风雨》中精灵爱丽儿吟唱的歌谣，下句为"珊瑚为他的骸骨"（Of his bones are coral made）。

② 阿道司·赫胥黎（Aldous Leonard Huxley，1894年—1963年）：英格兰作家，出生于著名的赫胥黎家族，以作品《美丽新世界》闻名。

③ 赫伯特·斯宾塞（Herbert Spencer，1820年—1903年）：英国哲学家、社会学家。

④ 亨利·乔治（Henry George 1839年—1897年）：现代土地制度改革运动人物，以为废止那些未改善土地价值所有税的主张而闻名。

状陈述自己的观点时，早餐铃急切地响了起来。她表示自己必须得离开了，并许诺还会回来，要来看看他的海草。

前一晚在她眼里显得十分古怪的那群人已经围坐在了桌旁。他们依然面带睡意，所以相互间没有交流。不过她的翩然而至如同朝他们吹了一小口气。

“我刚进行了一次这辈子最有意思的谈话！”她高声说着，在威洛比身边落座，“你们意识到了吗，你们之中有一位哲学家兼诗人？”

“一个相当有趣的家伙——我总是这么说，”威洛比说，点明了是格赖斯先生，“不过蕾切尔觉得他讨人嫌。”

“他讲起洋流来确实讨人嫌。”蕾切尔说道。她的眼中满是困意，可眼中的达洛维夫人依然美极了。

“我还没碰到过讨厌鬼呢！”克拉丽莎说。

“那我得说这个世界充斥着这种人！”海伦高声说。她在晨辉中光彩照人的美貌与她的话语形成了鲜明的对比。

“我觉得这可能是对一个人最糟糕的评价了，”克拉丽莎说，“一个人宁可去杀人也不能讨人嫌！”她补充了一句，带着她讲起事情时惯用的深沉口吻，“有人或许还能喜欢上一个杀人犯呢。狗也一样。有些狗真是相当讨人嫌，唉，可惜呀。”

理查德碰巧坐在了蕾切尔旁边。她清醒地感知到了他的存在与外表——他剪裁精良的衣服，笔挺的衬衫前襟。他的袖口佩有蓝色环扣，指尖都修得平平的，相当整洁的左手小指上戴了一枚小巧的红宝石戒指。

“我们养过这么一只狗，连它自己都知道自己讨人嫌，”他以一种漫不经心的冷静口吻对她说道，“它是一条斯凯梗，就是那种毛长长的，小脚从它们的长毛里露出来——像毛毛虫——不对，我是说像沙发那样。好吧，那时候我们还养了另一条狗，是条活泼的黑毛狗——一条史奇派克狗，人们应该是这么叫的。你根本想象不出它们的区别可以有多大。那条斯凯梗慢条斯理的，看你的眼神就像俱乐部里的老绅士，仿佛在说，‘你实际上不是这个意思吧，说真的？’而那条史奇派克快得像把刀。我得承认，我最喜欢那条斯凯梗。可它出了桩惨事。”

这个故事听上去并无高潮。

“他怎么了？”蕾切尔问道。

“那是个悲伤的故事，”理查德说，他压低声音，削着一只苹果，“有天它跟在我妻子的车后面跑，被一个残忍的骑车人给碾了。”

“它被碾死了吗？”蕾切尔问。

但是坐在餐桌另一头的克拉丽莎还是听到了。

“别说了！”她哭喊着，“直到今天我还是不忍想起这件事。”

眼泪真的在她眼里打转吗？

“这就是关于宠物的伤心事，”达洛维先生说，“它们会死。我记忆中第一次感到悲伤就是因为一只榛睡鼠的死。我抱歉地承认，是因为我坐在了它身上。就算说了，依然没能减少我的愧疚。不是还有一只塞缪尔·约翰逊坐死的鸭子[①]吗？就我那时的年龄来说，我块头挺大的。”

“后来我们养了金丝雀，”他继续道，“一对斑鸠，一只狐猴，还养过一只紫崖燕。”

---

① 有轶事称，塞缪尔·约翰逊三岁时曾不慎踩死了一只鸭子，并为其作了墓志铭。

“你们在乡下住过？”蕾切尔问他。

“我们以前一年里有半年住在乡下。我说的‘我们’指的是四个姐妹，一个兄弟还有我自己。有个大家庭最棒了。姐妹们特别的讨人喜欢。”

“迪克，你可是被宠坏的！”克拉丽莎在桌子那头喊道。

“没有，没有，是备受喜爱。”理查德讲。

蕾切尔还有其他的问题已经到了嘴边，或是说她有一个特大的问题，可她根本不知道怎样组织语言。谈话的氛围显得太轻松了，根本容不下这个。

“请告诉我——所有的一切。”那就是她想要说的。他已经打开了一小条细缝，展露出璀璨夺目的珍宝。在她看来，这样一个男人竟然愿意同她说话，简直不可思议。他有姐妹，有宠物，还在乡下生活过。她一圈一圈地搅动着自己的茶，漂浮聚拢的泡沫在她眼中就如同聚集起来的想法。

她的思绪从这次交谈中转移，已然飞远。这时理查德突然以一种打趣的腔调开口道：“我肯定，温雷丝小姐现在正偷偷地转投天主教呢。”她根本不知道如何作答，海伦见她一激灵的模样便忍不住笑了。

无论如何，早饭还是结束了，达洛维夫人站起身。“我一直认为宗教信仰就如同收集甲虫，”她说，和海伦一同上楼时她一路总结着这次谈话，“有人迷恋黑色甲虫，有的人不是，争论这些并无价值。你现在的黑色甲虫是什么呀？”

“我想是我的孩子吧。”海伦说。

“啊——那不一样，”克拉丽莎吸了一口气，“一定要跟我说说。你有个儿子，是不是？跟他们分开是不是糟透了？”

一时间，犹有一道蓝色的影子倾泻到池子之上。她们的眼神变得更深邃，嗓音变得愈加兴奋。她们走上甲板散起了步，可蕾切尔没有加入。她对兴高采烈的主妇们心怀愤懑，感觉自己被隔绝在她们的世界之外，因为自己的母亲已经不在了。她转过身来，唐突地离开了她们。她将自己的房门砰地关上，打开自己的乐谱。那都是些古老的乐章了——巴赫与贝多芬，莫扎特和柏塞尔——纸页泛黄，触感粗糙。不到三分钟，她便深深沉浸在一首难度极高、极为经典的A大调赋格曲中。她的脸上浮现出一种怪异的、不带个人色彩的疏离表情，一种彻底的全神贯注以及焦虑的心满意足。现在她出了个差错；她停了停，不得不把那小节重弹一遍；可是有一条看不见的线似乎将音符都串在了一起，并由此升起了一个轮廓，是一座楼宇。她全心投入到这部作品中，想要知道如何将这些音符联合到一起实在是太难了，这耗尽了她所有的本领，因此她根本没有听到敲门声。房门被猛地打开，达洛维夫人就站在房中任门开着。开口处露出了白色的甲板与蓝色的大海。巴赫的赋格曲戛然而止。

“别受我的打扰，”克拉丽莎恳求道，“我听见你在弹琴，我忍不住了。我爱巴赫！”

蕾切尔的脸涨得通红，手指在双膝上摩挲着，笨拙地站了起来。

“它太难了。”她说。

“可你弹得真是棒极了！我应该站在外头的。”

“不必。”蕾切尔说。

她把《柯珀书信》和《呼啸山庄》从扶手椅里抽了出来，

好请克拉丽莎坐在上面。

“多可爱的小房间呀！”她说道，四下环顾着，“噢，《柯珀书信》！我从没读过它们。好看吗？”

“非常无聊。”蕾切尔说。

“可他写得非常棒，不是吗？”克拉丽莎说道，“如果有人喜欢那种书的话——就能看完他的一字一句和所有作品。《呼啸山庄》！啊——这个更对我胃口。没有勃朗特姐妹我就活不去！你爱她们吗？不过总的来说，和她们比起来，我更离不了简·奥斯汀。”

尽管她说话的口吻轻快随意，可她的举止中透着一种极度的关怀，并且迫切地想要与蕾切尔交好。

“简·奥斯丁？我不喜欢简·奥斯丁。”蕾切尔说。

“你这个怪物！”克拉丽莎大叫道，“我只能勉强原谅你。告诉我为什么？”

“她太——太——好吧，太像一股编得紧紧的发辫了，”蕾切尔支支吾吾地讲。“啊——我明白你的意思了。可我不赞同。等再过几年你就不会这么想了。我像你这么大时只喜欢雪莱。我还记得我在花园里为了他流泪痛哭呢。

‘他已然飞跃在我们黑夜的阴影之上，嫉妒憎恨痛苦以及诽谤——’你记得吗？‘不再触碰到他，混浊世间的侵蚀不再折磨他。[①]’多么美妙！可尽是些胡话！”她随意地环视房间，“我总觉得与死相比，生才是真正重要的。我相当尊敬某些个上了年纪闷闷不乐的股票经纪人，他成天把一栏一栏的数据加在一起，然后和自己喜欢的某只哈巴狗小跑回布里克斯顿的别墅，还有个无聊的小妻子坐在桌子的另一头，隔两周去一趟马盖特——我向你保证，我认识很多这样的人——好吧，在我眼里，他们确实要比那些诗人高尚多啦。那些诗人受万人敬仰，只是因为天妒英才死得早罢了。不过我不指望你会赞同我的话。”

她把手搭上了蕾切尔的肩头。

“嗯，嗯——”她继续引用着诗文，“‘不安被人们误以为欢欣——’等你到了我这个年纪，你就会发现这个世界充斥着欢乐的事物。我觉得年轻人犯了这样一个错误——不让自己开心。有时候我觉得快乐才是唯一重要的

---

① 出自雪莱悼念济慈的挽歌。

东西。我和你不够熟，还不能说这个，但我猜你也许会想要听听的——在一个人年轻貌美的时候——我要说！万事万物都在自己的脚下。”她一边说一边环顾四周，“不只是几本乏味无趣的书和巴赫。”

“我非常想要问些问题，”她继续说，“你引起了我很大的兴趣。如果我失了礼数，你就扇我耳光吧。”

“我——我也有问题想问。”蕾切尔的语气无比热切，令达洛维夫人的笑容一滞。

“介意我们一块散个步吗？”她问，“空气怡人极了。”

两人关上门走上甲板，她像一匹赛马似的深吸了一口气。

“活着真好不是吗？”她高声说道，将蕾切尔的臂膀拉进怀里。

“看哪！看哪！多美呀！”

葡萄牙的海岸轮廓开始变得模糊。可是就算隔着很远的距离，陆地依然是陆地。她们能看见散落在山坳中的小村落，烟雾袅袅地升起，映衬着后面紫色的高山，这些镇子看上去小极了。

“说实话，”克拉丽莎看着，开口说，“我还是不喜欢风景。它们太缺乏人性了。”她们继续走着。

“这真是奇怪！”她激动地继续说着，“昨天的这个时候我俩还未曾见面。我还在宾馆中一间拥挤的小房间里收拾行李。显然，我们对对方一无所知——可是，我觉得自己好像在很久之前就认识你了！”

“你有孩子——你的丈夫之前在国会？”

“你从没去过学校，你住在——？”

“在里士满和我姑妈们一起。”

“里士满？”

“要知道，我姑妈喜欢那个公园。她们喜欢清静。”

“可你不喜欢！我明白啦！”克拉丽莎笑了。

“我喜欢独自在公园里散步。但不算——还有狗一起。”她补充道。

“不算，而且有的人就是狗，不是吗？”克拉丽莎说，仿佛猜中了一个秘密，“不是所有人——噢，不是所有人。”

“不是所有人。”蕾切尔说着，不再作声。

“我能清楚地想像出你一个人散步的样子，”克拉丽莎说，“并且思考——在你自己的小小世界中。可是你将会相当愉快的——总有一天！”

“我会愉快地和一个男人一起散步——你是这个意思吗？”蕾切尔问，睁大了双眼疑惑地望着达洛维夫人。

“我没有特地去想是一个男人，”克拉丽莎说，“但是你会有那么一天的。”

“不，我永远都不会结婚的。”蕾切尔坚定地说。

“我不该那么肯定。”克拉丽莎说。蕾切尔的眼角余光扫到了她，虽然她莫名的滑稽，但还是发现她富有魅力。

“为什么人要结婚？”蕾切尔问。

“这就是你要去探索的。”克拉丽莎笑着说。

蕾切尔追随着她的眼神，发现它们在理查德·达洛维富有活力的身形上停留了一秒。他正蹭着靴子底划火柴，一旁的威洛比正认真地解释着什么，两人看上去都兴趣盎然的。

“没有什么能与此相比了，”她总结道，“跟我说说安布罗斯夫妇吧。还是说我问了太多问题了？”

“我觉得我和你很谈得来。”蕾切尔说。

安布罗斯夫妇的简短介绍虽然看起来很是敷衍，但她还是多少提到了安布罗斯先生是她舅舅的这一事实。

“你母亲的兄弟？”

当许久未使用的一个称谓被掷出后，在她心中轻泛起了涟漪。达洛维夫人继续说：

“你和你母亲像吗？”

“不，她很不一样。”蕾切尔说。

她有一种强烈的欲望想要告诉达洛维夫人某些从来没和任何人说起过的事情——某些她自己都从未想到过的事情，直到眼前这一刻。

“我很寂寞，”她开口道，“我想——”她并不知道自己想要说什么，所以她连这句话都说不完，可她的双唇颤动着。

可是达洛维夫人似乎不需要言语就明白了。

“我知道，”她说，将一只手臂紧紧地环上蕾切尔的肩膀，“我在你这个年纪时也渴望那些。没有人理解得了，直到我遇上了理查德。他给了我想要的一切。他是男人也是女人。”她的目光停留在达洛维先生的身上，只见他靠着栏杆，依然在说话。“别觉得我是因为自己是他的妻子才这么说的——他的缺点我看得最为清楚。一个人对于共同生活的另一半的要求无非就是让对方保持最佳的状态。我经常在想我到底做了什么居然让自己如此快乐！”她高声说道，泪水沿着脸颊滑落。她将它抹去，捏了捏蕾切尔的手，又高声道：

“生活多美好啊！”在那一刻，两人伫立在清爽的微风中，阳光洒在波涛上，达洛维夫人的手抚着她的臂膀，在此之前的生活仿佛从未被正名，如今却美妙无比，美妙得似不真实。

海伦这时从她们身边走过，看见蕾切尔与几乎是一个陌生人的女人手拉着手，还一脸兴奋，她觉得好笑，同时也隐隐有些愠怒。不过理查德很快就加入了她们，之前他愉快地与威洛比聊了些相当有趣的话题，兴致十分高涨。

“瞧瞧我的巴拿马草帽，”他说，抚摸着自己帽子的帽檐，“你注意到没有，温雷丝小姐，恰当的头饰能为好天气做多少贡献呢？我坚信现在是一个炎热的夏季。我得警告你，无论你说什么我都不会动摇的。所以我要去坐下了。我建议你学着我的样子。”三把椅子排成一排正等候着他们落座。

理查德往后一靠，注视着波涛。

“这蓝色真的很漂亮，”他说，“可是这有点过了。对于一道风景来说，多样性必不可少。所以，如果你有山那就要有水；有水，就得有山。我认为世界上最美的风景就是好天气下的博尔斯山①——必须要得是个好天气，告诉你——一条毯子——噢，谢谢亲爱的……这样的话你还有利于你建立联系——与过往的联系。”

“你想聊聊天吗，迪克，或者让我大声地朗读？”

克拉丽莎拿来毯子时一并带了本书来。

“《劝导》②。”理查德说道，审视着书。

“这是给温雷丝小姐的，”克拉丽莎说，“她忍受不了我们最爱的简。”

“这样啊——恕我冒昧——那是因为你还没读过她，”

① 博尔斯山（Boars Hill）：位于牛津西南方向的一座小村庄，十九世纪时人们在山上建造房屋、种植树木，形成了优美的风景。
② 《劝导》（*Persuasion*）：简·奥斯汀的最后一部长篇小说，讲述了一对青年男女历经磨难，最终修成正果的曲折爱情故事。

理查德说，“她是我们所有女作家中最杰出的，无与伦比。”

“她是最伟大的，”他继续说着，“就是因为她没有试图像一个男人那样写作。而其他的女作家都是如此，因为这个缘故，我不读她们的书。”

“说说你的想法吧，温雷丝小姐，”他接着说，十指相对，“我准备好改变想法了。”

他等待着，而蕾切尔试着从他施加的轻蔑为自己的性别辩护。

“我恐怕得说他是正确的，”克拉丽莎说，“他就是——一个可怜虫！”

“我把《劝导》带来了，”她接着道，“因为我觉得这本相较其他书基本上还没那么俗套——还有，迪克，你假装自己对简烂熟于心，这可不好，想想她总是让你犯困！”

“我为立法操劳过，睡睡觉天经地义。”理查德说。

“你别再想着那点枪了，”克拉丽莎说，她注意到他的视线越过了波涛，依然在全神贯注地寻找陆地，“还有海军、帝国，还是别的什么。”她这么说着，打开了书开始朗读：

“‘来自萨摩赛特郡凯琳奇庄园的沃尔特·艾略特爵士其人，为了消遣，也不拿起别的书，只看《男爵名册》[1]’——你不知道沃尔特爵士吗——‘闲暇时，他能从中获得消遣，在痛苦的话语中找寻到慰藉。’她写得真的很好，不是吗？‘还有——’”她朗读时用上了一种轻快幽默的语气。她坚信沃尔特爵士可以让自己的丈夫将注意力从英国的枪炮转移到一个精致、奇妙、活泼且略带滑稽的世界中去。片刻过后，那个世界的太阳似乎正在落下，句子变得愈加柔和。蕾切尔抬起头要看看是什么造成了变化，只见理查德的眼睛一合一张，一张一合。一阵响亮的鼻息表明他已经不在乎形象了，人已然陷入了酣睡。

“胜利！”克拉丽莎在句末低语道。她突然抬起手以示阻止。一个水手迟疑了，她把书给了蕾切尔，轻轻迈步走上前去听他的口信——“格赖斯先生想要知道您方不方便……”她跟着他走了。没有人注意到里德利在一旁徘徊，

① 《男爵名册》（*Baronetage*）：全名为《德倍礼贵族与男爵》（*Debrett's Peerage & Baronetage*）为英国首本贵族年鉴。此句也是《劝导》的开头。

这时走上前，又停住了。他做了个表示厌恶的手势，大步迈向了自己的书房。沉睡的政治家只能留待蕾切尔来照料了。她读了一句句子，又看了眼他。睡梦中的他就像一件挂在床头的大衣——遍布褶皱，尽管没有手臂双腿的填充，袖子和裤管却依然保持着形状。她将他从头到尾打量了一番，直到她觉得他非抗议不可才停下来。

他大概有四十岁，眼周遍布细纹，双颊上有奇怪的龟裂。他看上去有些沧桑，但他顽固倔强，正值壮年。

“有姐妹，一只睡榛鼠，还有几只金丝雀，”蕾切尔喃喃道，眼睛不曾移开他身上。“我想知道，想知道，”她不说了，她的手托着下巴。一阵铃声在他们身后响起，理查德抬起头。他睁开双眼，露出了一种奇怪的眼神，就像个近视眼丢了眼镜的模样。他花了点时间回过神。他先前在一位年轻女士面前失了体面，没克制住打起了呼噜，而且可能打得很响。他醒来发觉自己单独与另一个人在一块儿，这也有些令人不安。

“我猜我一直在打瞌睡，”他说，“大家都怎么了？克拉丽莎呢？”

“达洛维夫人到格赖斯先生那看鱼去了。”蕾切尔回道。

“我早该猜到的，”理查德说，“这很寻常。你在这段美妙的时光里精进得如何？你皈依简了吗？”

“我得说我一句话都没读进去。”蕾切尔说。

“我一直都这么感觉。有太多东西要去看了。我发现自然令我兴奋。我最棒的点子是我在户外时萌生的。”

“在你散步的时候？”

“散步时——骑车时——划艇时——我想我生命中最重要的几个对话都是在我漫步于圣三一的大庭院时发生的。两所大学我都去了。那是我父亲那辈的潮流。他觉得这能开拓心胸。我想我是赞同他的。我还记得当年的那种光景——与现任的印度大臣共商未来国家的根基。我们曾认为自己充满了智慧。我确定我们这么想。我们以前很快乐，温雷丝小姐，而且那时我们还很年轻——天赋助长了智慧。”

“你说过的你想做的事情，你做了吗？”她问道。

“一个探究性问题！我来回答——是与不是。一方面来说，如果说我没有完成自己既定的目标——还有谁能做到呢！另一方面，我又能坦言，我还没有降低我的理想。”

他目不转睛地望着海鸥，仿佛他的理想乘着鸟儿的翅膀。

“可是，”蕾切尔问，“你的理想是什么呢？”

“这你问得太多了，温雷丝小姐。”理查德玩味地说着。

她只能说她想知道，而理查德的兴致足够高涨，愿意回答。

“好吧，我要怎么回答呢？就用一个词——团结。目标的团结，主权的团结，进程的团结。最棒的想法四散在这个最伟大的地方。”

“英国人吗？”

“我承认英国人总体上看上去比大多数人更清白，他们的记录更干净。可是，上帝啊，不要认为我没有看见缺陷——恐怖——难以启齿的事情就在我们身边发生着！我不存幻想。没有多少人，我猜，比我抱有更少的幻想了。你去过工厂吗，温雷丝小姐！没有，我猜没有——我真该希望你没去过。”

对蕾切尔来说，她鲜少走过贫民街区，就算去身边也总是有父亲、女佣或是姑妈陪着。

“我要说，如果你见过身边正在发生的这些事情，你就会明白是什么驱使我以及像我这样的人从政的。你前一会儿还问我是否已经达成了我的既定目标。好吧，当我思考起我的人生，我承认其中有一件事令我引以为傲。正因为我，兰开郡有几千个姑娘——她们之后还有几千个——每天能够在户外待上一小时，而她们的母亲在昔日里只能整天坐在纺织机前。我觉得，这比让我写出雪莱、济慈的那些玩意儿更令我骄傲。”

蕾切尔作为沉迷雪莱、济慈文字的一员，这话令她心痛。她喜欢理查德·达洛维，所以变得同他一样激动。他的话似乎就表明了他的想法。

“我一无所知！”她高声说。

“你还是一无所知来得更好，”他用上了父亲般的口吻，“而且你错看了你自己。我听说了，你的琴弹得非常好。我也坚信你博览群书。”

来自长辈的善意逗弄已经再也无法让她哑口无言了。

“你说到团结，”她说，“你得教我弄懂它。”

“我向来不准我妻子谈论政治，”他严肃地说，“正因如此，尽管人类组织有序，但既要他们战斗又要抱有理想，这不可能。如果我已经坚守住我的理想，我得满怀感恩地说，很大程度上都是因为我能够晚上回到家与妻子团聚，知道了她度过了这样的一天——做客，演奏音乐，和孩子们玩耍，还有操持家事——你以后也会面对的。她的幻想还没有被摧毁，是她给了我继续下去的勇气。公众人物的生活可是相当紧张的。”他附加道。

这番话令他看上去像一名沧桑的殉道者，为了服务人类，每一日都舍弃了最珍贵的黄金。

“我想不到，”蕾切尔高声说，“一个人是怎么做到的！”

“说说吧，温雷丝小姐，”理查德说，“这是我想说清楚的一个话题。”

他表现出真挚的善意。她也下定决心要把握他给予她的机会，尽管和这样一位位高权重的男人讲话令她心悸。

“在我看来就像这样。”她开始说，先是尽了最大努力去回忆，再是颤颤巍巍地吐出个人的见解。

“有个老寡妇在自己屋里，某个地方的，我们假设是在利兹的郊区。”

理查德点了点头表示他听明白了是这个寡妇。

“在伦敦，你们过你们的日子，交谈、写东西、通过法案、想念自然的事物。可结果呢，她无非是来到橱柜前找到多一点的茶叶、几块糖，或是一份报纸。我承认全国的寡妇都这么做。尽管如此，寡妇依然拥有思想——情感。这就是你不曾触碰的。而你浪费了你自己的。”

“如果寡妇来到橱柜前发现里面是空的，”理查德回到道，“我们要承认她的精神或许会受影响。如果让我来寻找你哲学里的漏洞，温雷丝小姐，它确实有自己的优点，我要指出，人类并不是一个套间，而是一个有机体。想像一下，温雷丝小姐，发挥你的想象力。这是你们这些年轻的自由党人的缺陷——将世界看作一个整体。现在说你第二个观点。你断言我为了年轻一代的福祉，尽力要将议会整顿完善纯粹是在浪费我的高超能力，我完全不同意你的看法。我想不出比这个更崇高的目标了——成为帝国的公民。要这么看，温雷丝小姐，将这个国家看作一台复杂的机器，我们公民就是机器的零部件。有一些行使这更重要的职责，其他的（也许我就是其中之一）仅仅是负责连接机体内一些不太引人瞩目的部分，隐藏在公众的视线之下。但哪怕最微小的一颗螺丝掉了链子，整个机器的正常运转都会遭到威胁。”

一个是全身黑衣的瘦弱寡妇，望着窗外，巴望着能有人说说话；一个是一台巨大的机器，就像人们在南肯辛顿看到的那种，轰隆轰隆地撞击着。根本不可能把这两个形象结合起来看。为沟通做出的尝试已经失败了。

“看来我们无法互相理解。”她说。

“我能说些会令你相当生气的话吗？”他回应道。

“我不会生气的。”蕾切尔说道。

“好吧，那我说了。没有女人拥有我说的那种政治直觉。你们拥有非常美好的品德，我得说我是第一个承认这一点的人，可是我从来没见过有哪个女人可以明白政治才能的意义。我还要说些让你更生气的。我认为永远见不到这样的女人。现在，温雷丝小姐，我们成了死对头吗？”

虚荣、愤怒以及渴望被理解的强烈欲望催促着她做出了新的尝试。

“在街道下面，下水道里面，线路里面，电话里面，有一些东西活着。这是你说的意思吗？像是在垃圾车里，人修的路里？每次你在伦敦漫步，当你打开龙头水冒出来时，你难道都感觉得到？”

“那是自然，”理查德说，“我明白你的意思，整个现代社会是以共同努力为基础的。如果有更多人能够意识到这一点，温雷丝小姐，那你口中独居的老寡妇就会少很多啦！”

蕾切尔思考着。

“你是自由党还是保守党？”她问。

“方便起见，我管自己叫保守党人，”理查德微笑道，“不过这两个党派之间共同点比人们想像的要多。”

出现了一阵沉默，并非蕾切尔没有话可说；同往常一样，她无法言明，更是被即将终结的谈话给弄糊涂了。她的思绪被奇怪的想法乱哄哄地萦绕着——若是一个人能够追溯到够远的地方去，也许一切都会明了的。一切事物都有共同之处。昔日在里士满大街一带吃草的猛犸象变成了铺路的石头和扎满缎带的盒子，还有她的姑妈们。

“你说过你孩提时曾住在乡下是吗？”她问。

在他看来，她的举止粗鲁，理查德却受宠若惊。毫无疑问，她是真心感兴趣。

“是啊。”他微笑说。

“在那发生了些什么呢？”她问，“还是说我问得太多了？”

“我必须跟你说，你让我受宠若惊了。不过——让我想想——发生了些什么？好吧，骑行、上课、姐妹们，那有个奇妙的垃圾堆，我记得，各种稀奇古怪的事物都有！对于怪异的东西孩子们记得最牢了！我到今天还记得那地方的样子。认为孩子都是快乐的实际上是个谬论。他们不是，他们并不都快乐。我童年时受过的苦最多了。”

“为什么？”她问。

“我和我父亲处得不好，”理查德简短地回答，“他是个相当能干的人，可是很严厉。好吧——这也让我下定决心不让自己犯下那样的罪过。孩子从来不会忘却不公。他们会原谅许多大人介意的事情，可是那项罪是不可饶恕的罪过。跟你说吧——我是个难管教的孩子。在我想到的时候我就准备说出来了！不，我的罪孽比那项罪更深重。我上学的时候，成绩非常不错。之后呢，就像我说的那样，我父亲把我送去了两所大学……你知道吗？温雷丝小姐,你令我思考起来了。哪怕只有一点点，一个人可以向任何一个人讲述他的人生！我坐在这，你坐在那；我俩的人生，我怀疑并非全都是最有趣的经历、想法和情绪；可是要如何沟通呢？我告诉你的事情，你见过的每一个人都会告诉你。”

“我不那么认为,”她说,“这就是讲述事情的一种方式，不是吗，而不是说某些事情本身？”

“没错,”理查德说,“的的确确如此。”他沉默了一下。“回想我的一生——我四十二岁了——有何种伟大的真相显现过？启示，如果我能这么叫它的话，又在哪里？贫穷的苦难还有——”（他停顿了一下，压低了声音。）“爱！”

那个他压低声音说出的词，就是这个词似乎令蕾切尔豁然开朗。

“同一位年轻女士说这个很奇怪，”他继续说，“但是你多少懂了吧？你懂我的意思了吗？没有，当然没有。我不是在传统意义上使用这个词。我像一个年轻男人一样用它。女孩子是在无知的环境下长大的，不是吗？也许这是明智的——也许——你难道不明白？”

他说着话，仿佛已经没有意识到自己在讲些什么了。

“不，我不懂。”她说，几乎气若游丝。

“战舰，迪克！在那呢！看呀！”克拉丽莎正向他们跑来，比着手势。她欣赏完格赖斯先生所有的水草藏品，刚刚脱身。

她看见了两条阴沉沉的灰色大船，在低水位里航行。它们形同枯骨，一艘跟在另一艘的后面，如同寻找猎物的盲眼野兽。理查德立马回过神来。

“是乔治国王的！”他高声说，站起来手抵额头，遮住阳光。

“是我们的船吗，迪克？”克拉丽莎问。

“是地中海舰队。”他答道。

尤弗罗西尼缓缓地降下旗帜。理查德举起帽子致意。克拉丽莎激动地捏住了蕾切尔的手。

“作为英国人，你难道就不高兴吗？！”她说。

战舰驶过了，在水面上留下了一种奇异的气氛，既拘谨又悲伤。直到船开得看不见时，人们才开始泰然地聊起天来。午饭的闲谈全是关于英勇与死亡，以及英国海军上将的伟大品质。克拉丽莎引用了一位诗人的著作，威洛比又讲起了那位。在海上戎马一生的男人非常了不起，他们都那么认为。还有水手们，无论在什么时候碰见他们，总是特别的友好与单纯。

因此，没人喜欢海伦说的那番话。在她看来，船员被困在船上与动物园里的动物一样。至于英勇的战死沙场，现在肯定是时候让我们停止褒扬勇气——“或者写关于这个主题的烂诗歌了。”佩珀先生嘲讽道。

然而海伦十分想知道为什么蕾切尔静静地坐着，看上去如此怪异而且面红耳赤的。

第五章

然而她没能坚持观察或是得出任何结论。由于在海上有些情况注定会发生，他们的生活被彻底打乱了。

众人还在用下午茶时，脚下的地板再次上下涌动了起来，那汩汩的声音低沉极了。到了晚餐时分，船似乎开始绷紧低吼，像是被落下的一束鞭子抽打着。之前的船还是一匹依仗着后肢力量轻松拖行的宽背役马，现在却成了田野中的一匹小马驹。餐刀滑脱了餐盘，正在用餐的达洛维夫人看见滚来滚去的土豆，脸色顿时煞白。当然啦，爱惜自己财产的威洛比赞颂起了他大船的品质，还引述了专家与贵宾对它的评价。尽管如此，晚饭还是吃得不舒坦。一见男人们都走了后，克拉丽莎表示自己最好还是卧床休息，她带着勇敢的微笑离去了。

第二天早上，风暴席卷了他们，就算再体面也忽视不了它。达洛维夫人待在房间里。理查德直面三顿饭，英勇地咽下每一餐。可到了第三顿，他盯着油里泡得亮晶晶的芦笋，还是投降了。

“那东西把我击溃了。”他退却道。

“现在又只剩下我们了。”佩珀先生环视着餐桌说道。可是没有一个人搭他的腔，整顿饭在沉默中用完了。

第二天他们碰上头了——然而却是像叶子一般在空中飞到了一起。他们并没有晕船，可是狂风把他们急急地推进了屋内，又凶猛地赶到楼下。他们在甲板上气喘吁吁地打着照面，在桌子上对吼。他们穿上厚厚的皮草大衣，海伦头上的大方巾就没见她摘下来过。为了舒适起见，他们撤回了自己的船舱，紧紧地挤成一团，任凭大船颠簸晃荡。他们感觉自己就如同一麻袋土豆被装在飞驰的马背上颠簸。外面的世界不过是一场激烈晦暗的骚动。两日来，他们从陈旧的情绪中抽身，休息得特别好。蕾切尔刚好有足够的意识把自己想象成一头在冰雹天里屹立于荒野之巅的驴，它的皮毛被吹出了褶皱；随她又变成了一株枯萎的树，不住地被又咸又湿的大西洋冰雹击退。

另一头，海伦跌跌撞撞地来到达洛维夫人房前，敲了敲门。可狂风肆虐，门都被吹得砰砰响，屋里听不见，她便直接进去了。

房里果然有几个脸盆。达洛维夫人半躺在一只枕头上，没有睁眼。一会儿她嘟囔着：“噢，迪克，是你吗？”

海伦惊呼一声——因为她被甩到了盥洗台上——“你还好吧？”

克拉丽莎睁开一只眼。模样瞧上去异常慵懒憔悴。“糟透了！”她喘息着，嘴唇内圈都发白了。

海伦将双脚打开站定，费力地把香槟倒进一只装着牙刷的平底玻璃杯里。

“香槟。”她说。

“里头有支牙刷呢。”克拉丽莎嘟囔着，又露出微笑，那有可能是她扭曲了的流泪表情。她喝下去了。

“恶心。”她冲着脸盆低语道。残留的情绪依然像月光似的挂在她的脸上。

“还想再来点吗？”海伦叫道。克拉丽莎又一次说不出话了。狂风令船战栗起来。达洛维夫人惨白的痛苦表情与起伏的波涛交织到一起。帘子翻腾起来，灰色的光亮掠过了她。在风暴大作的间歇，海伦把窗帘拉得紧紧的，拍了拍枕头，拉直了被褥，还让清冷的空气舒缓滚烫的鼻头和额头。

“你真好！”克拉丽莎喘着气说，“这儿一塌糊涂！”

她试图为地上乱丢的白色内衣道歉。她睁开一只眼睛的那一瞬间，发现房间变整洁了。

“真好。”她喘着气说。

海伦恍恍惚惚地离开了，她知道自己对达洛维夫人有种喜爱之情。她禁不住地倾慕克拉丽莎的精神与欲念，哪怕饱受晕船之苦也要为克拉丽莎清扫房间。而她的衬裙却提到了膝盖上面。

风暴突然放缓了它的肆虐。就在用下午茶的时候，预料之中爆发的狂风在达到高潮时戛然而止，并渐渐消失了。船没有像往常一样颠簸，而是稳稳地前进起来。那种起起伏伏、时而轰鸣时而安静的单调节奏停了下来。席上的每一个人再度振作，感觉身体也似乎松弛下来了。绷紧的弦放松了，人类的情感慢慢冒出了头，就如同隧道尽头露出了光亮。

“跟我上去转一圈。”里德利向蕾切尔叫道。

“蠢货！”海伦大叫，不过他们还是跌跌撞撞地爬上了楼梯。风灌了上来，瞬间撩起了他们的兴致，因为在骚动的灰暗边缘还有一点隐约的金黄。世界突然间化为了实体，它们不再是在虚无中飞扬的原子，人们已然乘着宏伟的船航行在大海的脊背之上。放逐了狂风与空间，世界像浴缸里的一只苹果那样漂浮着，人们曾经漂泊的神智再度与过去的信仰联结到一起。

他们东倒西歪地在船上晃了两圈，灌了不少狂风后，看见了一名水手，他脸上闪烁着一片灿烂的金黄。他们张望着，看见了一轮黄色的太阳；下一分钟它就被穿梭的流云遮住了，之后彻底消失不见。到了翌日吃早饭的时候，晴空万里，波涛虽然起伏剧烈，海水却是一片湛蓝。在见识过鬼魅盘桓的地狱奇景后，人们兴奋异常，开启了被茶壶与面包环绕的生活。

理查德与克拉丽莎依然是混混沌沌的。她并不打算坐起来。她丈夫站在她脚边，注视着自己的马甲和裤子，他摇了摇头，随后两人又躺下了。他的脑海依然像舞台上的大海那样起起伏伏。到了四点钟他从睡梦中醒来，看见阳光照射在红色的厚绒窗帘和灰色的花呢裤子上，形成了一个分明的角度。外面的寻常世界溜进了他的脑海，当他穿戴齐整后又是一位英国绅士了。

他站在妻子身边。她抓住他大衣上的翻领将他拉近自己亲吻了他，还紧紧地抱了他很久。

“出去透口气吧,迪克,”她说,“你看上去累极了……你真好闻！……还有，对那个女人要有礼貌。她待我很好。”

随后达洛维夫人将枕头翻了个个儿，露出阴凉的一面，她没精打采，却依然坚不可摧。

理查德看到海伦正隔着两碟鸡蛋糕和光滑的面包黄油同自己的姐夫讲话。

“你脸色看上去差极了！”她见了他高声道，“过来用点茶吧。”

他注意到那双摆弄杯盏的手十分美丽。

“我听说你待我妻子特别好，”他说，“她那时感觉糟透了。你走进房里还喂了她香槟。你自己还好吗？”

“我吗？噢，我二十多年没晕过——船了，我是说。”

“我总会说康复期分为三个阶段，”威洛比精神抖擞地插进了话，“牛奶阶段，面包黄油阶段，再就是烤牛肉阶段。我得说你正处在面包黄油阶段。”他把盘子递给了理查德。

“现在，我建议该来上一顿丰盛的下午茶，之后再去甲板上轻松地散个步；等到了吃晚餐的时候，你就会吵着要吃牛肉了，嗯？”他打招呼说自己事务缠身，便大笑着离开了。

“这家伙真是棒极了！”理查德说，“总是对事物怀抱热忱。”

“是呀，”海伦说，“他总是这样。”

“他的事业相当伟大，”理查德继续说，“这项生意不会因为船只而停止，我得说。我们要能在国会碰见他，唉，我说的不对。他就是我们国会想要的那种人——干过大事的人。”

可海伦对她的姐夫并没多大的兴趣。

“我想你现在头还疼着吧？”她问道，倒了杯新茶。

“是啊，没错，”理查德说，“发现人在这世上其实是被自己的身体掌控着的，真是丢脸。你知道吗，如果没有炉子上的那壶热茶，我根本没法工作。我多半不怎么喝茶，但我觉得要是在我想喝的时候必须得有茶才行。”

“这样对你很不好。”海伦说。

“这折损人的寿命，可我恐怕得说，安布罗斯太太，我们政治家必须要在最开始就下定决心。我们要么把蜡烛的两头都点着，不辞辛劳地苦干，要么——”

“你这是自掘坟墓！”海伦响亮地说道。

“我们无法强求你能认真地看待我们，安布罗斯太太，”他反驳道，“我能问问你是如何打发时间的吗？阅读——哲学？（他看见了那本黑皮书。）玄学和垂钓！”他高声道，“要是让我重新活过，我相信自己会一门心思地扑在其中一项上面。”他翻起了书页。

“‘于是，善，难以描述，’”他大声地读了出来，“一想到还有这东西真是开心！‘据我所知，只有一位伦理作家，亨利·西奇威克，他本人清楚地意识到，并陈述了这个事实。’那就是些我们年轻时谈论的东西。我还记得我和达菲——如今的印度大臣——争论到凌晨五点，我们绕着回廊走了一圈又一圈，后来我们意识到上床睡觉也太晚了，便一起骑车兜风去了。至于我们到底得出什么了结论——那就是另一桩故事了。无论如何，那次争论才是重点。这类事情在人生中显得格外出彩，因为没有事情比它更鲜活了。正是哲学家们，正是学者们，才是传递火炬的人，他们守护着我们赖以生存的光芒。当政治家的还不至于瞎成那样，安布罗斯太太。”

“不会的。怎么可能呢？”海伦说，“不过你记不记得你妻子是否要加砂糖呢？”

她端起托盘走向了达洛维夫人。

理查德拧起围巾在脖子上绕了两圈，挣扎着爬上了甲板。他在昏暗房间中变得苍白柔软的躯干在清新的空气中打了个激灵。他毫不怀疑自己是一个正值壮年的男人。他站直身子任凭狂风的击打，眼中充满了骄傲。他微微压低了头，向角落急转而去，向上迈出大步，并直面暴风。他撞上了一个人。一时间，他看不见自己撞到了谁。“对不起。”“对不起。”是蕾切尔在道歉。他俩都笑了，风刮得太猛说不了话。她上前打开自己的房门，迈入宁静的空间。他们站在狂风的漩涡中；纸张盘旋纷飞，房门猛地关上，他们一路蹒跚，大笑着跌坐进了椅子里。理查德坐在了巴赫上面。

“哎呀！多么厉害的暴风雨！”他大叫道。

“真棒，不是吗？”蕾切尔说。这番挣扎与狂风定然是给予了她所缺乏的决心。她的双颊通红，头发散落。

“噢，真有趣！”他叫道，“我坐在什么上面了？这是你的房间吗？真漂亮！”“坐这吧——就坐这。”她坚持道。柯珀又一次滑下来了。

“很高兴再次见到你，”理查德说，“像是好久没见了。《柯珀书信》？……巴赫？……《呼啸山庄》……你就是在这里对着世界沉思，随后走出房门，向可怜的政治家们提问？在晕船的间隙时，关于我们的谈话，我思考了很久。我得让你知道，是你令我思考。”

“我令你思考！可是为什么呀？”

“我们就是孤独的冰山啊，温雷丝小姐！我们能交流的实在太少了！我有许多事情想要告诉你——为了听听你的看法。你读过伯克[①]吗？”

“伯克？”她重复道，“谁是伯克？”

“没有吗？好吧，我得记下来，好寄一本给你。就《法国大革命的演讲——美国的叛乱》吧，我想，这本怎么样？”他笔记本上记下了几笔，“你之后必须写信来，告诉我你是怎么看的。这种沉默寡言、这种孤寂，却与现代生活息息相关！现在跟我说说你自己吧。你的兴趣爱好？日常消遣？我猜你是一个兴趣丰富的人。你一定是！上帝啊！我想到我们生活的年代，有它的机遇和可能性，有那么多事要去做，要去享受——为什么我们只能有一条命而不是十条呢？那说说你自己吧！”

“你看，我是个女人。”蕾切尔说。

“我知道——我知道。”理查德说，头向后一拗，手指揉搓着眼睛。

“当个女人真是奇怪！一个年轻漂亮的女人，”他简短地说，“整个世界都在她的面前。千真万确，温雷丝小

① 伯克（Edmund Burke, 1729年—1797年）：爱尔兰的政治家、作家。

姐。你拥有不可估量的力量——不论好坏。你不能做——”他突然不说了。

“什么？”蕾切尔问。

“你有美貌。”他说。船突然一倾。蕾切尔微微地向前倒。理查德捉住了她的手臂，亲吻了她。他紧紧地将她搂住，吻得是那样深情，让她感觉他坚硬的身体和粗糙的脸颊都要印刻在她的身上了。她跌坐回自己的椅子上，心脏猛烈地跳动，每跳一次眼前都浮现出黑色的波浪。他双手捂住额头。

“你诱惑了我。”他说。他声音中透着骇人的语调，惊恐得快要窒息了。两人都在打颤。蕾切尔站起身跑开了。她的脑袋冰冷，双膝颤抖，心绪上的刻骨之痛是如此深切，令她只能依靠剧烈跳动的心脏挪动步子。她倚靠在船的栏杆上，渐渐地什么都感觉不到了，只因她的身体与神智逐渐发冷，寒意蔓延全身。远处，黑色、白色的小小海鸟漂浮在波浪间。它们在浪尖波谷优雅淡然地起伏着，看上去异常的疏离与冷漠。

“你们很平静。”她说。她也平静下来了，同时却拥有了一阵怪异的狂喜。生活似乎拥有无限的可能，这是她未曾预料到的。她倚靠在栏杆上，注视着汹涌的灰色海水。阳光细碎地洒在浪尖上，待到她再度感到寒意时，也彻底冷静下来了。无论如何，某些美妙的事情已然发生。

然而，在晚餐时，她不再感觉狂喜，只是觉得不适，就好像她与理查德一同看见了潜藏在寻常生活之下的某些东西，因此两人的目光都不与对方接触。曾有一次理查德的眼神不安地扫过了她，之后便再也没看她一眼。人们费力地挤出些陈词滥调，可是威洛比却兴致高昂。

“给达洛维先生的牛肉！”他大叫，“来吧——散完步你就达到了牛肉阶段，达洛维！”

充满阳刚气息的美妙故事围绕着布赖特[1]与迪斯雷利[2]以及联合政府逐渐展开，美妙的故事令餐桌上的人们显得渺小且平平无奇。晚餐过后，海伦与蕾切尔一同坐在摇晃

① 布赖特（John Bright，1811 年—1889 年）：英国自由党政治家。当时英国最负盛名的演说家之一，也是自由贸易的倡导者。

② 迪斯雷利（Benjamin Disraeli，1st Earl of Beaconsfield，1804 年—1881 年）：英国保守党政治家、作家和贵族，曾两次担任首相。他在保守党的现代化进程之中扮演了中心角色，也是英国唯一一位犹太裔首相。

的灯下。海伦被她苍白的脸色吓坏了，她再一次感觉到这女孩儿的行为有些异常。

“你看上去累了。你累吗？”她问。

“不累，”蕾切尔说，“噢，是的，我想我累了。”

海伦建议她上床休息，她便走开了，不再去看理查德。她一定是累极了，因为她很快就入睡了，并没有做梦。但睡了一两个小时后，她又做起了梦。她梦见自己沿着一条长长的隧道走着，它变得愈来愈窄，以至于她能摸到两边潮湿的砖墙。最后隧道敞开了，成了一座带穹顶的地窖。她发现自己被困住了，不管她转向哪都会碰到砖墙。和她在一块儿的只有一个矮小的畸形男人，他长着长指甲蹲在地上发出叽里咕噜的声音。他满脸麻子，长了一张动物的脸。他身后的墙渗出的湿气聚积成了水滴，从上面滑落。她冰冷得像个死人，静静地躺着，动也不敢动，直到她整个人在床上翻了个身才将这痛苦打破，“噢！”的一声醒来了。

光线为她照亮了她熟悉的东西：她的衣物从椅子上滑落下来了，闪着白色光泽的水壶。可是恐惧并没有即刻消逝，她感觉自己正在被追逐，便起身将房门牢牢锁住。一个声音在她耳边呜咽，一双眼睛渴望着她。整整一夜，野蛮的男人们袭击了这艘船；他们拖着脚沿着走廊一路扭打着，在她门前停下细细嗅闻。她再也睡不着了。

第六章

“那简直就是人生的悲哀——就像我一直说的！”达洛维夫人说，“一些事情有了开始，却不得以要迎来终结。尽管如此，要是你希望的话，我并不打算就此结束。”现在是早上，海面平静，船再一次把锚落在了离岸不远的地方。

她穿着自己那身长长的毛皮斗篷，头上包裹着面纱，再一次，众多箱子一个叠一个地堆放着，一如几日前的场景。

“你觉得我们还会在伦敦相见吗？”里德利讥讽地说，“等你一踏上那儿便会把我忘得一干二净啦。”

他指向岸边的小小海湾，他们现在能看见枝条摇曳的连体树。

“你真讨厌！”她大笑说，“反正蕾切尔会来看我的——你一回来就要来看我呀，”她说，抓紧蕾切尔的手臂，“现在——你可没得选了！”

她拿了支银色的铅笔在《劝导》的扉页上写下了自己的名字和地址，并将书给了蕾切尔。水手们扛着行李，人们开始聚集到一起。有科博尔德船长、格赖斯先生、威洛比、海伦，还有个穿着蓝色毛线衫不起眼的讨喜男人。

“噢，是时候了，”克拉丽莎说，“好吧，再见了。我真喜欢你。”亲吻蕾切尔时她低语道。由于有人挡着道，理查德再无必要去和蕾切尔握手。他生硬地盯了她一秒钟，随后跟着妻子走下了船。

小船离了大船，驶向了陆地。海伦、里德利和蕾切尔在栏杆上靠了好一会儿，观望着。达洛维夫人一度转过身来挥挥手。可是小船渐渐地越来越小，最后它不再起伏，除了两道清晰的背影，什么都看不见了。

“好了，都结束了，”里德利沉默良久开口道，“我们不会再和他们相见了。”他补充了一句，埋头看起了自己的书。一阵空虚与伤感包围了他们。他们打心底里明白，都结束了，他们永远地分开了，知晓了这一点，苦闷忧愁远比他们几日的相熟来得剧烈。随着小船驶远，他们能感觉到其他的风景与声音开始取代达洛维夫妇，这种感受相当令人不快，所以他们试着抵抗。因为同样的，他们也会被忘却。

当契莱太太清扫梳妆台下枯萎的玫瑰花瓣时，海伦正怀着同样的心情焦虑地在客人走后将一切再次安排妥当。蕾切尔的疲惫萎靡暴露在外，这令她成了个易于捕获的猎物，实际上，海伦已经设好了一个陷阱。她现在能确切地感觉到，出了一些事情。再者，她也想到两人已经彼此疏离得够久了。她想要知道蕾切尔是个什么样的女孩，部分原因自然是蕾切尔那副不太愿意被人了解的姿态。所以，正当她们离开栏杆时，她开口道：

“别练琴了，过来和我聊聊吧。”她将蕾切尔领到了阴凉处，那有一排延伸到了太阳底下的折叠椅。蕾切尔冷漠地跟着海伦，她的心思被理查德占满了；被之前发生过的极端怪事，也被她之前未曾领略过的千般滋味给占满了。她几乎没怎么去听海伦正在说的话，而一边的海伦正滔滔不绝地说着些普通琐事。正当安布罗斯太太整理好她的绣品，将吮抿好的丝线穿过针孔时，蕾切尔往下一躺，凝视起了地平线。

“你喜欢这些人吗？”海伦随口问她。

“喜欢。”她淡淡地答道。

“你和他说话了，是吗？”

她沉默了一阵。

“他吻了我。”她依然淡淡地说道。

海伦一惊，望着她，体会不出她的感受。

“嗯，嗯，是呀，”沉默了一阵后她说道，“我觉得他就是那样的男人。”

“什么样的男人？”蕾切尔问。

“夸夸其谈且多愁善感。”

“我喜欢他。”蕾切尔说。

“所以你并不介怀？”

自海伦认识她以来，第一次看到蕾切尔的眼睛鲜活地亮了起来。

“我确实介怀，”她愤愤地说，“我做梦了。我睡不着。”

“告诉我出了什么事。”海伦说。在她倾听蕾切尔的故事时，她不得不极力克制自己颤动的嘴唇。骤然间，一切的事情都被倾吐而出，郑重其事地不带一丝戏谑。

“我们谈了政治。他告诉我他在一些地方为穷人们做的事情。我问了他各种各样的问题。他向我讲述了他的生活。前天，就在风暴过后，他来我房间见我。之后就发生了那件事，相当突然。他吻了我。我不知道是为什么。”她一边说着一边红了脸。“我本来是相当兴奋的，”她继续道，“可到后来我开始介怀了，就在——”她不说了，眼前再次出现了那个臃肿小个子男人的身影，“我吓坏了。”

从她的眼神里可以看出她又一次被吓坏了。海伦完全不知道该说些什么。她对蕾切尔的成长经历知之甚少。从这方面来看，她猜，蕾切尔一直对男女之间的关系一无所知。出于她对女人而不是男人产生的羞怯，她并不打算简单地去解释这些关系是什么。所以她话锋一转，贬损起整件事情来。

“噢，好吧，”她说，“他真是个蠢货，如果换作是我，我就不会再想这事了。”

“不，”蕾切尔说，突然直直地弹起，“我不会那么做。我会整日整夜地想，直到想明白这意味着什么。”

“你看过书吗？”海伦试探性地问道。

“《柯珀书信》——那类东西。父亲还有姑妈拿来给我的。”

海伦快要忍不住大声说出自己对这个男人的看法了：他把自己的女儿养到二十四岁，可她几乎不知道男人渴求女人这档事，还被一个吻给吓坏了。海伦切实地担心起蕾切尔，她正令自己陷入无比可笑的境地。

“你认识的男人不多吧？”她问道。

“佩珀先生。”蕾切尔讽刺地回道。

“所以都没有人想要娶你喽？”

“没有。”她直率地说。

从她的话里，海伦想到蕾切尔定会将心里想的说出来的，这或也会对她有帮助。

“你不该感到害怕，”她说，“这是世界上最自然的事情。男人想要吻你，就像他们想要娶你一样。把事情看得过于严重就太可惜了。这就像去在意人们吃喝时出声或是男人吐唾沫一样。或者简单来说，尽去关注些令人心烦的鸡毛蒜皮的事。”

蕾切尔看上去心不在焉地听着这些话。

“告诉我，”她突然问，“那些在皮卡迪利的女人是干什么的？”

“在皮卡迪利的？她们是娼妓。”海伦说。

“这太可怕了，这真恶心。”蕾切尔断言到，仿佛她发出的恨意把海伦也一并算在内了。

“是的，”海伦说，“可是——”

“我真喜欢他，”蕾切尔若有所思道，仿佛在对自己说话，“我想和他说话，我想知道他做过些什么。那些在兰开郡的女人——”

当她回忆起他们之间的对话时，似乎有一些关于理查德的欢喜点滴从中浮现出来了，有差点建立起友谊时的愉快，以及他们分开之时的生疏哀怨。

她缓和的情绪被海伦清楚地看在眼里。

“听着，”她说，“你必须顺其自然。如果你想要和男人交朋友，你必须承担风险。个人来讲，”她绽开微笑，继续道，“我认为这很值得。我不介意被亲吻。我承认，我相当嫉妒，因为达洛维先生吻了你却没有吻我。尽管，”

她加了一句，“他让我觉得无聊极了。”

可是蕾切尔没有如海伦预料之中的那样报以微笑，也没有不再去想这件事情。她痛苦的思绪费力且反复无常地跑得飞快。海伦的话语为她砍倒了终日横亘在她面前的巨大阻碍，投进来的光亮是冷的。她目不转睛地坐了一会儿后终于爆发了：

“这就是我无法独自行进的原因！”

见了这道光后，她第一次将自己的人生视为一件被禁锢起来却蠢蠢欲动的物体，它在高墙之间被小心翼翼地推动了，转了一个方向，一头扎进了黑暗之中，变得永远呆滞残破——她的人生是她仅有的机会——千句话语万般举动在她眼前也不过如此。

“因为男人都是人面兽心！我恨男人！”她大叫。

“我记得你说过你喜欢他？”海伦问。

“我喜欢过他，我喜欢过那个吻。”她回道，这么说似乎只是给她的问题又平添了许多烦恼。

见她遭受的打击与烦恼如此真实，海伦感到无比惊讶。可她想不到还有其他什么办法去解开这个难题，也就只有继续交谈下去。她想要让她的外甥女开口，这样便能明白为什么这个无聊透顶、亲切殷勤却夸夸其谈的政治家给她留下了那么深刻的影响，因为对于一个二十四岁的女孩来说，这绝不正常。

“那你也喜欢达洛维夫人吗？”她问。

海伦一说这话，就见蕾切尔红了脸，因为她想起了自己之前说出口的傻事。而且在她看来，她对这个优雅的女人坏透了，因为达洛维夫人说过她爱她的丈夫。

“她人特别好，不过这人的脑子大概只有顶针那么大，”海伦继续道，“我从没听过那么多瞎话！叽里呱啦叽里呱啦——说着鱼还有希腊字母表——别人说的话一个字都不听，满嘴都在讲些怎么带孩子的白痴理论，我倒情愿跟他说话。不管如何，虽然他浮夸，不过至少他能明白别人跟讲他的话。”

理查德与克拉丽莎身上的璀璨光环不知不觉地暗淡了一些。他们毕竟也没有那么好，一个成熟的人早在之前就看在眼里了。

“要想知道人是什么样子的真是难。”蕾切尔说道。

海伦欣喜地发现她说起话来愈发自然了。“我猜我是被戏弄了。”

在海伦看来，这一点几乎无疑，不过她还是忍住不提，大声说道：

“一个人需要做些尝试。”

“之前他们是挺不错的，”蕾切尔说，“他们相当有趣。”她试着回想起那个世界的画面，生动如理查德先前告诉她的那样，如同神经组织般的下水道，如患病皮肤疮口般的破房子。她回想起他的口号：团结、想象力，再次看见了她杯壁上碰起的泡泡，这时的他正在谈论金丝雀与姐妹、童年和他父亲，她小小的世界神奇地被放大了。

“然而不是所有人在你眼里都是一样有趣的，对吧？”安布罗斯太太问。

蕾切尔解释道，大多数人迄今为止于她而言只是符号；但当他们和她说起话来时，他们就不再是符号了，而是变成——“我能一直听他们讲下去！”她高声说。随后她一跃而起，跑下了楼，在消失了一分钟后带着本厚厚的红皮书回来了。

“《名人录》[①]，”她说道，将书本摊在海伦膝上，翻动起书页，“这本书里能看到人们短暂的一生。比如说：‘罗兰·比尔爵士：1852 年出生；父母来自莫法特；在拉格比上学；初入皇家工程师部队；1878 年与 T. 菲什威克之女结婚；1884—1885 年在贝专纳兰远征军服役（荣获嘉奖）。所属俱乐部：联合军，海军军事俱乐部。兴趣爱好：狂热的冰壶爱好者。’”

她往甲板上一坐，靠在海伦脚边，继续翻动着书页，朗读出银行家、作家、牧师、水手、外科医生、法官、教授政治家、编辑、慈善家、商人以及女演员的人物小传；他们属于哪家俱乐部，他们住在哪里，他们玩些什么游戏，他们拥有多少亩土地。

她沉浸在这本书里了。

与此同时，海伦绣着她的刺绣，思索起她们之前聊的事情。她得出结论：如果有可能的话，她非常愿意向她的

① 《名人录》（Who’s Who）：由英国最先出版的一类传记类刊物，多收录当代名人的个人资料，包括：出生、学历、职业、所属社团、政党等。

外甥女展示该如何生活，或是告诉她该如何成为一个有理智的人。她认为，在这场政治与亲吻政治家的迷局中一定有什么事情出了问题，而一个年长者理应能帮上忙。

“我相当赞同，”她说，“人很有趣，只是——”蕾切尔将手指插在书页间，疑惑地抬起头。

“只是我觉得你应该加以辨别，”她补充道，“和这种人——好吧，相当次等的人，就像达洛维夫妇那样的——亲密过甚，而且等到事后才发现，真是太遗憾了。”

“可我怎么会知道呢？”蕾切尔问。

“我确实没办法告诉你，”海伦想了一下，直率地说，“你需要靠自己去发现。但是总要试试，还有——为什么你不叫我海伦呢？”她补充说，“舅妈真是个可怕的称呼。我就没喜欢过我的舅妈。”

“我很想叫你海伦。”蕾切尔回道。

“你是不是觉得我很没同情心？”

蕾切尔重新审视了那些海伦绝对没有明白的重点。她们之间隔了将近二十岁，差别巨大，所以在这一刻里，安布罗斯夫人显得太过乖戾冷静了。

“没有，”她说，“有些事你不懂，这是自然的。”

“是自然的，”海伦同意道，“所以现在你能继续了，成为一个替自己做主的人。”她补充道。

在她眼中，她自身的性格是一件真实永恒的事物，与众不同，格格不入，就像海或是风那样在蕾切尔的脑海中闪烁。一想到生活，她变得极度兴奋。

“我——我——我自己能行，”她结结巴巴地说，“尽管有你，有达洛维夫妇，有佩珀先生，有父亲还有姑妈们，尽管有这些人？”她的手扫过了一整面印着政治家与士兵的书页。

“尽管有他们所有人。”海伦郑重地说。她放下针线，向蕾切尔详述起了一个计划。在她们谈话时，它就从她脑海里冒出来了。她才不该沿着亚马孙河一路漂游，最后到达某个地狱般的热带港口，终日躺在屋内用扇子驱赶蚊蝇；明智之选应该是让蕾切尔在他们海边的别墅里与他们一起度过秋天，在那里安布罗斯太太还可以近水楼台地——“无论如何，蕾切尔，”她突然停下，“就因为我们之间差了二十岁就得假装我俩无法像正常人一样说话，这傻透了。”

“不是的，因为我们互相喜欢，”蕾切尔说。

“没错。”安布罗斯太太同意道。

这个事实，连同其他的事实在她们二十分钟的谈话里变得清晰明了。尽管这些结论是如何得出来的，她们也说不出来。

不管是怎么得出了这些结论，它们足以驱使安布罗斯太太在一两天后去找她的姐夫。她发现他正坐在自己屋里工作，握着支粗粗的蓝色铅笔专横地在一捆捆的薄纸上写着。他的左右堆放着纸张，还有些巨大的信封，里面被纸塞得满满当当，这些都散在桌子上了。他上方挂着一幅女人的肖像。由于需要一动不动地端坐在一名考克尼摄影师面前，这个姿势令她的嘴唇古怪地噘了起来，也正是这个原因，她的眼神仿佛也透出了对整个状况的嗤笑。总之，这幅肖像描绘出了一个独特有趣的女人，如果她能引起威洛比的注意，她无疑会转过身来嘲笑他一番。可当他抬起头看她时，他深深地叹了口气。在他心目中，他的这份工作，位于赫尔在夜里看上去如群山一般的巨型工厂，准时跨越大洋的商船，结合了各种各样的计划以及构筑起的巨大家业都是献给她的。他将他的成就放在她的脚前，总是在思考要如何教育他的女儿才能令特里萨高兴。他是个有着雄心壮志的男人，尽管在她活着的时候，正如海伦想的那样，他没有对她特别好，但他现在相信她在天堂看着他，感召起他的良心。

安布罗斯太太为打断他道了声歉，询问道能不能让她跟他讲讲她的计划。他能否同意等他们到岸后让他女儿和他们在一块儿，而不是把她带去亚马孙河。

“我们会好好照顾她的，”她补充说，“有她在我们会很开心的。”

威洛比脸色凝重，小心翼翼地挪开了他的纸。

“她是个好姑娘，”他终于开口了，“长得像吧？”他朝特里萨的照片点点头，又叹了口气。海伦望着正朝考克尼摄影师努着嘴唇的特里萨。她诡异地显出一丝人性，似乎很想跟人讲个笑话。

“她是我仅剩的所有了，”威洛比叹气道，“我们一年接一年地过，不去讨论这些事情——”他停住了，“但是最好如此。只是生活十分艰辛。”

海伦也为他感到难过，拍拍他的肩膀。但是一听她的姐夫表达出内心感受，她觉得怪难受的。她借机表扬了蕾切尔，解释起为什么她觉得这个计划或许不错。

“的确，”威洛比听完后说道，“社会环境绝对是首要的。我肯定是落伍许多了。我同意是因为她想要这样。当然啦，我完全对你有信心……你看，海伦，”他言语中带了信任，继续说道，“我想要像她母亲期许的那样把她带大。我不秉持这种现代观念——跟你一样，嗯？她是个安静的好姑娘，一心扑在自己的音乐上——少投入那么点也不会坏事的。尽管如此，这令她快乐，我们在里士满过着相当清净的日子。我应该要让她开始多见见人。等我回家后我想带着她四处转转。我正盘算着在伦敦租个房子，把我姐妹留在里士满，把她带去见见一两个看在我的分上会对她好的人。我开始意识到了，”他舒展了下身体继续说道，“所有的这一切都指向国会，海伦。如果我想要办成事情这是唯一的通路。我跟达洛维先生谈过。这样一来，当然啦，我想要蕾切尔参与更多的事情。肯定得有些娱乐活动——晚餐，偶尔来个晚会。我相信，我的选民总是很乐意来饱餐一顿的。所有的这一切，蕾切尔可以帮上我很大的忙。所以，”他总结道，“如果我们能安排这次旅行（注意，必须是建立在业务基础上的），如果你能想法子帮助我女儿，带她出去——她现在有些害羞——让她成为一个女人，成为一个符合她母亲期许的女人，我会相当开心的。”他扭头望着那张照片说完了。

海伦尽管能感受到威洛比对他女儿的真切爱意，但也能感受到他同等强烈的私心，这令她下定决心要让这个女孩和她待在一起，哪怕她必须要给这个女孩上一套完整的女性美德指导课程。她忍不住要嘲笑这个想法——蕾切尔成了一位托利党女主人！蕾切尔离开的时候，还在为她父亲的无知而感到震惊。

蕾切尔被问起时所展现出的热情比海伦期望的要弱。她一会儿无比热切，下一秒却疑虑重重。一幕幕图景包围着她，眼前的大河是蓝色的，太阳是黄色的，还有色彩鲜艳的鸟儿飞过，月亮是白色的，穿梭移动的树影以及由交错河岸滑出的独木舟是深色的。海伦向她保证还能看见一条河流。但她不想离开她的父亲。那份感觉似乎也是真诚的，但最后还是海伦胜利了。虽然海伦赢得了她的同意，但蕾切尔满怀疑虑，不止一次地后悔起自己竟冲动地将自己的命运与另一个人纠缠在了一块。

第七章

从远处望去，尤弗罗西尼显得小极了。大船上的人们站在甲板上拿着望远镜对准它时，它看上去就像一艘不定期的货船，一艘拉货的小船，或是像那种人和牲口一起挤在甲板上的破烂蒸汽小客轮。人们还嘲笑起了达洛维夫妇、安布罗斯夫妇，还有温雷丝父女细如蚊蝇的身影。都是因为他们的身形真的是太小了，也只有最精密的望远镜才能分辨清楚他们到底是真的活物抑或是只是缆索上的疙瘩。满腹经纶的佩珀先生竟然被误认成一只鸬鹚，之后又糟糕地被认成了一头奶牛。实际上，一到夜里，当华尔兹在会客厅中摇曳起来，才华洋溢的乘客开始背诵之时，这艘小船——在漆黑的浪涛中凝成点点光亮，还有一颗高挂在桅顶之上，停下舞步歇息的热情伙伴们看在眼里，它们既深刻又神秘。它成了一艘在黑夜中穿行的航船——一枚印刻着人生孤寂的纹章，承载着古怪秘闻的奇想以及深切的同情。

它一路前行，不舍昼夜，遵循着它的道路，直到破晓之时，陆地出现了。只见它褪去了影子般的外表，先是展露出裂缝与大山，再是灰色与紫色，接下来散落成逐渐分离的白色方块。后来，大船就如同望远镜增加了焦距一般，渐渐逼近。风景中现出了街道与房屋。到了九点钟，尤弗罗西尼已经在一处巨大海湾的中央就位了，它落下自己的船锚。很快，如同一位需待检查的横卧巨人，众多小船围到了它的身边。它高声鸣笛，人们跳到了它的身上，脚步肆意地落到甲板上。这座小小的孤岛霎时间被人从各个角落入侵了。在四周沉默了以后，它因为听到了人声而陷入迷乱。安布罗斯太太独自一人，并没有留心任何喧闹。当满载着邮包的小船向他们逼近时，她的心悬在空中，脸色变得苍白。她埋头读信，并没有注意到自己已经离开了尤弗罗西尼，当大船拔高了声量，像一头与自己牛犊分离的母牛一样咆哮了三声时，她也没有觉得伤感。

“孩子们很好！”她高声说。坐在一堆箱包对面的佩珀先生膝上盖着毯子，说道：“可喜可贺。”对于蕾切尔来说，航行的终结意味着一次视线的彻底改换。快靠岸了，她因为感到手足无措，无暇理解“孩子们很好”的意义以及“可喜可贺”的原因。海伦继续读信。

小船缓缓前行，每过一个浪尖都被托得高高的，现在正渐渐靠向一弯新月形的白色沙滩。在那身后是一片深绿色的山谷，小山在两侧起伏。右侧小丘的斜坡上伫立着棕色屋顶的白房子，如同筑巢的海鸟。山上长着一排排的柏树形成了黑色的条纹。山腰遍布着红色，山顶却是光秃秃的，像小尖塔般耸起，还把后面的尖峰挡住一半。时候还早，整片美丽的风景透着轻盈与愉悦。天空与树木的蓝色与绿色浓烈却不狰狞。他们越驶越近，将细节看得分明。承载了细微之物的陆地呈现出各种色彩，不同的生命形态在经过了四周的海上生活后迎面袭来，令他们沉默良久。

“三百多年了。”终于佩珀先生若有所思地开口道。

没人问“什么？”他只能掏出个瓶子吞了片药下去。那条消逝在他口中的信息大致是在说三百多年前，有五艘伊丽莎白的三桅帆船曾在现在尤弗罗西尼漂浮的地方下锚。曾有着同等数目的西班牙大帆船靠在那片沙滩上。那里荒无人迹，因为这个国家在当时还是片遮着面纱的处女地。英国水手跨过水面，掠走了大量的银块、成捆的亚麻与雪松木材，还有点缀着绿宝石的黄金十字受难像。当西班牙人喝完酒回来，一场大战开始了。沙滩上，两伙人一拥而上，把对方往浪里按。西班牙人被这片神奇土地上出产的水果养得脑满肥肠，他们成片成片地被打倒。而坚忍的英国人饱受航海风霜，皮肤晒得棕黄，因为没有剃刀，毛发疯长，他们筋骨细瘦，饥肠辘辘，见了黄金就蠢蠢欲动。他们把受伤的人送走，把将死的人抛进海里，很快就让原住民对他们陷入了一种盲目的崇拜。就在这个地方，一块殖民地建起来了；女人被输送进来，孩子们在此长大。这一切似乎助长了大英帝国的扩张，若是在查理一世期间也有像理查德·达洛维这样的人物，当年地图的这块无疑就是红色的，而不是像今天一样，标着讨人厌的绿色。不过人们也肯定想得到，那个年代的政治头脑缺乏想象力，仅是巴望着几千英镑和几千个人。本应是一场燎原的大火只剩下了一点消亡的火星。印度人带着精细的毒药与彩绘的神像赤条条地自内陆而来；寻仇心切的西班牙人与强取豪夺的葡萄牙人从海上而来；暴露在这些敌人面前（虽然天气相当宜人，土地也十分富足），英国人口逐渐减少，差一点全部消失。约莫是在十七世纪中期，有一艘单桅帆船趁着夜色偷偷出航，上面承载着大英殖民地的残余：一些男人，一些女人，有可能还有一打灰头土脸的孩子。英国历史从此否认了对这个地方的所有了解。出于各种原因，文明将它的中心转移到四五百英里以南开外的一个点，而今日的圣玛丽娜和三百年前的比也没有大多少。说到这里的居民，那是一次快乐的和解。因为葡萄牙父亲娶了印度母亲，而他们的孩子又和西班牙人通婚。尽管他们从曼彻斯特带来了自家的耕具，他们也用自家的羊毛做衣服，自己养蚕抽丝，用自家的雪松木打家具。这一处的艺术与产业依然与伊丽莎白时代的没什么区别。

要解释清楚为什么英国人在近十年里横跨海洋建立殖民地并不简单，也许历史书根本不会将之记录。尽管已经拥有了旅行设施、和平的环境、兴旺的贸易等条件；就算富有古国之辉，数量庞大的石雕、彩绘玻璃窗，以及售卖给旅客的浓棕油画，英国人依然不满足。这场探寻新事物的运动无疑影响甚微，只能打动一些富裕的人们。这是由几名男老师发起的，他们作为不定期货运汽船上的事务长一路去往南美洲，又在夏季学期及时返回。他们的故事充斥着海上生涯的壮丽与艰辛，连同航海船长的趣闻、晨昏日暮的奇观，殖民地的新奇事物以及有趣的异邦人，有时他们还将故事付梓。这个国家本身极尽了其想像之能，因为他们说这个国家比意大利大多了，比希腊高贵多了。他们不断说起原住民不同寻常的美丽，他们身材高大，皮肤黝黑，富有激情而且拔刀迅速。为了证明这个地方处处新奇、美丽非凡，他们展示了女人缠在头上的头巾与亮绿、亮蓝色的原始雕刻。不知怎的，就和时尚一样，这一时尚也开始传播开来。古旧的修道院迅速地被改建成宾馆，而一条知名的汽船航线为了旅客的方便被调整了路线。

奇怪的是，海伦·安布罗斯兄弟们中最不得意的一个早在几年前就被送出去谋求富贵，无论如何都好教他远离如今在这儿已变得深受欢迎的跑马。他常常倚靠在露台的柱子上，远眺英国商船载着成为事务长的男老师们，升腾着蒸汽驶入海湾。他终于攒够了度假的钱，也厌倦了那个地方，提出要将自己的别墅建在山披上，交由他妹妹处置。讲到新世界的话题，她也有所耳闻，据说那里永远阳光灿烂且从不起雾，她也有些被吸引到了。当他们在计划走出英国该去哪过冬时，她无疑不该错过这个绝佳的机会。因为这些原因，她决意接受威洛比让他们上船免费捎上一程的邀请，并把孩子安置在他们的祖父母那儿，好让她全心全意地投入自己要做的事情。

安布罗斯夫妇、佩珀先生以及蕾切尔在马车里坐好，由长着长尾巴、雉鸡毛立在耳侧的马拉着走出了船港。他们上山的时候天气逐渐升温。通向小镇的沿路上，似乎有男人敲打着铜器叫嚷着“水”，还有挡道的骡子，接着就被鞭子和咒骂声驱散了，女人们赤脚走在街上，头稳稳地顶着篮子，残疾人急切地展示起自己残肢。马车在陡峭的绿色田野中穿行，但不是这片土地能够展现出的最绿的颜色。巨树的浓荫遮住了除却道路中央的大部分地方。还有一条浅浅的山涧淌得飞快，细流如同交缠的发辫，沿着边缘奔流而下。他们越爬越高，里德利和蕾切尔索性下地在后面走；接着他们拐进了一条散落着石头的小径，佩珀先生举起手杖默默指了指一处灌木丛，紫色的花朵盛开在稀疏的草叶间。在一阵晃荡的小跑中，最后一段旅程终于结束了。

别墅是一栋宽敞的白房子，式样与多数欧洲的大陆房子雷同。在英国人的眼里，它显得脆弱单薄，摇摇欲坠而且轻浮得可笑。它更像是一座茶园里的宝塔而不是一个能让人睡觉的地方。花园急需一个园丁前来打理。灌木丛摇曳的枝干横亘在小路上；泥土暴露在棵棵草茎间，可以清楚分明地点出草皮的数量。露台前的一片圆形草地上有两只裂了缝的花瓶，里面的红色花朵耷拉着。它们之间还有一座石砌的喷泉，已经被太阳烤干了。圆形花园通向一座长形的花园，园丁的剪刀几乎不怎么光顾那里，除非他偶尔想到要为自己的爱人剪下一枝花。有几棵高大的树木落下阴影，排成一列的圆形灌木顶部开着蜡一般的花朵挤成一团。铺了光滑草皮的花园被厚实的篱笆隔开，还有隆起的花床。这样一座花园是我们英国人围在墙里的那种，布置在荒山的一侧则会显得格格不入。它的丑陋无须掩饰，从别墅里直接向外望，隔着种满橄榄树的半山腰就能看见大海。

整个地方的粗陋令契莱太太大为震惊。这儿连遮挡日光的百叶窗都没有，更别提会有让日光暴晒的家具了。她站在空荡荡的石头大厅里，仔细审视着无比宽大却没有地毯覆盖的破烂楼梯，她继而断定这里有耗子出没，个头有家里养的梗犬那么大。如果有人下脚稍微用了些力，地板一定会被踩穿。至于热水——想到这里，她的审视已经令她无言以对。

“可怜的丫头！”她对着脸色蜡黄的西班牙小女仆喃喃道，只见她与猪和鸡一同出来迎接他们，“难怪你看上去几乎没个人样了！”玛利亚以一种西班牙式的典雅气度接受了这句“恭维”。在契莱太太看来，他们还是待在一艘英国的船上来得好些，可是没有人比她更明白，她的职责是要她留下来。

在他们安顿完毕，准备好日常行程之后，便极力劝说佩珀先生留下，暂住在安布罗斯宅邸。早在船靠岸的前几天，她们已经使尽了浑身解数向他描绘了亚马孙河流的美丽。

“那条美妙的溪流！”海伦说道，她炽烈的目光好似眼前就已出现了成串的瀑布。“我很想亲自跟你去呢，威洛比——可是不行。想想那日落和月升的景象——我相信那颜色超乎想象。”

“还有野孔雀。”蕾切尔突然说道。

“还有在水里游的奇妙动物。”海伦肯定道。

“说不定能有人发现一种新的爬行动物。”蕾切尔接着说。

“这势必会掀起一场革命，我知道。”海伦急切地说。

这番诱哄的场面被里德利略微打断了。他看了一会儿佩珀，大声叹了口气，“可怜的家伙！”心中埋怨着女人们的残忍。

他留下了，相当心满意足地度过了六天。他日日坐在一间家具稀少的会客室里摆弄着一只显微镜和一个笔记本。但到了第七日晚上，在他们坐下吃晚餐时，他看上去异常的焦躁不安。餐桌被放置在两扇落地窗之间，按照海伦的吩咐，窗户的帘子没有放下来。在这样的天气里，黑暗如同刀锋般落下，山坡下的小镇涌现出一团团、一条条的光点。白日里从未现身的楼房在黑夜中出现，在汽船晃动的灯光下，大海犹如在陆地之上涌动。这道风景实现了一家伦敦餐厅里交响乐队所能达到的效果，不过前者是以寂静作为背景。威廉·佩珀观察片刻，戴上自己的眼镜思考起这个场景来。

“我认出了左侧的那一大块地。”他观察着，叉子指着一块由几排亮光围成的正方形。

“我猜他们应该会烧蔬菜。” 他补充道。

“是家宾馆？”海伦问。

“曾经是座修道院。”佩珀先生说。

之后再无言语。不过一天之后，佩珀中午散步回来，静静地站到了正在露台上读书的海伦跟前。

“我在那儿要了个房间。”他说。

“你别是要走吧？”她高声道。

“基本上说——是的，”他说，“没有私人厨子会烧蔬菜。”

海伦晓得他讨厌被提问，某种程度上她自己也是如此，她便不再追问了。但有一股不舒服的怀疑感依然埋藏在她的心中：威廉正在掩藏伤痛。她回想起她说过的，她丈夫说过的，还有蕾切尔说过的那些扎人的话语，顿时涨红了脸。她几乎要大叫出声：“别走，威廉，解释清楚啊！”要不是威廉摆出了副高深莫测的扫兴模样，她本会在午餐上重提这个话题。只见他用叉子尖插起几片沙拉，那动作活像是在挑弄起水草，翻捡里面的沙砾和可疑的细菌。

“要是你们都死于伤寒我可不负责任！”他厉声说。

“如果你死于无聊，那我也不负责。”海伦暗暗驳斥道。

她想起来她还从未问起他是否谈过恋爱。他们非但没有接近这个话题，反而离它越来越远。她情不自禁地感到解脱，满腹经纶的威廉·佩珀带着他的显微镜、他的笔记本终于离开了；他真诚善良且富有理智，可是他的灵魂无聊至极。她也不禁感到悲伤，因为他们的友谊就此终结了。尽管多出个空房间就意味着更加舒适。她试着抚慰自己，思考起来：对于他人所感受到的事情，一个人从来不知道他人对此的感受程度到底是怎样。

第八章

接下来的几个月就这么过去了，正如许多年就这样过去了一样，没有重大的事情发生。但一旦起了波澜，这些岁月就会看上去与众不同。他们度过了头三个月后便进入了三月初。节气的转变如约而至，由冬入春的季节转变不甚明显。虽然脚边还燃着熊熊炉火，海伦坐在起居室里写字时依然可以敞着窗户。尽管日光正在迅速地退去，可向下看，大海依然是湛蓝的颜色，屋顶依然是棕与白的颜色。黄昏映入了永远宽敞空旷的房间，它现在显得更广更空了。她坐在那儿，膝上放了本簿子正写着字。她自己的身影也只留下了个大体的轮廓，缺乏细节。在树枝上蔓延的火焰猛地吞噬了枝头的绿色小火苗，断断续续地燃烧着，在她的脸庞上与石膏墙上投下了没有规则的光亮。墙上没有一幅画，却到处布满了重重垂挂在枝上的花朵，映衬着墙壁。还有散落在光裸地板上以及垒在大桌上的那些书本，也只有在这种光线下才看得见它们的轮廓。

安布罗斯太太正在写一封很长的信。以“亲爱的伯纳德”开头，接下来便描述起了圣赫瓦西奥别墅里在过去的三个月中发生了的事，诸如，他们曾邀请英国领事共进晚餐，被带上了一艘西班牙战舰参观，还观看了许许多多的游行与宗教节日。如此盛大的场面让安布罗斯太太想不明白，如果人们必须信仰一门宗教的话，他们怎么都没有变成罗马天主教徒呢。他们远足了几次，虽然都没有走太远。离房子极近的树木缀满肆意盛开的繁花，大海与土地的颜色绚丽缤纷。这样的景色非常值得前来一观。土地并不是棕黄色的，而是红色、紫色和绿色的。“你不会信我的，”她补充道，“在英国根本没有这样的颜色。”实际上，对于这座可怜的小岛，她采用了一种居高临下的语气。现在她又将话题转向了角落里的番红花与紫罗兰，它们在不起眼的舒适角落里、在凛冽的空气中生长着，由带着厚手套脸色红润的老园丁们照料，他们总是手扶帽檐，恭敬地退开。她继续嘲弄着那些岛民。在伦敦关于大选的谣言持续发酵，甚至已经传到了他们这边。“这听上去真不可思议，”她继续写道，“人们竟只关心着是阿斯奎斯[1]当选了还是奥斯汀·张伯伦[2]出局了。正当你们为了政治扯破了嗓子吆喝时，你们却让唯一想办上些好事的人挨饿或是受到嘲笑。你们什么时候支持过一位健在的艺术家？或是买上他的一幅佳作？为什么你们都是那样的丑陋卑贱？在这里，佣人是人。他们跟人说话时，好像他们都是平等的。据我所知，这里一个贵族都没有。”

或许是因为提到了贵族，这令她想起了理查德·达洛维和蕾切尔，因为接下来她要用上同等浓重的笔墨去描绘她的外甥女。

“命运真是奇怪，让我接手了这个女孩，”她写道，“要知道我从来没和女人好好相处过，或是和她们有过瓜葛。不过，我得收回一些我对她们说过的不是。如果她们受过正规教育，我不明白她们为什么不能变得和男人们一

① 阿斯奎斯（Herbert Henry Asquith, 1st Earl of Oxford and Asquith, 1852年—1928年）：英国自由党政治家，曾任内政大臣及财政大臣，1908年至1916年出任英国首相。
② 奥斯汀·张伯伦（Sir Austen Chamberlain, 1863年—1937年）：英国政治家，他曾获得嘉德勋章，并因推动罗加诺公约而获得1925年诺贝尔和平奖，曾担任邮政总局局长、财政大臣、印度大臣、掌玺大臣、外交大臣和第一海军大臣等。

样——一样体面，我是说；当然啦，虽然男女有很大区别。问题是，人们该如何教导她们。在我看来，目前的方式真是糟透了。这个女孩，已经长到了二十四岁了，居然从未听闻过男人渴求女人这种事情，还有，要不是我解释了，她连孩子是怎么生出来的也不知道。她在其他事物上的无知程度也一样严重。（这里最好不要引用安布罗斯太太的话。）……彻彻底底的。在我眼里，用这种方式把孩子带大，不仅是犯傻更是犯罪。更不必说她们遭过多少罪，这解释了为什么女人会是这个样子——她们没有变得更糟是个奇迹。我把教导她、启迪她视为己任，事到如今，尽管她还保持着很大的偏见并且有夸大的倾向，但多多少少算是个有理智的人。让她们保持无知自然会适得其反。当她们明白过来时，就会把一切看得过于严重。我那姐夫确实活该受一回苦——可他不会领会的。现在我祈求着能有个年轻小伙来帮我的忙；我是说，能有某个人可以开诚布公地跟她聊聊，向她证实她对生活的大多数认知是多么荒唐。不幸的是，这样的男人似乎和这样的女人一样稀少。在这儿的英属殖民地绝对找不到这样的人。艺术家、商人、受过教育的人——他们愚蠢、庸俗而且轻浮……”她停了笔。她听见盘盏碰撞的叮当声由隔壁饭厅传来，契莱太太正中气十足地用英语指挥那个西班牙女孩该将东西摆在哪里。开饭铃响了，她起身走到外面与里德利和蕾切尔碰了头，他们一同走去用晚餐。

不管是里德利还是蕾切尔，三个月的时间只给他们的外貌带来了微小的改变。不过一位敏锐的观察者或许已经发觉了，这个女孩和以前相比，显得更坚定，举止也多了自信。她的皮肤呈褐色，她的眼睛显然更亮了，她能花心思去听别人讲话，尽管她可能要去驳斥。晚餐在一片舒适沉静的氛围中开始了，人们在一起享受着这份闲适与安静。随后，里德利把胳膊肘往窗边一靠，向外望去，评价着这真是个美妙的夜晚。

“是呀。”海伦说。她补充道：“春天来了。”望着下方的灯火。她用西班牙语问玛利亚，那家宾馆是否已经住满了旅客。玛利亚骄傲地告诉她说，到时候就连鸡蛋都会变得很难买到——店家才不会在意他们的要价。他们无论如何都会从英国人那里弄到鸡蛋的。

“海湾那儿有一艘英国汽船，”蕾切尔说，望着底下一圈三角形的灯光，“它今天很早就到了。”

“那我们就能指望收到些信，再把我们的寄出去了。”海伦说。

不知怎的，但凡提到信件，里德利总是不高兴。接下来的晚餐时间就在这对夫妻激烈的争论中度过了，争论中心就是他到底有没有被整个文明世界无视。

“想想上一批来信吧，”海伦说，“你活该挨顿打。他们要你去讲课，要授予你学位，还有某个傻乎乎的女人不仅夸你的书还要赞你长得俊——她说如果雪莱活到了五十五岁还留了胡子，他就是你的那般模样。说真的，里德利，你是我见过的最虚荣的男人了。”她说完，起身离席，“我能跟你讲的都已经讲完了。”

她找到了搁在炉火前的信件，又加了几笔，随后宣告自己现在要去送信了——里德利必须带上自己的信——至于蕾切尔嘛？

“我想你给你的姑妈们写过信了吧？现在是时候了。”

女人们披好斗篷戴上帽子。先前还邀请里德利和她们同去，不过他坚决地拒绝了，跟蕾切尔说他现在就成了个傻子了，不过海伦心知肚明，她们转身便走。他站在炉火边，凝视着镜子深处，把自己的脸挤作一团，活像是一位在战场上指挥的将军，或是一位看着火舌舔舐着自己脚趾的殉道者，而不再像是一位与世隔绝的教授了。

海伦一把抓住他的胡子。

“我是个傻子吗？”她问。

“放开我，海伦。”

“我是个傻子吗？”她重复道。

“恶妇！”他大叫道，并吻了她。

“就让你和你的虚荣心一块待着吧。”两人走到门口处，她回头说道。

这是个美妙的夜晚，尽管星星已经出来了，天色依然亮着，看得见长长的路一直延伸。邮筒就在小径与大路交接口的一处黄色高墙那儿。投完信件，海伦正打算往回走。

“别，别，”蕾切尔说，抓住了她的手腕，“我们要去看看生活。你答应我的。”

“看看生活”这个词指的是她们天黑后在镇上闲逛的

习惯。圣玛丽娜的社交生活几乎完全是依靠灯火来维持的，温暖的夜晚与凝聚了芬芳的鲜花足以令人心生愉悦。年轻的女子们将头发挽成漂亮的发髻，还在耳后别上一朵红花，坐在门阶上，或是在阳台上探出身子。而年轻的男子们跑上跑下，时不时大声地致以问候，或是在某一处停下脚步讲上几句脉脉爱语。在敞开的窗户里，能看见商贩在清点一天的进账，还有上了年纪的女人把瓶瓶罐罐从一个架子上捧到另一个架子上。街上挤满了人，多数地方都是男人，他们边走边交流着他们对世界的看法；或是聚集在街角的酒桌上，在那儿有个老跛子弹着吉他，一旁有一个可怜的女孩痛苦地吟唱起炽烈的歌谣。两个英国女人的出现激起了几丝带着友善的好奇，但是并没有人前来打搅她们。

海伦信步闲逛，观察着形形色色的人们，他们衣衫褴褛，看上去无忧无虑，一脸的自在满足。

“想象下今晚的林荫路[①]，”她终于开口道，“今天

① 林荫路（the Mall）：英国伦敦的一条马路，从西面的白金汉宫到东面的水师提督门和特拉法加广场。林荫路兴建于十九世纪，为专门举行重大仪式的马路。

是三月十五日。兴许还有宫廷仪仗呢。”她想起了站在凛冽春风中等待观看盛大马车队列经过的人群。“就算不下雨，天也很冷，”她说，“贩卖图画明信片的人们首先会出现；接下来是可怜的售货小姑娘，捧着圆形的装帽纸盒；再有的就是穿着燕尾服的银行雇员；还有呢——有好些个裁缝。住在南肯辛顿的人们乘着单马拉的车匆匆赶到。官员们则乘着两匹枣红马拉的车；另一边的伯爵呢，还允许他们身后再站一名侍从。公爵能站两名，王室大公——据我所知——能有三名；国王呢，我觉得，他想要多少就能有多少。而且人们以此为信仰！”

而在此地，远道而来的英国人在身形上看上去长得犹如棋盘上的国王与皇后，马与卒，他们的差别就是如此奇怪，如此明显却又含蓄地被信仰着。

她们为了绕开人群，不得不分开而行。

“他们信仰上帝。”她们重新走到一块时蕾切尔说。她是说人群中的人们信仰他。因为她记得那些立在人行道交界处的十字架，上面塑着流血的石膏偶像，还有在一间罗马天主教教堂，那里举行的仪式，神秘得难以言喻。

“我们永远都弄不明白的！”她叹了口气。

她们已经走了一段路，现在已到了晚上，不过她们依然能看见在左手边往下走没几步路的地方有一扇巨大的铁门。

“你是不是想走去这家宾馆？”海伦问。

蕾切尔推了把门，它猛地打开了，四下看不见一个人。考虑到在这个国度并无私密可言，她们直接走了进去。那是一条沿边种着树木的笔直大道。树木突然没有了，道路转了个弯，她们发现自己来到了一幢巨大的方形建筑前。她们之前走过的是围绕着宾馆的宽阔游廊，窗户近在咫尺。一排排敞开的落地窗几乎快要触到地面。所有的窗户都没有遮帘子，全都灯火通明，让她们将里面看得一清二楚。每扇窗户都揭示了宾馆内生活的各色角落。她们躲进了一根分隔了窗户的大柱子的阴影中，朝里窥看。她们发现自己正站在餐厅的外头。人们正在打扫；一位侍者在桌上翘了条腿正在吃葡萄；隔壁屋就是厨房了，有人在清洗餐具；白衣服的厨师正把胳膊伸进大锅里，侍者们正狼吞虎咽地大嚼着碎肉，拿小块的面包屑蘸足了肉汁。她们继续走，在一大片灌木丛中迷了路。随后却突然发现自己就在会客室的外面，里面的女士们先生们在饱餐一顿后，深深地陷坐在扶手椅中，时不时说几句话或是翻动杂志。一个消瘦的女人正激情澎湃地演奏着钢琴。

“Dahabeeyah[①]是什么呀，查尔斯？”那声音一听就是属于一个寡妇的，她坐在一张靠窗的扶手椅上向她的儿子发问。

之后的就听不到了，儿子的回答消失在一阵清嗓子与拍打膝盖的嘈杂声中了。

“这间屋子里都是些老人。”蕾切尔低语道。

她们悄悄前进，在下一扇窗户里看见了两个穿着衬衫的男人正在与两位女士在打桌球。

“他拧了我的胳膊！”那个丰满的女人在没击中目标后叫道。

“现在你俩——不许瞎闹。”长着一张红脸的年轻男人责备道，他是负责计分的。

① Dahabeeyah：埃及尼罗河上浅底双帆的大客船。

“小心点儿，不然我们就被发现了。”海伦低声说，扯住蕾切尔的胳膊。她冒冒失失地把脑袋探到了窗户中央。

她们转过拐角，看到了宾馆中最大的一间房间——它有四扇窗户，被称为“雅座”，不过它实际上是个大厅。房间里挂着盔甲与本地的刺绣，布置着长沙发与屏风，这样便隔出了方便的角落。和其他房间比，这一间显得不那么正式，显然由年轻人盘踞着。罗德里格斯先生，一眼就能看出他是宾馆的经理，正静静地站在离他们不远的门廊处凝视着这个画面——绅士们陷在椅子中休息，夫妇们靠在一块喝咖啡，人们在中央打着牌，头上是华丽明亮的电灯。他为自己的这番事业暗自欣喜，是他将这座修道院食堂，将一间尽是罐子矮凳的冰冷石室变成了这座房子里最舒服的房间。宾馆住满了人，彰显出他决策的智慧，要知道少了雅座的宾馆可兴旺不起来。

人们两人一对或是四人一组的聚在一块儿，他们可能确实相熟，又或许是因为这间随意的房间让他们放开了礼节。从敞开的窗户里传出了一阵起伏的嗡嗡声，就好像在黄昏时被关进围栏里的羊群发出来的。打牌的那伙人占据着中央最显眼的位置。

海伦与蕾切尔看着他们玩了很久，可是一句话都没听清。海伦正专注地观察着其中的一个男人。他很消瘦，年纪和她相仿，肤色略微惨白了些。他面朝她们侧坐着，带着个肤色很深但显然是英国出身的女孩。

突然间，一些话语奇怪地从剩下的声音中脱离出来，她们相当清楚地听见他在说：

“你只需要练习，沃林顿小姐；勇气与练习——两者缺一不可。”

“休林·艾略特！我就说！”海伦大叫道。她猛地将头埋了下去，只因男人在听到自己名字的瞬间就抬起了头。牌局进行了几分钟，之后却因为一台靠近的轮椅中断了，上面坐了个丰满的老太太，她在桌边停下，开口道：

“今晚运气好些了，苏珊？”

“好运全在我们这边。”一个一直背对窗口现在又转回来的年轻男人说。他的身型看上去相当结实，长着一头浓密的短发。

“好运吗，休伊特先生？”他的搭档，一位戴着眼镜的中年女士说道，“我向你保证，佩利太太，我们大获全胜全都归功于我们自己玩得好。”

“我得早点上床了，不然根本睡不着觉。”佩利太太解释的声音传来，好似在为她带走苏珊的理由正名。苏珊起身，将轮椅推向了门口。

“他们会找到人替我的，”她高兴地说。不过她错了。他们没打算再找一位牌友，在那个年轻男人用纸牌搭了幢三层楼房（又倒下了）后，他们就向各个不同的方向散去了。

休伊特先生转身，正脸向着窗外。她们瞧见他的大眼睛被眼镜给遮挡了，他的肤色粉红，唇须刮得干干净净。在众人之中，这称得上是一张有趣的脸蛋。他向她俩径直走来，不过眼神并没有聚焦在偷听者的身上，而是落在了收起窗帘的某一处上。

“困了？”他问。

海伦与蕾切尔开始想到，有人一直坐在她们附近没被察觉。在影子里有一双腿。一个忧伤的声音在她们头上响起。

“有两个女人。”那声音说道。

石子路上传来拖地的脚步声。两个女人已经溜走了。她们一直跑，一直跑到确定没有眼睛能穿过黑暗盯着她们，跑到宾馆已在远处成了一个方形的影子，上面规则地安插着红色的窟窿。

第九章

一小时过去了，宾馆底楼的房间开始变得昏暗，几乎空了。然而它们上方小盒般的正方形却变得灯火通明。大概有四五十个人正准备上床睡觉。因为房间隔音的效果并不尽如人意，住客听得见水罐触地发出的声响，还有瓷器的叮当声。所以艾伦小姐，这位之前打牌的大龄女士决定用指节轻击一次墙壁以示提醒。她敢肯定这墙只是假型板做的，能把一个大间隔成一个个小间。她灰色的衬裙滑落到地面上，她弯下腰，用那些就算称不上可爱但也十分整洁的手指叠好自己的衣物，随后将头发拧成一股辫子。她给父亲的大金表上好发条，又打开了华兹华斯全集。她正在读《序曲》[1]，部分原因是她总是在出国时读《序曲》，另一部分则是因为她正忙着写一小册英国文学的初级导

---

① 《序曲》(*Prelude*)：英国诗人威廉·华兹华斯所作的自传体式无韵诗。

读——从贝奥武夫[①]到斯温伯恩[②]——其中会有一段讲到华兹华斯。她正埋头读着第五本书，还会停下来用铅笔做些笔记。这时，她头顶上传来了靴子的落地声，一只接着另一只。她抬头望了望并思索了一番。那都是谁的脚步声，她在想。接着她又听到了隔壁传来了“簌簌”的声响——很显然，是一个女人正在放置自己的裙子。紧接着是一阵柔和的轻轻拍打，这往往是梳头发时发出的声音。要她把注意力集中在《序曲》上真是太困难了。是苏珊·沃林顿在梳头吗？然而她还是逼着自己将书读完。她在书页间做完记号后，满足地叹了声气，随后熄了灯。

尽管房间的形状就像一只装鸡蛋的盒子，都一个样，墙另一头的光景就大不一样了。正当艾伦小姐读着书时，苏珊·沃林顿在梳头发。岁月已经将这个时刻变得神圣，所有家事活动中最盛大的一桩事情就是女人之间谈论爱

① 贝奥武夫（*Beowulf*）：讲述了斯堪的纳维亚英雄贝奥武夫的事迹。这是至今发现的英国盎格鲁—撒克逊时期最古老的文学作品。
② 斯温伯恩（Algernon Charles Swinburne，1837 年—1909 年）：英国维多利亚时代最后一位重要的诗人。

情。可孑然一身的沃林顿小姐无话可谈。她只能满脸愁容地望着镜子里的自己。她将头别过来又别过去，浓密的发卷甩过来甩过去；她又倒退几步，认真地打量起自己来。

“我挺好看的，”她评判道，“算不得漂亮——大概吧。”她又走近了一点。

“是啊——人们大都会说我长得俊俏。”

她正苦苦思索亚瑟·文宁会怎么说她。她对他的感觉无疑相当奇怪。她并不会承认自己爱上他了或是想要嫁给他。可是她独自一人时，满脑子想的都是他会如何看待她，还会拿前一天他俩共度的时光和今天的比较。

“他没邀请我去玩，不过他确实跟着我进了大厅。”她思索着，总结起今晚的事情来。她三十岁了，可由于她姐妹众多，再加上乡村牧师家的隐逸生活，至今没有定亲。自信的时刻也多为伤感所占据。据说她会跳到床上，把头发弄乱，感觉自己与别人相比是被生活轻贱的那个。她是个个子高大、身材精致的女人，她双颊的两块红色过于显眼，但是她浓重的焦虑赋予了她一种美。

她正打算拉开被单时，突然叫道：“噢，我怎么就忘了。”便走向写字台。上面有一本棕色封面印了年份的本子。她开始写字，丑陋方正的字迹像出自一个成熟的孩子之手。她年复一年地写日记，尽管她几乎不看它们。

“上午——与 H. 艾略特太太谈论了乡下的邻居们。她认识曼一家，还有谢尔比 - 卡罗维。世界多么小啊！就像她一样。给佩利姨妈读了一章节《阿普尔比小姐历险记》。下午——与佩罗特先生和伊芙琳 · M 打了草地网球。我不喜欢 P 先生。尽管他确实聪明，但我感觉他不是‘特别’聪明。打赢他们了。美好的一天，景色宜人。尽管一开始我觉得这里太荒了，但我已经习惯了这个没有树木的地方。晚餐后打了牌。佩利姨妈很高兴，虽然她说还是疼。记住：问下湿床单的事。”

她跪下祷告，最后躺上床，用毯子把自己裹得舒舒服服的。几分钟后，她的呼吸声透出了深厚的睡意。其中伴着深沉平静的叹息与犹豫，如同一头奶牛在长草中跪了整夜所发出的吐息。

往隔壁房间投去一瞥，只能看到一只在被单中突出明显的鼻子。随着眼睛逐渐适应了黑暗，敞开窗户漏进的几点星光照亮了灰色的方形，这时你就能看见一个极为消瘦的身形，像极了一具尸体。实际上，这是威廉·佩珀的身体，他也睡着了。三十六、三十七、三十八——这些房间里有三个葡萄牙商人，想必也是睡着了，因为有鼾声随着大钟有规则的嘀嗒声起伏着。三十九号房处于角落，位于过道的尽头，尽管已经很晚了——楼下的钟已经报了"一点"——一道从门下泻出的光表明还有人依然醒着。

"多晚了啊，休！"一个躺在床上的女人急切地娇嗔道。她的丈夫正在刷牙，好一会儿都不见他答话。

"你早该睡了，"他回答道，"我正在和索恩伯里讲话。"

"可你知道的，我等你的时候根本睡不着。"她说。

对此他无言以对，只说了句："那好吧，我们把灯关了。"他们沉默无语。

一阵微弱却刺耳的电铃声在走廊上响起。佩利老太太饿醒了却没有眼镜，正在打发她的女仆去找饼干盒。女仆应了铃，哪怕是在这个时间，她依然裹上雨衣毕恭毕敬地赶去，走廊恢复了寂静。楼下空荡荡的，一片黑暗。可是楼上有一间屋子里依然灯火通明，那两只靴子就重重地落在艾伦小姐的头顶上方。其中有一位绅士，几小时前就是他站在窗帘的阴影中，只露出两条腿。他陷坐在一把扶手椅中读着吉本所著的《罗马帝国衰亡史》①的第三卷。他一边读书一边自顾自地弹弹烟灰，时不时翻翻书页，这时一行行壮丽的语句涌上了他宽大的眉毛，再列队整齐地进入了他的大脑中。这组行军似乎要持续一小时或许更久，直到整个军团转移阵地为止。他的房门开着，那个身材结实的年轻男人光着大脚进来了。

“噢，赫斯特，我刚刚忘了跟你讲——”

“两分钟。”赫斯特举起一将根手指说道。

他将段落中的最后几个词安然地收入脑海。

“你忘记讲什么了？”他问。

“你觉得你付出的感情足够多吗？”休伊特问。他又一次忘记了自己本打算要说的话。

在埋头苦读了精心写就的吉本著作后，赫斯特先生向

① 吉本（Edward Gibbon，1737 年—1794 年）：近代英国杰出的历史学家，《罗马帝国衰亡史》为十八世纪欧洲启蒙时代史学的卓越代表。

他朋友提出的问题绽开了一个微笑。他把书放在一旁，开始思考。

“我得说你的神智真是令人费解而且一片混乱，”他评论说，“感情？那不就是我们切实付出的吗？我们把爱放在高处，其余的则放得低低的。”他左手摆出了金字塔尖的样子，右手做出个地基。

“但你下床来不是就为了告诉我这个吧。”他严肃地补充说。

“我下床来，”休伊特含糊地说，“就是为了聊几句，我得说。”

“与此同时，我该脱衣服了。”赫斯特说。当他脱得只剩衬衫后，他在脸盆前弯下腰。赫斯特先生不再靠他的广博智慧让人印象深刻了，而是用他年轻但是丑陋的身体来令人唏嘘。他弯下身子时，消瘦至极的身板令他从脖子到肩膀间的各处骨头都显出了深色的线条。

“我对女人感兴趣。”休伊特说，他坐在床上，下巴在膝盖上搁着。丝毫不在意正脱着衣服的赫斯特先生。

“她们可蠢了，”赫斯特说，“你坐到我的睡衣了。”

“我想她们是愚蠢的吧？”休伊特疑惑道。

“对此没有第二个观点了，我想，”赫斯特说，他在房间里轻快地跃动着，“除非你恋爱了——那个胖女人沃林顿？”他询问道。

“不是某个胖女人——是所有的胖女人。”休伊特叹了口气。

“我今晚看到的两个女人就不胖。”赫斯特说，趁着休伊特在身边，他剪起了脚趾甲。

“说说她们呗。”休伊特说。

“你知道我描述不了的！”赫斯特说，“她们就和其他女人一样，我想。她们一直都一个样。”

“不，那就是我们的区别所在，”休伊特说，“我得说每一样事物都不同。没有两个人是一模一样的，就像现在的我和你一样。”

“所以我曾经这么想过，”赫斯特说，“不过现在她们只是有不同的类型。不拿我们举例了——就拿这个宾馆里的人来说吧。你可以画几个圈就能把所有人圈进去，而且他们永远不会晃出圈外。”

“你能用这个方法杀死一只母鸡。”休伊特喃喃道。

“休林·艾略特先生、休林·艾略特太太、艾伦小姐、索恩伯里夫妇——一个圈里的，”赫斯特继续道，“沃林顿小姐、亚瑟·文宁先生、佩罗特先生、伊芙琳·M 是一个圈子的；还有很多本地人能算在一个圈里；最后就是我们了。”

“我们圈子里就我俩？”休伊特问。

“就只有我俩，”赫斯特说，“你试着出去，可你做不到。你尝试的话就只会把事情搞得一团糟。”

“我不是圈子里的母鸡，”休伊特说，“我是树顶的一只鸽子。”

“我在想这是不是人们讲的长到肉里去的趾甲？”赫斯特审视着左脚的大拇指。

“我从一根枝子上飞到另一根上，”休伊特继续道，“这个世界相当美好。”他躺回床上，双手垫在下面。

“我在想，像你这样茫然是否真的是好事？”赫斯特望着他说，“缺乏连续性——这是你奇怪的地方，”他继续道，“二十七岁的人了，快要三十了，你似乎没有得出任何结论。一帮老女人依然能让你激动得像个三岁小孩。”

休伊特若有所思地审视着这个消瘦的年轻男人，他正一言不发地在炉火前打磨着趾甲的边缘。

“我敬重你，赫斯特。”他说道。

“我嫉妒你——有些事情，”赫斯特说，“一，你不思考的能耐；二，比起我，人们更喜欢你。女人都喜欢你，我猜。”

“我在想，这个真的是最要紧的吗？”休伊特问。他现在平躺在床上，手在空中挥舞，画着模糊的圈。

“当然要紧，”赫斯特说，“可这一点并不难。真正的困难难道不是找到一个适合的目标吗？”

“你的圈子里没有母鸡吗？”休伊特问。

“连鬼影都没有。”赫斯特说。

尽管两人相识已有三年，赫斯特还从来没听过关于休伊特真实的恋爱故事。在平常的对话中，他想当然地肯定他是有过很丰富的经历了。可是在私下里，这话的真实性就有待商榷了。事实是，他有足够的钱不用去工作。由于与校方产生分歧，他在两个学期后就离开了剑桥，之后便漂泊流离。从而导致他的生活在很多方面都显得古怪，而他朋友们的生活在这些方面却很像样。

“我没看见你的圈子——我没看见他们，”休伊特继续道，“我看见一个陀螺一样的东西转进转出——撞到了东西——从这一头冲向了那一头——累计数字，而且越来越多，直到整个地方都被它们塞满了。它们转啊转啊——一会儿在这，一会儿在边缘——就渐渐转出视线了。”

他用手指演示着那些旋转的陀螺在床罩边缘像跳华尔兹一样地旋转，之后掉下了床，无尽地跌落下去。

“你能待在这家宾馆独自沉思三周吗？”一阵沉默过后，赫斯特问。

休伊特继续思考。

“事实就是，一个人是从来不会独自一人的，而一个人也从来没有伙伴。”他总结说。

“什么意思？”赫斯特问。

“意思吗？噢，就是关于泡泡的一些事——光晕——你怎么叫它们来着？你看不见我的泡泡；我也看不见你的；我们只能看到对方的一个斑点，如同火焰中央的烛芯。火焰包围着我们走向各处。这并不完全是我们自己，只是我们的感受；世界是短暂的，或者说多数人也是如此；所有的人。”

“你的泡泡一定是有着漂亮条纹的！”赫斯特说道。

“想像一下我的泡泡有可能会碰到其他人的泡泡——”

“后来它们两个都破了？”赫斯特插嘴说。

“后来——后来——后来——”休伊沉思着，像是在对自己说，“那将会是个巨——大——无——比的世界。”他四肢大张，仿佛就算做到如此，他们依然捕捉不到澎湃的宇宙，因为每当他和赫斯特在一块时，总是感觉到异常的乐观与茫然。

“我觉得你们所有人并不像我以前那么愚蠢，休伊特，”赫斯特说，“你不知道自己想表达什么，但你试着说出来了。”

“可是你在这不觉得开心吗？”休伊特问。

“总的来说——开心，”赫斯特说，“我喜欢观察人。我喜欢观看事物。这个国度美妙非凡。你注意到了吗，山顶到了晚上会变成黄色？我们真应该打包好午饭，花上一天去外面走走。你正在恶心地长胖。”他指着休伊特光裸的小腿说。

“我们会找一天去远足的，”休伊特兴致勃勃地说道，“我们去问问整个宾馆里的人。我们还要租几头驴和——”

“噢，上帝啊！”赫斯特说，“快闭嘴吧！我都能看见沃林顿小姐和艾伦小姐还有艾略特太太以及其他人蹲坐在石头上的样子，叽叽喳喳地说着，‘真愉快呀！’”

“我们可以去问问文宁和佩罗特还有穆加特罗伊德小姐，我们认识的每一个人都去问问，”休伊特继续说，“那个戴着眼镜长得跟蚂蚱一样的老家伙叫什么来着？佩珀？佩珀能给我们带路。”

“感谢上帝，你永远都弄不到驴的。”赫斯特说。

“我必须得记下来，”休伊特说，慢慢地将脚放到地上，“赫斯特陪着沃林顿小姐；佩珀一个人骑一头白色毛驴走在前头；把食物平均地分配好。还是说我们得租头骡子？还有主妇们——有佩利太太，太好啦！——同坐一辆马车。”

“你有一点做错了，”赫斯特说，“居然把大姑娘们和结了婚的女人放在一起。”

“你觉得这样一次远足要花多久时间啊，赫斯特？”休伊特问。

“十二到十六小时吧，我得说，”赫斯特说，“初次远足往往要花很多时间的。”

“这需要好好地组织一下，”休伊特说，他现在正绕着房间轻轻地踱步，之后在桌前停下翻看上面的书本。桌上的书一本本地垒着。

“我们还需要几个诗人呢，”他说，“不要带吉本，不行；你手边有没有《现代爱情》①或是约翰·多恩②啊？你看，我想人们看厌风景了总要休息一下，这时候大声读些难懂的东西肯定不错。”

“佩利太太会喜欢的。”赫斯特说。

---

① 《现代爱情》（*Modern Love*）：英国维多利亚时代诗人乔治·梅瑞狄斯创作的诗集，是对婚姻中两不相容现象的精神分析，公认的最佳诗作之一。

① 约翰·多恩（John Donne，1572 年—1631 年）：英国詹姆斯一世时期的玄学派诗人。

“佩利太太肯定会喜欢，”休伊特说，“这是我所知道的最悲伤的事情了——因为上了年纪的女士们都不再读诗了。这首多么适合啊：

我要把话来讲，
作为深究生活的人，
我终能将话语
清楚确切地说出，
然而——情爱过后迎来何物？
阴沉不悦的场面，
悲伤空虚的岁月，
还有那落下的帷幕。

“我敢说佩利太太是我们中间唯一能真正读懂这诗的人。”

“我们会去问她的，”赫斯特说，“求你了，休伊特，如果你确定要上床睡觉，就把我的帘子拉上。没有什么比月光更让我难受的了。”

休伊特将那本托马斯·哈代往手臂下一夹，回到屋里。隔着门的两张床紧挨着，这两个年轻人很快入睡了。

从休伊特熄灭蜡烛到清晨，当一个忧郁的西班牙男孩第一个起床审视起荒芜的宾馆时，有过几小时的宁静。还可以听到一百多个人浓重的呼吸声，无论先前多么雀跃多么浮躁，在那么多沉睡者之间任谁也不会很难入睡。向窗外望去，只能看到一片黑暗。处于阴影中的半个世界里，人们俯卧着，空旷的街道上几点闪烁的灯火标志着这是建立起城市的地方。红色、黄色的公交车在皮卡迪利堵得水泄不通；打扮华丽的女人坐于车内，她们摇曳的身姿却戛然而止。但在这处黑暗中，一只猫头鹰在树木间穿梭，微风吹拂着枝干，月亮如同火炬般闪烁。在人们复苏之前，无家可归的动物出动了，老虎和牡鹿，还有大象走进暗处的水池子喝水。在山间与林间吹拂的夜风远比白日里的风纯净清新。被剥夺了细节的大地远比染上颜色、被道路与田野分隔的大地更具神秘感。这股深沉的美存在了六小时，随着东方渐白，地面缓缓浮现，露出了道路。炊烟升起，人群躁动起来。直到窗帘被拉开后，阳光才照进圣玛丽娜的宾馆窗户。开饭铃响彻了整座屋子，提醒人们用早饭。

早餐一结束，女士们在大厅里像往常一样信步绕圈，把报纸反复地拿起又放下。

“你今天准备做些什么呢？”艾略特太太晃悠到沃林顿小姐身旁问道。

艾略特太太是牛津大学老师休林的妻子，是个矮个儿女人，她的表情基本上平静淡定。她的眼神四处游走，似乎找不到一丁点让她花时间多留意片刻的有趣事物。

“我打算把艾玛姨妈带到镇上去，”苏珊说，“她还什么都没见过呢。”

“我得说，在她这个年纪，她真是精神焕发呀，”艾略特太太说，“离开自己舒服的住所，大老远地跑来这里。”

“是呀，我们老是说她会死在船上的，”苏珊回答道，“她本来就是在船上出生的。”

“在过去的日子里，”艾略特太太说，“有许多人都是这样出生的。我总是同情这些可怜的女人！我们可是有一大通抱怨呢！”她摇摇头。她的眼神飘到了桌子上，又没头没尾地说起来：“可怜的荷兰女王！我敢说，报纸记者真的会蹲守在她的卧室门口呢！”

“你们是在聊荷兰女王吗？”艾伦小姐轻快的声音传来，她正在一堆废弃的外语报纸里翻找厚厚的《泰晤士日报》。

“想到有人可以生活在一个地势特别平坦的国家，我眼红极了。”她说。

“真是怪了！”艾略特太太她说，“我发现平原国的生活可压抑了。”

“恐怕你在那儿不会开心的，艾伦小姐。”苏珊说。

“恰恰相反，”艾伦小姐说，“我相当喜爱高山。”她远远地就看到了《泰晤士日报》，便走上前去拿报纸。

“好吧，我得去找我丈夫了。”艾略特太太说，不安地走开了。

“那我得去找我姨妈了。”沃林顿小姐说。她们都要担起一日里的责任，便走开了。

外国的纸张太脆，他们自己的又太糙，这种对比是否会成为轻浮与无知的证明尚不知晓。有一点无疑，英国人把在这里读到的新闻只当作是问街头艺人买来的节目，上头的内容激发了他们的兴趣，但并不当真。一对德高望重的老夫妇在审阅了长长的报纸目录后，认为除了头条，其他的内容根本不值一读。

“十五日辩论的新闻现在应该到我们这儿了。”索恩伯里太太喃喃道。索恩伯里先生打扮得光鲜又整洁，沧桑的俊脸被搓得红彤彤的，犹如一尊饱经风霜的木雕上留下的颜料痕迹。他透过眼镜看见艾伦小姐拿着份《泰晤士日报》。

这对夫妇便坐在扶手椅上等着。

“啊，休伊特先生在这里，”索恩伯里太太说，“休伊特先生，”她继续道，“快过来和我们一起坐坐。我正和我丈夫说起你呢，你令我想起了一位亲密的故友——玛丽·昂普尔比。她是个特别讨人喜欢的女人，我向你保证。她种玫瑰花。我们昔日曾和她住在一块儿。”

“没有年轻人会喜欢有人说他长得像个上了年纪的老姑娘。”索恩伯里先生开口道。

“恰恰相反，”休伊特先生说，“我总觉得，有人说我能让他想起别人来那可是恭维呢。不过昂普比尔小姐——她为什么要种玫瑰花呢？”

“哎，可怜人的啊，”休伊特太太说，“这说来话长。她经历过惨事。那时我都觉得，要不是有她的花园在，她的魂都要丢了。那土地老是跟她过不去，也算因祸得福吧。她不得不起早摸黑，还要风雨无阻地出门。后来还出了些吃玫瑰的虫子。不过她最后胜利了。她一直都是如此，有勇敢的意志。”她深深叹了口气，同时结束了发言。

“我都没意识到自己霸占了报纸。”艾伦小姐朝他们走来。

“我们正急着想看看有关辩论的消息。”索恩伯里太太说，替她丈夫接过了报纸。

“要不是自己儿子在海军服役，我很难发现辩论是多么有趣。不过我的兴趣挺均衡的。我有几个儿子在军队里。还有个儿子是在联合会[①]演讲的——我的宝贝！”

“我想，赫斯特肯定知道他。”休伊特说。

“赫斯特先生的脸长得真有趣，”索恩伯里太太说，

① 联合会（the Union）：剑桥大学创立于1815年的辩论协会。

“不过我觉得和他讲话的人一定得非常聪明吧。怎么样了，威廉？”她询问道，因为索恩伯里先生发出了愠怒的低吼。

“他们排得一团糟。”索恩伯里先生说。他已经读到了报道的第二栏，那专栏零零散散的，上面说爱尔兰的议员们早在三周前就在国会里因海军的效率问题争吵不休了。在被一两张插入的照片截断后，专栏的排版再一次变得顺畅了。

“你读过了吗？”索恩伯里太太问艾伦小姐。

“没呢，我得羞愧地说我只读了关于克里特岛上的发现。”艾伦小姐说。

“噢，不过我也愿意花费更多心思去了解古老的世界！”索恩伯里太太叫道，“鉴于现在就剩我们两个老人了——我们算是在度第二次蜜月，我确实有打算让自己重回校园。不论如何，我们的今天是建立在过去之上的，不是吗，休伊特先生？我当兵的儿子说汉尼拔身上依然还有许多值得学习之处。一个人应该知晓的东西远比现在知道的要多得多。有时当我在看报纸的时候，我会从辩论看起。总是还没等我看完，门就开了——我们有一大家子人——

所以，我都没有足够时间去思考古人以及他们为我们做的一切。不过你从头就开始了，艾伦小姐。”

“每当我想到希腊人，我总把他们想成赤裸的黑人，”艾伦小姐说，“这就大错特错了，我肯定。”

“你呢，赫斯特先生？”索恩伯里太太看见那个枯瘦的年轻男人过来了，便向他发问，“我肯定你什么书都看。”

“我自己只看板球和犯罪新闻，”赫斯特说，“对于上层阶级来说，最糟糕的消息，”他继续说，“就是他们的朋友从来都不会死于铁路事故。”

索恩伯里先生把报纸一扔，狠狠地把眼镜一放。报纸落到了众人中间，被他们传看了一番。

“进展不顺利吗？”他妻子焦急地问。

休伊特拿起一页读到：“一位女士昨日走在威斯敏斯特区的街上时，在一栋荒废房子的窗内看见了一只猫。这只饿坏了的畜生——”

“不管怎么样，我都要走了。”索恩伯里先生怒气冲冲地打断了休伊特。

“猫咪总是被人遗忘。”艾伦小姐评论说。

“记住，威廉，首相依然保留他的答复。”索恩伯里太太说。

“来自邦德斯贝利艾勒斯公园的约书亚·哈里斯先生在八十高龄时得了个儿子。”赫斯特说。

“……这只饿坏了的畜生，已经被工人留意了多日，终于获救了，不过——天哪！它把人的手咬烂了！”

“饿疯了，我猜。”艾伦小姐评论说。

“你们都忽略了身在国外的最大好处，”休林·艾略特先生说，他加入了进来，“你可以读读法语新闻，看完就和没看一样。”

艾略特先生精通古埃及的科普特语，他尽全力掩饰这个技能。他引用的法语词汇是如此精妙，让人很难相信他还能讲得出日常用语。他对法语有着无限崇敬。

“来吗？”他问两位年轻男人，“我们得在天气转热前出发。”

“我求你别在热浪里走路，休。”他妻子恳求道，给了他一个方形的包裹，里头装了半只鸡和一点葡萄干。

“休伊特来当我们的温度计，”艾略特先生说，“他会在我化掉前融化的。”说真的，他那么消瘦的肋部，哪怕皮肤只融化了一点，骨头就得光秃秃地露出来了。现在就只剩下女士们了，她们围坐在摊在地上的《泰晤士日报》周围。艾伦小姐看了眼她父亲的表。

“离十一点还差十分钟。”她说道。

“有活要干？”索恩伯里太太问。

“干活去了。”艾伦小姐回答。

“她真是个可人儿！” 望着那个穿着男式外套的健壮身形离去，索恩伯里太太在一旁喃喃道。

“我敢肯定她过得不容易。”艾略特太太叹了口气。

“噢，是不好过，”索恩伯里太太说，“没结婚的女人——自己养活自己——这是最最苦的日子了。”

“可她看上去相当愉快呢。”艾略特太太说，

“那一定很有趣，”索恩伯里太太说，“我嫉妒她的学识。”

“可那并不是女人想要的呀。”艾略特太太说。

“我恐怕要说，那可是许多人期望的，”索恩伯里太太叹道，“我相信，像我们这样的女人比以前都要多了。

哈利·莱思布里奇爵士告诉我说海军征兵是有多困难——一部分是由于他们的牙口，这是真的。我还听闻过年轻女人非常公开地谈论——”

“可怕，太可怕！”艾略特太太高声说，“有人会这么说，这可是女人一辈子的皇冠。我明白没有孩子意味着什么——”她叹了口气不说话了。

“可是我们决不能那么严苛，”索恩伯里太太说，“从我年轻时再到现在，环境已经变了那么多了。”

“可是母性没有变啊。”艾略特太太说。

“某种程度上，我们能在年轻一代身上学到不少呢，”索恩伯里太太，“我在自己的女儿们身上就学到了许多。”

“我觉得休林确实没有在意，”艾略特太太说，“不过他有自己的工作。”

“没有孩子的女人还可以为其他人的孩子做很多事情。”索恩伯里太太温和地评论说。

“我画了很多素描，”艾略特太太，“可是那确实不是一项职业。在我发现其他女孩开始做得比我好时，我真是难以心安啊！维持初心很难——太难了！”

“有什么机构或者俱乐部——是你能参与的？”索恩伯里太太问。

“那些太劳心费神了，”艾略特说，“我看着强健，那全是因为我的肤色；可我其实孱弱得很，十一个孩子里的老幺向来如此。”

“要是母亲以前小心些，”索恩伯里太太客观地说，“家里的孩子就不该会有多大差别。也没有什么教导能强得过大的教小的那一套。对此我很肯定。我自己的孩子都看在眼里呢。我的大儿子拉尔夫，比如说——”

不过艾略特太太心不在焉地听着年长女士的经历，眼睛却在大厅里游移。

“我母亲流产过两次，我知道，”她突然讲话，“第一次是她遇见了一只跳舞熊[①]——就不该准许养它们的；另一次——那是个可怕的故事——我们的厨娘在晚宴上生了个孩子。我的消化不良应该是拜它所赐。”

① 跳舞熊：由专人从小驯养的熊，会跳舞表演，常被用来娱乐大众，在欧洲上层社会一度十分流行。

“流产可比分娩糟糕多了。”索恩伯里太太心不在焉地喃喃着，她调整了下眼镜拿起了《泰晤士日报》。艾略特太太起身翩然离去。

索恩伯里太太在报纸上听到了一人集合百万人之声所要说的话，注意到了她的一位表亲在迈恩黑德同一名牧师结婚了——她无视了那个醉酒的女人，克里特岛出土的动物金器，营队的移动，晚餐，改革，火灾，义愤填膺的人们，博学仁慈的人们。看完这些，她准备上楼去写封信。

报纸直接被放到了钟下。这两样东西放在一块儿，似乎在一个变化不停的世界中成了稳定的象征。佩罗特先生穿了过去，文宁先生在桌子边靠了一会儿。佩利太太推着轮椅经过，有苏珊跟着。文宁先生缓缓地走在她后面。还有几户葡萄牙的军旅之家先后经过，身上的衣服表明他们在凌乱的房间里起得很晚，他们吵嚷的孩子们由深受信赖的保姆看护着。随着中午临近，阳光直直地照射在屋顶上，一团大苍蝇嗡嗡地盘旋着。棕榈树下，冷饮被纷纷送了上来。长长的百叶窗“吱嘎”一声地被拉上了，屋内的光由此变成了黄色。这座钟现在在一间空荡荡地大厅里嘀嗒地走着，而听见这声音的也只有四五个昏昏欲睡的商人。渐渐地，几个头戴遮阳帽的白色身影从门口走了进来，几丝夏日的炎热也挤了进来，最后又被关在了门外。他们在阴凉的地方休息了几分钟，随后就上了楼。那钟紧接着便敲响了一点，钟声开始先是轻柔地响，之后变得愈加激烈，最终停止了。出现了一阵静默。之前在楼上的人们都走下来了；那些跛脚的人下楼时为了防止滑倒，将两只脚落在同一级台阶上，一格格地走着；那些打扮整洁的小姑娘牵着保姆的手指走下来；肥胖的老人一边系着马甲扣子一边往下走。钟声还传到了花园里，既已又到了他们进食的钟点，在此休憩的人影纷纷站了起来，闲庭信步地晃进屋里吃饭。哪怕是在中午，花园里依然设有水池和遮阴的吧台，好让三两个旅客惬意地躺着做事情或是聊天。

由于白天太热了，午餐往往在沉默中进行。人们观察着邻座，审视着任何会出现在这儿的新鲜脸蛋，大胆地猜想他们是谁，他们是做什么的。尽管佩利太太七十高龄、腿脚残疾，饭倒是吃得津津有味，还欣赏起同她一样怪异的伙伴来。她和苏珊坐在一张小桌旁。

“我不打算说出她是做什么的！”她轻笑着说。她正打量着一个身穿显眼长裙的高个女人，她凹陷的脸颊搽着颜色，总是迟到，身后总是跟着一个衣衫褴褛的女人。听了佩利这番话，苏珊脸红了，想不明白为何她的姨妈会说这种事情。

午饭例行公事地进行着。最后上来的七道菜都只剩下了残羹冷炙，水果成了玩具，人们学着孩子一片片地扯下雏菊花瓣的样，把它们剥了皮分成小块。奉上的食物就如同灭火器，将人们在正午热浪中残存下来的一丝丝精神火焰扑灭殆尽。然而在饭后，苏珊坐在自己房里，思来想去的却是文宁先生在花园里找她说话的这件事，而且在她给姨妈读书时，他在一旁坐了大半个小时。男人和女人寻找不同角落让自己默默无闻地躺下。可以毫不夸张地说，在两点到四点这段时间里，宾馆中充斥着没有灵魂的躯壳。如果这时突然发生一场火灾或是出了一件急需英雄、人命关天的大事，结局肯定是灾难性的；不过悲剧总是与饥饿同时赶来。到了四点钟，如同火舌舔舐着黑炭，人们的精神再一次缓缓回到了身体中。尽管周围没有人在，佩利太太始终感觉把牙齿落光的下颚张得太开不太得体，而艾略特太太正焦虑地观察着镜子中自己那张涨得通红的脸蛋。

半小时过后，她们的睡意已经褪去，两人在大厅里碰面，佩利太太说她要去喝茶了。

“你也想喝茶，是吧？”她说，叫上了丈夫还在外面的艾略特太太，请她到她早先在树下安排好的专座旁同坐。

“一小点银子可以在这个国家里花上很久吧。”她轻笑道。

她打发苏珊回去另取一只杯子来。

“他们这儿出产的饼干特别棒，”她望着一整盘饼干说道，“不是甜饼干，我不喜欢那个——是淡饼干……你还在画素描吗？”

“噢，我胡乱涂抹了两三张，”艾略特太太说道，声音比平常大了不少，“不过出了牛津后可真是难画，那里有不少树木。可这儿的光太亮了。有些人喜欢这点，我明白，可这光让我感到十分疲劳。”

“我真的不用做饭，苏珊，”佩利太太说道，这时她的外甥女回来了，“我得麻烦你把我挪个地。”每一样东西都需要挪一挪。这位老太太终于在游移的日光下坐定，犹如一条网中的鱼。苏珊倒上茶，嘴上正说着她们威尔特郡的天气也很热时，文宁先生来了，询问自己可否加入他们。

“能遇上个不嫌弃喝茶的年轻男人真是太好啦，” 重拾幽默的佩利太太打趣道，“我有个外甥不久前还讨着要一杯雪莉酒喝——都五点了！我跟他说，他可以在附近拐角处的小酒馆喝上一杯，但在我的会客室里可不行。”

文宁先生是个黝黑的年轻人，大概是三十二岁的年纪，礼数马虎却富有自信，不过眼下他着实有些兴奋。他的朋友佩罗特先生是位高级律师。由于佩罗特先生少了文宁先生便哪也不去，在佩罗特先生因为公司事务跑来圣玛丽娜时，文宁先生也就非来不可了。他自己也是名高级律师，不过他痛恨这份把他关在屋里埋首书本的工作。他同苏珊吐露过，他曾打算认真地投入飞行事业，正在和一家制造飞机的大公司合作时，他寡居的母亲死了。他们继续漫无目的地聊着。自然而然地谈论到这个地方的美丽与奇特，它的街道、人群以及数量众多的黄色野狗。

“你有没有觉得这个国家的人们对待狗的态度异常残

忍？”佩利太太问。

“我会用枪把它们都打死。”文宁先生说。

“噢，可是还有些可爱的狗崽子呀。”苏珊说。

“可爱的小家伙，”文宁先生说，“可要想呀，假使你没东西吃。”一大块蛋糕在刀尖上颤抖着被送到了苏珊面前。她取用时的手也在颤抖。

“我在家里就有条很可爱的狗。”艾略特太太说。

“我的鹦鹉可受不了狗，”佩利太太故作神秘地说，“我总是怀疑他（或是她）在我出国的时候被一只狗给骚扰了。”

“你今天早上没有走远吧，沃林顿小姐？”文宁先生说。

“天太热了。”她回道。两人之间的对话变得私密起来。因为佩利太太耳聋听不见，也因为艾略特太太正滔滔不绝地讲述着她冗长的悲伤往事：一条刚毛猎狐梗，浑身雪白只有一颗黑点，她的一个叔叔养着，最后自杀了。“动物真的会自杀。”她叹了口气，仿佛她认准了这个痛苦的事实。

“今晚我们去镇上逛逛怎么样？”文宁先生建议说。

“我姨妈——”苏珊开口，

“你该自己放个假了，”他说，“你总是为其他人做事。”

“可那就是我的生活啊。”她说，装模作样地给茶壶添起了水。

“没有人的生活是这样的，”他回敬道，“年轻人的生活不是这样的。你来吗？”

“我很想来。”她喃喃道。

在这时，艾略特太太抬起头高声说：“噢！休！”“他正带着个人过来了。”她补充说。

“他会想来点茶的，”佩利太太说，“苏珊，快去拿几个杯子来——有两个年轻人来了。”

“我们渴得正想喝茶呢，”艾略特先生说，“你认识安布罗斯先生的吧，海尔达？我们在山上碰到了。”

“是他拉我过来的，”里德利说，“我可真是难为情。我现在满身尘土，简直脏得要命。”他指着自己被尘土染白的靴子，一朵垂头丧气的花朵在扣眼处垂落着，如同一只动物精疲力竭地倒在门前，令他看上去愈加邋遢狼狈了。他被介绍给了其他人。休伊特先生与赫斯特先生拿来椅子，下午茶再度开始。苏珊接连地给茶壶注入热水。想到自己可以长时间地胜任这项工作，她脸上一直挂着笑容。

“我妻子的兄弟，”里德利同海尔达（他记不起她了）解释道，“在这儿有栋房子，他就借给了我们住。正当我脑袋空空地坐在石头上时，艾略特像圣诞童话剧里的小精灵似的出现了。”

“我们的鸡肉咸得要命，”休伊特落寞地对苏珊说，“香蕉既可以补水又能充饥这话也是假的。”

赫斯特已经喝起了茶。

“我们一直在骂你们，”当艾略特太太友善地问起他妻子时，里德利如此回答，“海伦告诉我说，你们这帮游客把鸡蛋都吃光了。而且这房子有碍观瞻，”他朝宾馆扬了扬头，“我管它叫恶心的奢侈品。我们和猪一起住在会客厅里。”

“不是所有食物都很理想，想想价格，”佩利太太一本正经地说，“可除了宾馆还有哪里可去呢？”

“待在家里，”里德利说，“我总是希望自己还在家里待着！每个人就应该待在家里，可他们肯定都不愿待。”

佩利太太对里德利生出了一股怨怼，两人才认识了五分钟，他似乎就批评起了她的习惯。

“我自己挺喜欢出国旅行的，”她说道，“要说谁对自己的祖国了如指掌，我觉得我就是。我觉得人们得要去完肯特与多塞特后才能出去旅行——肯特有啤酒花，多塞特有些个古老的石头小屋。这儿的一切完全比不上那里。”

“是啊——我总认为有些人爱平原，有些人偏爱丘陵。”艾略特太太含糊地说。

赫斯特一直不停地吃吃喝喝，点上一支香烟说道：“不过目前为止，我们一致认为自然是个错误。它不是丑得令人异常难受，就是吓人得要命。我不知道是哪样东西吓得我最厉害——是一头奶牛还是一棵树。有次我晚上在田野里碰到一头奶牛。那畜生看着我。我要告诉你，它把我的头发都吓白了。放着畜生肆意乱跑真是要命。”

“那头奶牛会怎么想他呢？”文宁低声问苏珊。她立刻在脑海中认定了赫斯特先生是个可怕的年轻人，尽管他有着一点聪明人的灵光，不过从很重要的角度来说，他也许永远聪明不过亚瑟。

“是怀尔德发现的吧，自然容不得髋骨的存在？”休林·艾略特询问道。到现在，他知晓了赫斯特拥有的是何种学识与名望，并对他的才能青睐有加。

可是赫斯特只是紧紧地抿起嘴，一句话也不应。

里德利想，现在是他开口请求离开的时候了。出于礼貌，他必须得向请他喝茶的艾略特太太道声谢，他还挥了挥手说：“你们一定要上山来看看我们呀。”

挥手对象还包括了赫斯特与休伊特。休伊特回应道：“我马上就会来的。”

这伙人散了，苏珊这辈子都没有像现在那么快乐过。她正打算同亚瑟去镇上走走时，佩利太太招呼她回来。因为她弄不明白书里的双鬼牌戏是怎么玩的，便建议她们一道坐下来研究一番，这能打发掉晚餐前的好一会儿时间了。

第十章

安布罗斯太太向她外甥女做过许多保证，其中之一就是给她住一间与整座房子隔绝的房间，够大、够僻静——在这间屋子里，她可以弹琴、阅读、思考，与整个世界对抗，它既是一座堡垒也是一座庇护的圣堂。她明白，到了二十四岁，一间间房间变得更像是一个个世界。她判断得没错。当她关上门后，蕾切尔就迈入了一个迷离的世界。在其中，诗人吟诵着，事物纷纷都变得刚刚好。有那么几晚，她在眺望过宾馆风景后，独自坐着，深陷在扶手椅中，读着一册有着鲜红封面的书，封面上写着《亨里克·易卜生作品集》。乐谱摊在钢琴上，两摞乐谱颤颤巍巍地垒在地上；现下这一刻，音乐被丢开了。

她似乎丝毫不觉得无聊也没有心不在焉，双眼全神贯注地聚焦在书页上，呼吸声缓慢却又压抑，可见她全身都已经紧紧地被运转的思绪包围了。最后，她猛地合上书，向后一躺，深深吸了一口气。这是一种内心情绪的奇妙表达，往往彰显出由想象世界到现实世界的过渡。

“我想要知道的是这个，”她大声说，“什么是真实？这一切的真实到底是什么？”她既是作为自己说出了这话，又是代刚读过的那部戏剧中的女主角说了这话。由于她看了整整两小时的铅字，外面的风景现在看上去已经变得异常真实与清晰了。尽管山上还有人正把白色的液体往橄榄树的树干上刷着，但在此刻，她自己才是这一幕中最鲜活的东西——一尊屹立于中央最显眼位置的英雄塑像，占据着整道风景。易卜生的戏剧总是让她处于这样的境地。她有时连着几天都会演上一番，这成了海伦最大的消遣。接下来再是梅瑞狄斯[①]，她又成了十字路口的戴安娜。可是海伦发觉那不仅仅是表演，这个人的体内正在产生某种变化。等蕾切尔在硬邦邦的椅背上躺厌了，就翻个了身，舒

---

① 梅瑞狄斯（George Meredith，1828 年—1909 年）：英国维多利亚时代诗人，小说家。他的诗歌多取材于现实和个人经历，真诚地表达着自己的悲伤与快乐；他的小说如《比尤坎普的职业》《利己主义者》和《十字路口的戴安娜》，均以结构严密，人物形象鲜明，对话精彩获得了评论家和读者的一致欢迎。

坦地往下滑滑。她的视线越过家具望向对面的窗外，正对着花园。（她的思绪飘离了娜拉[①]，继而思考起书本带给她的启示，思考起了女人与生活。）

在这里的三个月，正如海伦向她强烈建议的那样，她已经将用在阴凉花园里散步个没完的时间与同姑妈们在家闲话的时间大大地弥补了回来。但是安布罗斯太太定会首先否认是自己造成了些许影响，也不愿让别人认为她有能耐去造成任何影响。海伦见她没那么害羞了，也没那么严肃了，总之都往好的方向去了，造成这个结果的是突飞猛进的向前冲也好还是千头万绪的摸索也好，海伦都懒得去猜了。海伦相信谈话是良药，于是无话不谈，凡是自由的、不设防的都能讲。以她自己为例，与男人坦诚的交谈往往令事情变得自然。她还反对那种无私奉献与相亲相爱的传统，认为这些在男女混居家庭中的金科玉律是建立在伪善之上的。她渴望蕾切尔能够思考，因此她给了蕾切尔书籍，

① 娜拉（Nora）：易卜生戏剧《玩偶之家》中的女主角。该戏剧是一部典型的社会问题剧，主要围绕过去被宠的女主人公娜拉的觉醒展开，最后以娜拉的出走结束全剧。

极力避免蕾切尔彻底沉湎于巴赫、贝多芬与瓦格纳之中。安布罗斯太太本来正打算向她推荐笛福、莫泊桑或是些讲述家庭生活的冗长编年史，蕾切尔却选择了现代书籍。那些书本有着闪耀的黄色封面，封底上印着烫金的大字。这些书在她舅妈看来，紧紧抓住了现代人眼中无关紧要的事情争论不休。不过海伦并未干涉。蕾切尔自己选书来读，作为一个对文字语句不甚了解的人，她怀揣着一份好奇去看书，将词语当作是一块块木头做成的，相当重要，还拥有与桌子椅子一样的形状。这样一来，她便得出了结论，还要依据白天的经历进行调整，实际上可以肆意尽情地改动它，在这之后留下一抹微小的意志。

紧接着易卜生的是一本令安布罗斯太太极度厌恶的小说。它的主要目的就是将一个女人的堕落平均分配到一众正直的肩膀上；如果读者的不适算是证明的话，它的目的已经达到了。她把书一扔，望向窗外，又离开窗口，重新坐进扶手椅中。

那是个炎热的早晨，阅读的操劳令她的神智和钟里的主簧一般一收一张。中午时分的细碎噪音带有一种规整的韵律，而人们无法找到确切的原因。一切都无比真实，无比庞大，不带丝毫个人色彩。片刻后，她抬起了自己的食指，又任它掉落在椅子的扶手上，为的是替她自己唤回几分自我的存在意识。接下来，她就被一股无可名状的怪异感淹没了——她居然坐在一张扶手椅上，在大早晨，在世界的中央。是谁在房子里走动——把东西从一个地方搬去另一个地方？还有生活，那又是什么？那不过是一道掠过表面又消弭无形的光，正如她到最后也会消失，可一屋子的家具依然留存着。她的溶解变得如此彻底，以至于她的手指再也抬不起来了。她一动不动地静坐着，总是盯着一个点听着看着。它变得愈来愈奇怪了。她被“一种事物竟然存在”的敬畏淹没……她忘却了自己还有哪根手指头可以抬起来……存在着的事物是如此的巨大、如此的荒凉……她继续长久地感知着这些巨大的物质，钟依然在宇宙寂静的中央嘀嗒作响。

“进来。”她机械地说，因为她脑子里似有一根弦被一阵持续的敲门声给拨动了。门缓缓地开了，一个高大的人影朝她投来，那人伸出双臂说道：

“这事我该怎么回应？”

这个女人手里拿着张纸，贸贸然地进了房间，吓了蕾切尔一跳。

“我不知道该回些什么，也不知道特伦斯·休伊特是谁。”海伦继续用着单调的语气幽幽说道。她将一张纸放在蕾切尔的面前，上面写着不可思议的字句：

亲爱的安布罗斯太太——我正在筹划下周五去野餐。如果天气好的话，我们准备在十一点半出发，去爬罗萨山。这会花上些时间，可是风景相当壮丽。如果你与温雷丝小姐愿意赴约的话，我将不胜荣幸——

你真诚的，特伦斯·休伊特

蕾切尔大声地将字句读了出来，好让自己相信它们是真的。出于相同的原因，她还将手放到了海伦的肩上。

“书——书——书尽是书，”海伦心不在焉地说道，“还有更多的新书——我搞不懂你在这里面找到——”

蕾切尔把信读了第二遍，不过是默读的。这一遍，词句不再是缥缈得跟鬼魂似的，每字每句都是真真切切、明明白白的。它们就是破出云雾的山顶。周五——十一点半——温雷丝小姐。血液开始在她的血管中奔腾，她感觉自己的眼睛都亮了。

“我们一定要去，”她说，这个决定令海伦大吃一惊，“我们非去不可。”意识到这事在发生，她长舒了一口气。实际上，在云雾的环绕下，她们显得愈发靓丽了。

“罗萨山——是不是那头的那座山？”海伦问，“可是，休伊特——他是谁呀？我猜，应该是里德利碰到的年轻人里的其中一个吧。那我该说‘好’吗？说不定那无聊透顶呢。”

她拿回信便走开了，因为邮差还等着她的回音。

几夜前在赫斯特房里计划的聚会已经成型，并令休伊特先生大为满意，他鲜少运用到自己的实践能力，也欣喜地发现那还与他的个性相符。众人接受了他的邀请，更是令他大为振奋。因为他违背了赫斯特的建议：不要把邀请信发给了那些无聊至极、完全无法相处的人手里，他们肯定不会来的。

“毫无疑问，”他说，一边把海伦·安布罗斯签了名字的纸条揉起来又展开，“成就一名伟大指挥官所需的天赋被荒谬地高估啦。只需要花上为一本现代诗集写评的一半心力，我便能聚集起七八个人，有男有女，让他们在同一天里同一时间到同一处地方去。还有别的指挥才能吗，赫斯特？威灵顿在滑铁卢的时候能做的也就只有这些啦！这就像是数一条石子路上的鹅卵石，枯燥乏味可并不困难。”

他正坐在自己的卧室里，一条腿翘在扶手椅上，赫斯特正在另一头写信。赫斯特立刻将剩下的难点一一指出。

“举个例子，到时候有两个你素未谋面的女人加入。其中一个患有高山病，就和我姐姐一样，另一个——”

“噢，那些女人是为你请的，”休伊特打断他，“我可是为了你好才请她们来的。赫斯特，你要明白，你太需要和一个与你年纪相仿的年轻女人交往了。你不知道如何与女人相处，这可是一个极大的缺陷，想想这个世界的一半都是由女人组成的。”

赫斯特嘟嘟囔囔地表示自己相当清楚这一点。

可是在休伊特与赫斯特来到了与众人相约的指定地点

后，他的得意退却了些许。他不明白自己为什么会叫这群人来，人们究竟想要从这群聚到一起的人里获得些什么。

“母牛，”他思索道，“在一块田里会靠拢到一起；风平浪静时船也会靠在一起；当我们无事可做时，我们也是如此。可我们为什么要这么做？难道是为了防止我们将事物一窥到底？（他在一条小溪边停下，用手杖搅动起水流，带起的泥土令水变得浑浊。）将城市山川乃至整个宇宙变得毫无意义，还是说，我们真的互相喜爱吗？或是从另一方面看，我们是生活在一个永远无常的国度中吗，一无所知，从一个瞬间跃入另一个瞬间，由一个世界跃入另一个世界？总体说来，这就是我倾向的看法。”

他跃过小溪。赫斯特绕了个弯，加入了他，表示他早就停止探寻一切人类行为的动机了。

在往前走了半英里远后，他们来到一片悬铃木下，溪流旁那幢肉粉色的农舍就是他们选定的集合点。这是个阴凉的地方，位置便利，正好处于山坡拔地而起的交界处。透过悬铃木细瘦的茎干，两个年轻人能看见一小队毛驴正吃着草，一个高大的女人正在揉搓其中一只的鼻子，而另一个女人正跪在溪边用手掌拍打着水面。

他们进入了阴凉地后，海伦抬起头并伸出了手。

“我必须要介绍一下自己，”她说，“我是安布罗斯太太。”

他们握完手后，海伦又说：“这是我的外甥女。”

蕾切尔尴尬地走上前。她伸出手，又缩了回去。“都湿了。”她说道。

他们还没说上几句话，第一辆马车就驶近了。

毛驴猛地抬起头警觉起来，接着第二辆马车便到了。小树林里渐渐挤满了人——艾略特夫妇、索恩伯里夫妇、文宁先生和苏珊、艾伦小姐、伊芙琳·穆加特罗伊德，还有佩罗特先生。赫斯特先生声嘶力竭地扮演起了一只精力旺盛的牧羊犬。借助几句尖刻的拉丁语，他终于给这群动物整好了队，随后他斜过消瘦的肩膀，将女士们扛上了毛驴背。“休伊特没能明白的就是，”他说，“我们必须要在中午前接近山顶。”讲这话时，他正在帮助一个叫伊芙琳·穆加特罗伊德的年轻女士。她轻盈地像泡沫一样上了驴背。她头戴一顶坠饰着羽毛的宽檐帽，从头到脚一身白衣，看上去就像查理一世时代引领保皇军冲锋的英勇女将。

“和我一道骑吧。”她命令道。赫斯特飞身跨上了一头骡子，两人出发了，领着大队伍走在了最前面。

“不准你叫我穆加特罗伊德小姐。我恨这个称呼。”她说，“我的名字是伊芙琳。你呢？”

“圣约翰。”他说。

“我喜欢这个，”伊芙琳说，“你朋友叫什么呢？”

“他的首字母缩写是 R.S.T.，我们管他叫修道士。”赫斯特说。

“噢，你们真是太聪明了，”她说，“哪条道？给我摘根树枝。我们小跑起来吧。”

她狠狠地抽了驴子一鞭，向前跑去。

伊芙琳·穆加特罗伊德全速前进着，浪漫的性格与她的话语极为相称：“你管叫我伊芙琳，我就称呼你为圣约翰。”她的语气中带着一丝微微的挑逗——只需称呼她的姓氏就够了——尽管有许多年轻男子都郑重其事地婉拒了她，她依然我行我素、不依不饶地这么说着。由于上坡的山脊小路开始越来越窄，四散着石头，她的驴子磕磕绊绊地蹒跚而行，她只能一个人走在前面。蜷曲的长队犹如一条多节的毛毛虫，被淑女的白色遮阳伞以及绅士的巴拿马草帽簇拥着。伊芙琳·M一跃而下，把缰绳丢给了当地的男孩，随后恳求圣约翰·赫斯特也一同下来。那些需要舒展舒展筋骨的人也跟着他们从驴背上下来了。

“我觉得我们没必要下来，”艾伦小姐对紧跟在她身后的艾略特太太说道，“想想我可是好不容易才爬上去的。”

“这些小毛驴什么都能挨。你可晓得[1]？”艾略特先生对向导说道。那人恭敬地点了点头。

“花儿，”海伦说着，弯下腰摘起了几朵四散在各处的鲜艳小花，“掐一掐叶子，你就能闻到香味。”她将其中一朵搁在了艾伦小姐膝头。

“我们以前见过吗？”艾伦小姐望着她问道。

“我就当是见过了吧。”海伦笑着说，只因集合时一片混乱，她们没来得及相互介绍。

“多么善解人意啊！”艾略特太太尖声说道，“这

① 原句为法语。

就是人们所期望的那样——只不过很不幸，这是不可能的。”“不可能？”海伦问。“什么事情都是有可能的。谁知道在天黑之前会发生什么呢？”她继续说道，讥讽起这个可怜女人的怯懦来。她永远事事盲从，要是教她知晓有个地方连晚餐都不吃，或是桌子从原定的地方移了寸许，她就会彻底惊慌失措。

他们越爬越高，渐渐地与世界分离了。他们回头望去，那世界已经变得平整，点缀着绿色与灰色的小方块。

“镇子都变得小极了。”蕾切尔说，只用一只手就能挡住整个圣玛丽娜和它的郊区。大海完美地将海峡的每个角落都填满了，还在交界处产生了一道白色褶边。四处都有船只在一片蓝色中稳稳地航行着。大海仿佛沾上了几点紫色和绿色的墨点。在海天交汇的边缘上还有一道闪烁的银线。空气十分清新，四周一片寂静，只剩下蚱蜢的嘈杂叫声与蜜蜂的嗡嗡轰鸣。那些声音在快速飞过人的耳畔时相当响亮，继而消散无声。众人在山腰处的采石场里停下来小憩片刻。

“真是太清楚了！”圣约翰赞叹道，他看见了大地的沟壑，一道接着一道。

伊芙琳·M坐在他身旁，下巴支在手上。她以一种胜利者的目光审视着这片风景。

“你相信加里波第[①]到达过这里吗？”她问赫斯特先生。噢，要是她是他的新娘那该多好！要是没有这个野餐聚会，取而代之的是一伙爱国者，她和其他人一样，身着红衫，和坚定的男人们一起躺在平坦的草场上，将她的枪对准他们下面的白色炮塔，手贴着前额好让目光穿透硝烟，那该多好！她这般遐想着，一只脚焦躁地晃动着，高声道：

“我不把这个叫作生活，你呢？”

“那你把什么叫作生活呢？”圣约翰问。

“战斗——革命，”她依然注视着这座不详的城市回答说，“你只在意书，我知道。”

“你大错特错啦。”圣约翰说。

“那说说。”她逼问道，这里可没有瞄准躯体的枪炮，

① 加里波第（Giuseppe Garibaldi，1807年—1882年）：意大利将领、爱国者与政治家。在加里波第的广为流传的故事里，他与红衫联系在一起。这是因为他的志愿兵们将红衫作为他们的制服。

所以她发动起了另一种战役。

“我在意什么？人。”他说。

“好吧，我惊讶极了！”她高声道，“你看上去严肃得不得了。就让我们做个朋友，告诉对方自己是什么样子的人吧。我讨厌小心翼翼的样子，你呢？”

可是圣约翰无疑就是个小心翼翼的人，她正好能看见他的嘴唇一下子抿紧了，而且无意向一位年轻女士吐露自己的心灵世界。“这头驴正在啃我的帽子。”他说。他并没有回应她，而是起身去取帽子。伊芙琳微微红了脸，随后略带急切地奔向了佩罗特先生。他们重新上路时，正是佩罗特将她抬上了驴背。

“下完了蛋，就到了吃煎蛋卷的时候啦。”休林·艾略特用精致的法语说道，暗示他人是时候重新回到驴背上了。

不出赫斯特所料，正午烈日开始火辣辣地大显神威。他们爬得愈高，眼前的天空就愈加开阔。他们一直爬着，只见那座山变得像一只拔地而起的帐篷，后面还衬了一片无边无际的蓝色背景。英国人陷入了沉默，在毛驴旁步行的本地人突然此起彼伏地唱起了怪异的歌谣，又接连讲起了笑话。道路越来越陡，每一个驴背上的人都紧盯着自己正前方一人一驴起伏蹒跚的身影。他们身体的紧张程度已经大大超出了这伙寻欢作乐之人所能承受的范围了。赫斯特偶然听见了几句略带不悦的抱怨。

“在这种大热天里远足恐怕有些不太明智啊。”艾略特太太低声对艾伦小姐说道。

可艾伦小姐回道：“我一直想要到山顶上去。”她说的是实话，尽管她是个大块头的女人，关节僵硬而且也骑不惯驴，可是她的假日也没有多少让她尽兴的事情。

那个灵动的白色身影在前方领路。她不知从哪弄到了一根茂密的枝条，将其围在自己帽子上，犹如一顶花冠。他们默不作声地向前走了一阵。

“上面的风景可是相当美妙的。”休伊特向他们保证道，他在鞍上回过身，面带激励的微笑。蕾切尔与他眼神相接，便也报以微笑。他们又在路上折腾了很久，四下没有其他声响，只有驴蹄子吃力地落在松散石子上发出的嘚嘚声。之后，他们便看见下了驴子的伊芙琳。佩罗特先生站得就像一尊国会广场上的政治家雕像，伸出一条石头手臂指着风景。距离他们左侧不远处有一堵低矮的残墙，是一座伊丽莎白时期瞭望塔的残垣。

“我再也受不了了。”艾略特太太向索恩伯里太太私下吐露道，但在下一刻，众人品尝到登顶的喜悦又饱览了美景，并没有人搭理她。他们一个接一个地来到了山顶的平地上，满心欢喜地站在那里。他们眼前看到的是一片无边无际的空间——灰色的沙土与森林相接，森林与群山相融，群山又被天空洗涤，这是广袤无垠的南美洲。一条河流穿过平原，水流与陆地一样平坦，看上去像是静止了一般。如此广阔的空间，第一眼看过去甚至令人心惊。他们感觉自己十分渺小，一时间，所有的人沉默无言。之后伊芙琳大叫道：“太壮观了！”她牵起了身边的一只手，这只手碰巧是属于艾伦小姐的。

“北方——南方——东方——西方。”艾伦小姐说，朝罗盘上的方位微微歪着头。

休伊特走在前面不远处，他望着他的客人们，仿佛是在彰显正是自己才将他们带到这儿来的。他观察着眼前奇怪的景象，他们身子微弓站成一排，被风吹起来的衣服紧紧地贴在身体上，显得他们的身形活像是裸体雕塑。他们站在泥塑的底座上看上去陌生又高贵。但是在下一刻，他们的队伍散开了。休伊特需要去看一眼食物的分配。赫斯特前来帮忙，他们一个接一个传递起小包的鸡肉与面包。

圣乔治将海伦的小包递给她时，她盯着他的脸，问道："你记不记得——有两个女人？"

他打量着她。

"我记得。"他回答。

"原来你们就是那两个女人！"休伊特大叫，看看海伦又看看蕾切尔。

"你们那儿的灯光吸引了我们，"海伦说，"我们看着你们打牌，不过我们根本不知道到自己也在被注视着。"

"这就像戏里发生的事情一样。"蕾切尔补充说。

"而且赫斯特形容不出你们的容貌。"休伊特说。

见了海伦，却发现没有什么可对她讲的，想必是奇怪极了。

休林·艾略特戴上他的眼睛，跻身加入对话。

“我不知道还有什么事情比这个更吓人了，”他说道，拉扯着一只鸡腿的关节，“被人看见了，自己却毫不知晓。那人一定会感觉自己在做蠢事的时候被抓了个现行——比如说，坐在汉瑟姆马车里盯着别人的舌头看。”

这时，其他人不再看风景，他们互相招呼着围着篮子坐成一圈。

“汉瑟姆马车里头的那些小镜子可奇妙啊，”索恩伯里太太说，“当人只能看到自己的一小部分时，那些特征看上去就大不一样了。”

“汉瑟姆马车很快就要就所剩无几了，”艾略特太太说，“还有四轮的出租马车——我告诉你，哪怕在牛津都不太有可能叫得到四轮马车了。”

“真不知道马会遭遇些什么呢。”苏珊说。

“肉派。”亚瑟说。

“不管怎样，现在是时候让马绝种了，”赫斯特说，“它们丑得令人作呕，而且坏极了。”

可是对于苏珊来说，她从小就知道马是上帝创造出的最高贵的动物。她无法苟同，而文宁则认为赫斯特是个坏透了的混蛋。但出于礼貌，他并没有打断这对话。

“当他们看到我们掉出飞机时，他们多少才会想到过去日子的好了，我想。”他说。

“你坐过飞机？”索恩伯里老先生戴上眼镜望着他问道。

“但愿某天能成真吧。”亚瑟回道。

他们索性畅谈起了飞行。索恩伯里太太发表的意见赶得上一篇演说了，她说在战时飞机必不可少，而英国已经远远落在后头了。“如果我是个年轻小伙，”她总结说，“我当飞行员肯定够格。”这位小个子老太太穿着灰色的大衣和裙子，手里还捏着一个三明治，两眼激动地放光，想像着自己是一个坐在飞机上的小伙子，她这副模样看上去奇怪极了。不知怎么的，他们的对话在这之后便没再继续下去，后来聊的也只是吃喝与风景。突然，靠着残垣席地而坐的艾伦小姐把三明治一放，从脖子上摘了个东西下来，说道，“我身上爬满了小东西。”她说的没错，大家对这个发现很感兴趣。蚂蚁同残墙石头缝间的松散泥土一起，犹如冰川一般倾泻而下——大只的棕色蚂蚁有着油亮的身子。她伸出手背给海伦看。

“它们蜇不蜇人呀？”海伦问。

“它们不蜇人，可是它们可能会污染食物。”艾伦小姐说，他们立马着手将蚂蚁赶离他们的食物。根据休伊特的建议，他们决定采用现代战争中抗击侵略军队的战术。桌布代表了被侵略的国家，他们在它周围用篮子围了一圈路障，竖起酒瓶作为堡垒，面包用作防御工事，还在盐堆里挖出壕坑。但凡有一只经过这里，它将彻底暴露在面包屑的火力之下。直到苏珊表示这过于残忍了，他们才停下。她还费了番口舌嘉奖了这群勇敢的灵魂。这场玩闹消除了他们的拘谨，甚至令他们变得异常胆大起来。佩罗特先生本是个十分害羞的人，他一边说着“请容许我”，一边拿下了伊芙琳脖子上的一只蚂蚁。

“要是真有只蚂蚁贴着皮肤爬进了胸衣里头，”艾略特太太偷偷跟索恩伯里太太说着，“那可不是开玩笑的。”

人声突然变得吵嚷起来，原来他们看见一长队蚂蚁发现了一个通往桌布的后门。如果成功能用嘈杂声来衡量的话，休伊特完全有理由觉得他的聚会是办成功了。然而，他却毫无理由地深陷入了沮丧。

“他们太不尽如人意了，都是些卑微的人。”他想道。他一边收拾着盘子，一边在不远处观察着他的客人们。他用眼睛把他们扫了个遍，有的弯着腰，有的绕着桌布晃悠，还打着手势。他们亲切又谦恭，许多方面都值得尊敬，他们的知足与善良甚至很可爱。然而他们是多么平庸啊，互相之间还能亮出何等无趣的残忍啊！索恩伯里太太，虽然甜美，但是她的母性透着斤斤计较与自私自利；艾略特太太总是没完没了地自怨自艾，她丈夫和她就是一个豆荚出来的豌豆，一模一样；还有苏珊——她没有自我，不知道算是哪类人；文宁拥有与学龄男童相同的诚实与粗鲁；可怜的老索恩伯里像匹转磨的马一样绕着圈子走；还有伊芙琳，他觉得还是少去细探她的性格为好。但这些人是有钱人，世界不是由别人，而是由他们来主宰。如果将一个更有活力、会关注生活与美好的人放到他们中间，如果他试着想与他们分享而不是斥责他们，那他们会给他带来多少痛苦、多少浪费啊！

“还有赫斯特，”他总结着，想到了他朋友的为人；他剥起一只香蕉，习惯性地微微蹙起了额前的两道眉毛，

“他就和罪孽一样丑恶。”出于圣约翰·赫斯特的丑陋以及与之伴随的局限，他对剩下的人的评价还算可靠。都是他们的错导致了他孑然一身。他被海伦的笑声吸引，便来到她身边。她正在笑艾伦小姐。“这么热的天里你还穿着连身裤？”她压低了声音私下说道。他相当喜欢她的外貌，不是因为她生得美丽，而是因为她的高大与质朴，像一尊壮观的石雕女像，这令她在一众人里脱颖而出。他的心绪变得更和缓了，目光转而落到了蕾切尔身上。她远远地躺在其他人后面，用一只胳膊肘撑着地。她脑中或许有与赫斯特一模一样的思绪。她的眼睛悲伤却又涣散地望着对面的那群人。休伊特手里拿着片面包，挪动起膝盖靠向她。

“你在看什么呀？”他问。

她似乎吓了一跳，却直白地回道：“人。”

第十一章

他们一个接一个地起身，舒展起四肢，在几分钟里就分成了三两个小组。在其中的一个小组里，休林 · 艾略特正与索恩伯里太太喋喋不休，他俩读过同一本书，思考过相同的问题，现下正在给山下的地方取名字，把它们与海军、陆军、政党、土著与矿产的信息统统挂起钩来。他们说，要以此来证明南美是一个有前景的国度。

伊芙琳 · M 在一旁听着，明亮湛蓝的双眼紧盯着预言家们。

“我听了都想要当个男人！”她高声说。

佩罗特先生望着平原，回应说一个有未来的国家那是件好事。

“换作是我的话，”伊芙琳对他说道，将手套狠狠地从手指上扯下来，“我会组建一支军队，征服一大片领地，让它变得繁荣昌盛。为此你会想要女人的。我想要生活能从头开始，活出该有的样子——没有卑劣之事——只有恢宏的大厅与花园，还有杰出的男人与女人。可你呢——你只喜欢法庭！”

“那要是没有了漂亮的衣裙、糖果还有所有年轻女士喜爱的东西，你还会心满意足吗？”佩罗特问，他讥讽的话语中掩藏了一丝痛苦。

“我可不是个年轻女士，”伊芙琳立即回道，她咬住下唇，“就因为我喜欢绚丽华美的东西你就嘲笑我。为什么在今天就看不见加里波第这样的男人了呢？”她力争道。

“听着，”佩罗特先生说，“你连一个机会也没给我。你认为我们应该要有崭新的开始。不错。可是我没搞懂——征服一片领土？它们都已经被征服了啊，不是吗？”

“不是指确切的领土，”伊芙琳解释说，“这只是个说法，你没明白吗？我们过着如此平淡顺从的生活。我确信你内心里也是有些波澜壮阔的理想的。”

休伊特看见佩罗特那张睿智脸庞上的疤痕与凹陷可怜地松弛了下来。他还想像得到，佩罗特的脑中依然在盘算，在想去问一个女人要不要和他结婚是否恰当，要知道他每年在法庭上挣到的钱不超过五百磅，没有私产，还有个病弱的姐妹要照顾。佩罗特先生知道自己并不是“那么的……”，就像苏珊在日记中写的那样；她说他不完全算是名绅士，因为他是利兹一个杂货商的儿子，从背上一只篮子起家的。尽管他确实与出身高贵的绅士别无二致，但在挑剔的目光下，他的出身就暴露了。他一丝不苟的着装，古板拘束的举止，极度的个人洁癖，以及使用刀叉时透出的一种无以言说的怯懦与精细，或许是他昔日缺少肉食，吞咽时无须计较小节所致的遗风。

四散闲逛的两组人现在又聚到了一起，他们结伴而行，久久地凝视着山下点缀着黄色、绿色田地的灼热地平线。热气在上方蒸腾，人们就连平原上村庄的屋顶都看不真切了。即使是在有微风轻拂的山顶，还是很热。这股热浪，食物，这片无垠的空间，或许还有一些不那么显眼的小路在他们之间生出了一股舒服的倦意与放松的愉悦。他们没有多说话，在沉默中也并没有感觉到拘束。

“我们不如上去看看有些什么？”亚瑟对苏珊说，两人便一道走开了。他们的离去无疑触动了剩下的人的某些心绪。

“真是一群怪人，不是吗？”亚瑟说，“我觉得我们就不应该把他们带到山顶来。不过我们来了我很高兴，棒极了！无论如何我都不会错过这个。”

“我不喜欢赫斯特先生，”苏珊突然说道，“我以为他很聪明，可是聪明人为什么会是这样的呢——我觉得他人确实很好，真的。”她加了一句，本能地将一句听上去有些刻薄的评价堵了回去。

“赫斯特？噢，他算是个读书人，”亚瑟冷漠地说，“不过他的样子看上去不像是喜欢做学问的。你真该听听他和艾略特的谈话。我几乎听不懂他们在说些什么……我的学业一直不好。”

他们说说停停，来到了一处顶上长着几棵纤细的树木的小山丘。

“你介意我们在这里坐下来吗？”亚瑟问，他四下查看着，“坐在树荫里可好了——还有这风景——”他们坐下来，默不作声地冲着前方看了好一会儿。

“不过有时候我确实眼红这些读书人，”亚瑟说，“我不觉得他们会……”他的话没有说完。

“我不明白为什么你要眼红他们。”苏珊相当真诚地说道。

“一个人身上总会发生些奇怪的事情，”亚瑟说，“一旦顺风顺水惯了，事情便一桩接一桩地发生了。你一直风平浪静地航行着，觉得自己对此了如指掌，可突然间你变得对这里一无所知，所有的事物看上去都和从前变得不一样了。今天到现在，沿着那条路往上爬，我骑在你身后，我感觉看见的每样东西都好像——”他不说了，连根拔起一片草叶。他抖落掉黏着在根部的细小土块——“好像是都有了一种意义。你影响了我，”他结结巴巴地说出口，“我没有理由不与你说。自从我认识你，我就感觉到了这个……那是因为我爱你。”

哪怕是在之前他们已经聊过日常的琐碎了，苏珊依然因为这种亲近而感觉兴奋，这份感觉不仅赤裸裸地包围了她，还感染了树木与天空。他的这通演说无可避免地令她痛苦万分，因为从来没有一个人离她这般近过。

他讲话的时候，她被惊得一动不动。当她听到最后几个字时，她的心脏猛烈地跳动了几下。她坐在那儿，手指抠着一块石头，凝望着面前山下的那片平原。就这样，这件事的的确确地在她身上发生了，一桩求婚。

亚瑟望着她，他的脸怪异地扭曲着。她正艰难地喘着气，几乎答不上话。

“你大概已经知道了。”他将她拉进自己的怀抱。一次又一次，他们紧紧地交缠在一起，含糊不清地呢喃着。

“好啦，”亚瑟叹道，重重地坐回地上，“那是我遇到过的最美妙的事情。”他看上去像是要试着把梦中所见的事物放到真实事物的旁边。

他们陷入了一阵长时间的沉默。

“这是世界上最美好的事情。”苏珊十分温柔且无比坚定地说。这不再只是一桩求婚，而是与亚瑟的结合，与一个她深爱之人的结合。

在随之而来的沉默中，她紧紧地拉住他的手，向上帝祈祷她定要做他的好妻子。

“那佩罗特先生会怎么说呢？”她最后问道。

“可怜的老家伙，”亚瑟说，他已经在最初的震惊中回过神，并彻底地放松下来，沉浸在欢欣与满足中，“我们一定要好好对他，苏珊。”

他向她讲述了佩罗特的艰辛人生，他又是如何全心全意对待亚瑟的。接着他还跟她讲了他的母亲，一位性格坚毅的寡妇。苏珊也同他简单地介绍了自己的家庭成员——伊迪丝，她的妹妹，她爱伊迪丝胜过所有的人，“除了你，亚瑟……亚瑟，”她继续说，“你最先是喜欢我的什么呢？”

“是有一晚在海边你佩戴的一只皮带扣，”亚瑟思考了很久回答说，“我记得我注意到了——注意到这个可真奇怪！你没有吃豌豆，因为我也不吃它。”

说到这里，他们又继续比较起了更重要的喜好，或者说是苏珊了解到了亚瑟喜欢什么，又表示自己也相当喜欢的相同事物。他们会在伦敦生活，或许在苏珊家附近的买一间乡村小屋，因为她的家人可能一开始还不适应没有她的存在。她的思绪一开始满是震惊，现在又畅想起自己订婚后会发生的各种改变——跻身已婚妇女的队伍会是多么愉快——不用再和比自己小很多的女孩们待在一块儿——逃离了老姑娘漫长孤寂的生活。她惊人的好运偶尔光顾了她，她又对亚瑟表达了一番爱意。

他们躺在对方的臂弯中，并没有注意到自己被人瞧见了。林间有两个身影突然出现在他们上方。“这儿有树荫。”休伊特说，这时蕾切尔猛地僵住了。他们看见一男一女正躺下他们下方，两人紧紧地相拥缠绵，继而又松开怀抱。那男人坐起身，现在能看清那女人了，正是苏珊·沃林顿，她躺在地上，阖着双眼，神情陶醉，似乎没有了意识。看她的表情，你也说不出她是快乐还是遭了罪。当亚瑟再次转向她，像羔羊吮吸母羊奶头似地吮吻她时，休伊特与蕾切尔一言不发地走开了。休伊特不自在地感觉到害羞。

“我不喜欢那样。”片刻后蕾切尔说。

“我觉得我也不喜欢，”休伊特说，“我觉得——”不过他改了主意，继续用普通的语气说，“好吧，我们就当他们是订了婚的。你觉得他还会想从事飞行吗，或是说她会阻止他吗？”

可是蕾切尔依然浑身僵硬，刚才看见的那幕情景在她眼前挥之不去。她没有回应休伊特，而是顾自开口。

“爱情真是样怪东西，不是吗？让人心跳。”

“这可是相当重要的，你得明白，”休伊特回答说，“他们的生活永远地改变了。”

“这也让我为他们感到遗憾，”蕾切尔继续说，仿佛正在回顾她的感受，“我都不认识他俩，可我几乎就要落下泪来。真傻，是不是？”

“那只是因为他们在热恋中，”休伊特说，“是啊，”他考虑良久补充说，“这其中是有些悲哀的事情在，我同意。”

这时，他们离小树林走得远了些，看到了一片十分适合躺下的圆形空地，他们便坐了下来。由于他们的偶然冲撞，那对恋人带来的视觉冲击依然留在他们脑海中，但那对恋人的影响力还是减弱了一些。这一天里任何压抑的感情都与其他日子里的不一样，所以这一天是不同的，仅仅是因为他们看到了处于人生重大时刻的其他人。

“这里会是片相当棒的露营地，”休伊特看着面前的群山说，“这里看上去像不像水彩——你知道水彩画干了后整张纸都会起皱——我一直在想它们会是什么样子呢。”

他的眼神变得犹如入梦一般，仿佛正在匹配各种事物，那颜色令蕾切尔想起了蜗牛身上的绿色。她坐在他身边也看起了群山。过了很久看得她眼睛都疼了，风景的巨大尺寸似乎将她的视域撑大到了常人不能承受的范围，她看起了地面。她很高兴能够仔细彻底地审视南美的每一寸土地，这样她就能注意到每一粒尘土，把它变作一个世界，在那里她被赋予了至高无上的力量。她折下一片草叶，把一只小虫放到了顶端的穗子上，思考着这只小虫是否会意识到自己的奇异旅程。有无数的草穗，她却偏偏折下了这支，也令她百思不得其解。

“你还没告诉过我你的名字呢，”休伊特突然说，“某某·温雷丝小姐……我想知道别人的教名。”

“蕾切尔。”她答道。

“蕾切尔，”他重复了一遍，“我有个姑妈也叫蕾切尔，她把达米安神父[①]的生平写成了诗歌。她是个宗教狂人——是她从小成长环境造成的，她在北安普顿郡长大的，见不到一个人影。你有姑妈吗？”

---

① 达米安神父（Father Damien，1840年—1889年）：天主教神父及耶稣圣母圣心会会士，因在夏威夷群岛的莫洛凯岛麻风病人社群推动公益活动而闻名。

“我和她们住在一块。”蕾切尔说。

“不知道她们现在正在做什么呀？”休伊特问。

“她们很有可能在买羊毛，”蕾切尔肯定道，她试着描述她们，“她们都是小个子、脸色苍白的女人，”她说道，“十分整洁。我们住在里士满。她们还养了条老狗，只能吃点骨髓……她们总是上教堂。她们把自己的抽屉整理得很干净。”可是说到这儿，她感觉描述起人来真是异常艰难。

“居然不知不觉已经过了那么久，真是不敢相信！”她大叫。

太阳已经落到了他们后面，有两道长长的影子突然落到了他们脚前，一个正在晃动因为那是一条裙子投下来的；另一个是静止的，因为那是一双穿着长裤的腿。

“你们看上去舒服极啦！”海伦的声音从他们上方传来。

“赫斯特。”休伊特说，冲着那个剪刀样子的影子说道，他随即转过身看见了他们。

“我们这儿还有空位。”他说。

赫斯特舒服地落座后，他问：

“你们恭喜过那对新人了吗？”

显然，在休伊特与蕾切尔离开的几分钟后海伦与赫斯特在同一个地方刚好撞见了同一幕场景。

“没有，我们没向他们道贺，”休伊特说，“他们看上去快活极了。”

“好吧，”赫斯特说，噘起嘴，“反正我不用同他们中任何一个结婚——”

“我们当时感动极了。”休伊特说。

“我觉得你会是的，”赫斯特说，“你被哪一种打动了呢，修道士？是想到了无限的激情？还是想到了把罗马天主教拒之门外的新生男婴？我敢肯定，”他对海伦说，“他会被其中任意一项打动。”

蕾切尔被他的挖苦大大地刺伤了，她想要用同样的话直接顶回去，可是她想不出一句妙语。

“没有东西能打动赫斯特，”休伊特笑着说，他看上去完全没受伤害，“除非有一个无穷数爱上一个有限数——我猜这种事情确实会发生，哪怕是在数学里面。”

“恰恰相反，”赫斯特带着一丝不悦说道，“我感觉自己是一个情感十分充沛的人。”他的讲话方式就确切地表明了他是认真的，他无疑是在帮着女士们说话。

“对了，赫斯特，”休伊特在停顿片刻后说，“我有件糟糕的事情要坦白。你的那本书——华兹华斯的诗集，你可还记得，我们出发时我从你桌上拿了，我肯定是把它放在了我这边的口袋里——”

“被弄丢了。”赫斯特替他讲完了。

“我觉得依然还是有另一种可能的，”休伊特急忙说，左一记右一记地抽打起自己的脸，“那就是我压根没有带上它。”

“不是的，”赫斯特说，“它在这。”他指了指胸口。

“感谢上帝，”休伊特大叫，“我不用再满腹愧疚了，那感觉就像是我杀掉了一个孩子。”

“我看你总是丢三落四的吧。”海伦若有所思地看着他说道。

“我没有丢三落四，”休伊特说，“我只是没把东西放对地方。这就是为什么赫斯特在旅途中拒绝和我住一个舱位。”

“你们是一块儿出发的？”海伦问。

“我建议这次聚会的每个成员现在都简单地介绍一下自己的经历，”赫斯特坐直身子说道，“温雷丝小姐你先请。开始吧。”

蕾切尔说她二十四岁，父亲是个船东，她从来没有受过正规教育，会弹钢琴，没有兄弟姐妹，和姑妈们住在里士满，母亲已经过世了。

“下一位，”赫斯特听完后指向休伊特说道。“我是一名英国绅士的儿子。我二十七岁了，”休伊特开口说，“我的父亲是个猎狐狸的乡绅。在我十岁时，他死在了猎场上。我还记得他的尸体被扛回家时，是放在一块门板上的，我想，那时候我正下楼去喝茶，注意到有配茶的果酱，我就在想可不可以——”

“行了，说重点。”赫斯特打断他。

“我在温彻斯特[①]和剑桥上的学，过了一阵我便离开了。我做过许许多多的事情，自从——”

① 温彻斯特公学（Winchester College）：英国第一所培养神职和公职人员的学校，开创了英国公学教育的历史。

“工作？”

“没有——至少——”

“嗜好”

“文学。我正在写一部小说。”

“兄弟姐妹呢？”

“三个姐妹，没有兄弟，母亲尚在。”

“这就是你要告诉我们的一切？”海伦问。她说她已经很老了——去年十月就满四十岁了。她的父亲曾是城里的律师，不过破产了，所以她从来没受过多少教育。他们的住处辗转个不停。不过她的一个哥哥曾借书给她看。

“如果要我把所有的事情都讲给你们听——”她停下一笑，“那就得说好久啦，”她总结道，“我三十岁的时候结婚了，有了两个孩子。我的丈夫是一名学者。现在——到你了。”她朝赫斯特点点头。

“你还有许多没有讲呢，”他揶揄道，“我叫圣约翰·阿拉里克·赫斯特，”他得意洋洋地开口道，“我二十四岁。家父乃教士悉尼·赫斯特，诺福克大沃平区的郊区牧师。噢，我拿遍了所有地方的奖学金——威斯敏斯特的、国王学院的。我现在是国王学院的学会成员。听上去很无聊是吧？双亲俱在（噢）。两个兄弟一个姐妹。我是个很出色的年轻人。”他补充说。

“全英国最杰出的三个或是说五个年轻人之一。”休伊特说。

“一点没错。”赫斯特说。

“听上去都相当有趣，”海伦沉默了一会儿开口说道，“当然啦，我们还剩下一些重要的问题。比如说，我们都是基督徒吗？”

“我不是。”“我不是。”两个年轻男人回答说。

“我是。”蕾切尔说。

“你信的是一个人格化的上帝？”赫斯特转过身扶了扶眼镜，追问道。

“我信——我信，”蕾切尔支吾着，“我相信这世界上有我们不了解的东西，这个世界也许会在一瞬间改变，任何事情都会出现。”

听了这番话海伦大笑不已。“胡话，”她说，“你才不是基督徒呢。你从来都没想过自己是什么，还有许多其他的问题，”她继续说，“不过我们大概还不能问他们。”虽然他们相谈甚欢，但是所有人都不太自在地感觉到他们真的是对对方一无所知。

“还有些重要的问题，”休伊特沉思道，“相当有趣的问题。我怀疑从来没有人问过他们。”

蕾切尔迟钝地知晓了，即使是熟人之间，也许多事情无法吐露。她坚称自己明白了他的意思。

“我们可曾坠入过爱河？”她问道。“是你想问的那种问题吗？”

海伦又一次嘲笑了她，打趣地朝她扔了一把长草穗，因为她的勇敢，也因为她的愚蠢。

“噢，蕾切尔，”她大叫，“这就像你在家里养了只小狗，这只小狗把你的内衣叼到了楼下的大厅里一样。”

他们跟前洒满阳光的土地上再一次奇妙地覆上了几道晃荡的人影，是男男女女的身影。

“他们在这儿呢！”艾略特太太大叫，她的嗓音里带着一丝愠怒，“让我们到处找。你们知道现在几点了吗？”

艾略特太太与索恩伯里夫妇和他们碰上了面。艾略特特太太拿出了她的表，还玩味地拍打着表面。休伊特这才想起自己可是这次聚会的负责人，他迅速把他们带回瞭望塔，他们打算在回去前在那里喝个下午茶。

一条鲜红色的围巾在墙顶上飘扬着，其他人上来时，佩罗特先生和伊芙琳正试着把它往上面系。热浪现已退去，他们没有坐在树荫下，反而去太阳下面坐着了。阳光依然炽热，把他们的脸晒得红黄一片，也给山下的广袤大地染上了颜色。

“还有什么事情能比得上喝茶呢！”索恩伯里太太端起茶杯说。

“没有了，”海伦说，“你记不记得小时候把干草剁碎——”她的语速比平时都快，双眼注视着索恩伯里太太说，“假装那是茶叶，后来还挨了保姆的骂。我想不明白，那些保姆莫非都是凶神恶煞？不然凭什么不允许我们做把盐说成胡椒这种无伤大雅的事情。你的保姆是不是也一模一样？”

她们正聊着，苏珊也加入进来坐到了海伦身边。几分钟后，文宁先生从另一头缓缓走来。他有些脸红，兴高采烈的，也有问必答。

“你们对那个可怜老伙计的坟墓做了什么？”他指着在墙顶飞舞的红旗问道。

“我试着让他忘却已经死去三百年的痛苦。”佩罗特先生说。

“那一定很可怕——死掉了！”伊芙琳 · M 突然说。

“死掉吗？”休伊特说，“我觉得这个不会可怕呀。这很容易想像。今天晚上你睡觉的时候双手像这样合拢——缓慢地呼吸，越放越慢——”他向后一躺双手交叠在胸前，闭起双眼，“现在，”他甚至用上更单一的语调低声说，“我再也，再也不会动啦。”他的身体直挺挺地躺在他们中间，装了好一会儿死人。

“这表演真是骇人啊，休伊特先生！”索恩伯里太太尖叫道。

“给我们来点蛋糕！”亚瑟说。

“我向你保证，这没有什么骇人的。”休伊特说，他坐起来伸手去拿蛋糕。

“这很自然，”他反复说，“有孩子的人应该每晚都让他们这样锻炼一番……并不是说我期盼死亡。”

“你刚提到了坟墓，”索恩伯里先生开口了，他几乎是第一次说话，“你凭什么把那座废墟叫作坟墓？我跟你一样，完全拒接受这个普遍认定的说法，把这里称作为一座伊丽莎白时期瞭望塔的遗址——就像我也不相信在我们英国丘陵顶上发现的圆土堆和土包是营地。古文物学家把所有的东西都叫成营地。我总是问他们，噢好吧，那你觉得我们的先人把牲口养在哪里呢？英国一半的营地只不过是古时候的兽栏和庄园农场，反正我自己是这么叫它们的。证据就在于，根本没有人会把自己的牲口放养在一个没有遮蔽、无足轻重的偏僻地方。如果你思考一下，在那时，牲口就是一个人的资产、他交易的货品、他女儿的嫁妆。没有牲口他就是个农奴，人下之人……”他的眼睛渐渐失了焦距，喘着气喃喃地开始了总结，看上去异常苍老与悲戚。

本来会与这位老先生争辩一番的休林·艾略特刚巧不在。他正拿着一大块方巾走过来。这块漂亮的方巾上印着活泼鲜艳的花纹，衬得他的手无比苍白。

“捡了个便宜，”他高呼，把方巾往桌布上一铺，“我刚问一个带着耳环的大高个男人买的。漂亮吧！当然啦，这不一定适合所有人，可是配一个到正好。是不是呀，海尔达？给雷蒙德·帕里太太呀。”

“雷蒙德·帕里太太！”海伦与索恩伯里太太同时大叫道。

她俩面面相觑，仿佛遮挡在她们面前的一层迷雾被吹散了。

“啊——你也参加过那些美妙的聚会是不是？”艾略特太太兴趣盎然地问道。

即使身在千里之外，帕里太太位于一湾水域后头的一小片土地上的会客室也马上浮现在她们眼前。从未有过任何交集与实际往来的两人莫名地联系到了一起，并生出了熟悉感。也许在同一时刻，她俩都在会客室里；也许她们在楼梯上擦肩而过；至少她们认识同一个人。她们怀着新的兴趣将对方上上下下打量了个遍。不过她们不能再盯着对方看了，没有时间让她们品尝新发现的果实了。毛驴过来了，他们最好还是立刻下山。夜幕很快就会降临，他们到家前天就会全黑了。

他们依次再度跨上驴背，沿着山路排成纵队往下走。时不时交换着细碎的闲聊。还有几句玩笑话逗得笑声四起。有几个走到一半，下来采些花，把面前的石头踢落下去。

“你们学院谁的拉丁文诗歌写得最好，赫斯特？”艾略特先生突然回头问，赫斯特回答说自己也不知道。

正如本地人先前提醒的那样，黄昏忽而降临。两边的山谷注满了黑暗。道路变得一片昏暗，以至于驴蹄落在硬石头上发出的声音还能吓人一跳。沉默降临到了一个人身上，接着是下一个，直到每一个人都安静下来，他们的思绪在深蓝色的空气中飞散。黑暗中的旅程似乎要比白天的行程更短些，不一会儿，他们就看见了远在山下平原的小镇灯火了。

突然一人大叫：“啊！”

一时间，一颗黄色的小点从山下的平原缓缓升起。它升到半空中停下，如花一样绽开，又如同雨点一样洒下。

“烟花。”他们大叫。

另一个点紧接着就上来了，还有一个。他们几乎能听见它旋转咆哮的声音。

“某个圣人的庆典日，我猜。”一个声音说。升上空中的烟花激烈地冲撞与聚合，如同一对腾起的恋人紧紧相拥。人群注视着它们，脸都被照亮了。可是苏珊与亚瑟在下山途中一路无话，微妙地保持着距离。

烟花变得稀疏起来，没多久就全灭了。他们剩下的旅程几乎全是在黑暗中行进的。他们身后的山成了一个巨大的影子，路旁灌木丛与树木的小影子投下了黑暗。他们在那片悬铃木那儿分手，挤进马车后便离开了。没有说上一句晚安，哪怕是一句嘟囔也没有。

由于实在是太晚了，从他们到达宾馆到上床睡觉的这段时间里，他们没有空进行正式的对话。但是赫斯特手上拿了只假领子晃进了休伊特的房间。

“好了，休伊特，”他说，一边打了个巨大的哈欠，“这是一次巨大的成功，我觉得。”他又打了一个哈欠，“可是要注意，你别去挂念那个年轻女人……我真的不喜欢年轻女人……”

疲于户外时光的休伊特满是倦意，已经无法作答。实际上，这次聚会里的每一个人在十分钟里都沉沉睡去了，除去苏珊·沃林顿一人。她躺着，茫然地盯着对面的墙看了好久好久，她的双手紧抓着胸前，她的烛火正在她的身侧燃烧。一切清晰的念头在很久之前就已离她而去了；她的心脏仿佛胀到了太阳那么大，照亮了她整具躯体，也像太阳一样散发着暖流。

“我很幸福，我很幸福，我很幸福，”她反复说，“我爱每一个人。我很幸福。”

第十二章

苏珊的婚事获得了家里的同意，宾馆里但凡有谁对此感兴趣的，也都开陈布公地知会了——而在此时，宾馆里就如赫斯特先生描绘的看不见的粉笔圈一样，分成了几个小团体。照他说，这件新鲜事理应庆贺一番——来一次远足？已经搞过了。那就办次舞会吧。跳舞的好处就在于能够驱赶无聊的漫漫长夜，避免了即使有桥牌还是会过早休息的荒唐境地。

三两个人站在大厅中那头威武的美洲豹标本的下面，他们很快商定了事宜。艾芙琳在四处滑上了几个舞步，随后肯定道，这地板棒极了。罗德里格斯先生告诉他们，有一个在婚礼上演奏小提琴的西班牙老头——他的琴声能让乌龟跳起华尔兹；还有他的女儿，尽管眼睛黑得跟煤斗似的，弹起钢琴来也有相当的魔力。考虑到会有人太过虚弱或是性格阴沉，在那个翩翩起舞或是看着他人翩翩起舞的晚上，他们如果更想要有个地方坐着的话，那么会客室与桌球房就归他们了。休伊特花了很大工夫去安抚那些外人。反正他才不会考虑赫斯特那套看不见的粉笔圈理论。他是受到了几次奚落，不过也有收获。他发现了一帮孤独卑微的绅士愉快地找到了与同类聊天的机会；还有一位心存怀疑的女士，种种迹象表明她将在不久后向他吐露心事。实际上，他清楚地了解到，在晚餐后到睡觉前的这两三个小时里充满了不愉快。有那么多人没能成功地交上朋友的确可惜了。

舞会时间敲定在周五举办，就在订婚的一周后。休伊特在吃餐饭时宣称，自己感到十分满意。

“他们都要来！”他告诉赫斯特，“佩珀！”看见威廉·佩珀腋下夹着本书在他们用完汤后快步走过，他大叫道，“我们可是指望着你来给舞会开场啊。”

“你们准定是不打算睡觉了。”佩珀回道。

“你需要将艾伦小姐领下楼。”休伊特参考着一张铅笔写的字条继续说道。

佩珀停下来，开始滔滔不绝地讲授起轮舞、乡村舞、莫里斯舞和方阵舞，它们统统都比那不伦不类的华尔兹和波尔卡高级多了。但后者在今天的受欢迎程度都卑鄙地赶超了前者——这时侍者有礼貌地把他推回了自己在角落的那张桌子。

这一刻的餐厅与农场里的一片空地惊人地相似：四散在地上的谷粒引得羽毛鲜艳的鸽子纷纷落地。几乎所有的女士都穿上了一身之前没展示过的衣裙，她们高耸的头发打着卷，反倒不像是头发了，看上去更接近哥特式教堂里的木雕。这顿晚餐比平时的要简短随意些，就连侍者看上去也被这里弥漫的兴奋劲给感染了。就在离钟声敲响九点钟还差十分的时候，办事小组在舞会厅里巡视了一圈。这座大厅里没有家具，灯光敞亮，点缀着鲜花，它的香气幽幽地在空气中蔓延，展示出一副灿若仙境的欢愉图景。

“这里就像是一片星光璀璨的晴朗夜空。”休伊特四下环顾起这间空旷的屋子，嘴里嘟囔着。

“总之，这是天堂一般的地板。”伊芙琳补充说，她走了一圈，滑了几个舞步。

“这些帘子怎么办？”赫斯特问，深红色的窗帘盖住了落地窗，“外面的夜美极了。”

“是啊，不过帘子保证了私密性，”艾伦小姐肯定道，“等舞会到了高潮，就该把它们放下来了。我们或许还能开点窗——如果我们现在就这么做，老人们会想到这儿还在通风。”

她的智慧开始为人所晓，还赢得了尊重。正当他们站在一起讲话时，音乐家们拿出他们的乐器，小提琴反反复复地跟着钢琴弹下的一个单音和着声。万事已经具备。

在停顿了几分钟后，父亲、女儿，还有吹号的女婿盛大地奏响了第一声和弦。人们如同追随着魔笛手的群鼠，门口立刻人头攒动。随后又有一曲华美的乐章降临，三人不约而同地奏响了盛大悠扬的华尔兹舞曲。这间屋子仿佛在瞬间涌入了洪水一般。在犹豫片刻后，第一对舞伴，接着是第二对，跃入了水中央，在旋涡中一圈又一圈地旋转着。舞者的衣摆富有韵律地沙沙作响，好似身处在一座带有旋涡的池子。渐渐地，人们感觉到屋子越来越热。羔羊皮手套的气味与花朵浓郁的芬芳混杂在了一起。旋涡看上去越转越快，直到音符各自交织碰撞成一团，又戛然而止，圆圈便破碎四散成了小小的碎片。一对对舞伴往不同方向散去，只剩下一小排紧贴墙壁的老人。地板上四处散落着小片的装饰、手绢，还有花朵。停顿过后，音乐再次响起，旋涡旋转着，舞伴们围着它们转了起来，直到再一次碰撞，圆圈被打碎成了四散的小片。

这样的场面发生了五次，倚靠在窗框的赫斯特像是一只怪异的石像鬼，观察着站在门廊处的海伦·安布罗斯和蕾切尔。人群太过拥挤，她们无法移动，不过他还是通过海伦的一侧肩膀和蕾切尔转过头时的一瞥认出了她们。他向她俩走去。她们像解脱了一般和他打招呼。

“我们可真是受够了罪。”海伦说。

“我想像中的地狱就是这样。”蕾切尔说。

她眼睛明亮，一脸困惑。

休伊特与艾伦小姐正卖力地跳着华尔兹，他们停下来后又去迎接新的客人。

“这很棒，”休伊特说，“可是安布罗斯先生哪去了呢？”

“在读品达，”海伦说，“能允许一个已在十月份满了四十岁的已婚女人跳支舞吗？我可受不了干站着。”她看上去和休伊特交叠到了一起，随后两人融进了人群中。

“我们也得跳起来。”赫斯特对蕾切尔说道，他毅然拉住了她的胳膊。蕾切尔并不精于此道，却跳得很好，全在于她那对节奏敏感的好耳朵。可是赫斯特不喜音乐，剑桥的几节舞蹈课只让他知晓了华尔兹的粗略舞步，却未能领会到其中的精神。单单一个转身就向他们表明了两人的步法并不合拍。他们无法相互协调，总是突出一个角，根本转不起圆圈，更糟糕的是，他们还挤进了别人正在旋转的圆圈里。

“我们还是停下吧？”赫斯特说。蕾切尔从他的表情中读出，他很恼怒。

他们跌跌撞撞地坐到了一侧角落，从这儿他们能看见屋里的景象。它依然沸腾着，蓝色与黄色的波浪起伏着，其中黑色的条纹是绅士的晚礼服。

“真是壮观的场面，”赫斯特说。“你在伦敦常常跳舞吗？”他俩的呼吸都十分急促，也都有些激动，尽管各自都下了决心不显露出一丁点的兴奋之情。

“基本上不跳。你呢？”

“我家那儿会在每年圣诞节跳一回。”

“这地板相当不错。”蕾切尔说。赫斯特不打算回应她的陈词滥调。他静静地坐着，望着起舞的人群。长达三分钟的沉默令蕾切尔不堪忍受，她打算开启另一个老话题，说起了夜晚的美丽。赫斯特无情地打断了她。

“那天你谈到了基督徒身份与没有受过教育的事情，是不是都是你乱说的？”他问。

“我说的都是真的,”她回答,“我的钢琴也弹得很好,”她说，“特别好，我猜比这间屋子里的任何一个人都要好。你是英国最杰出的人物吗？”她羞涩地问。

“三人之一。”他更正道。

海伦旋转而过，将一把扇子扔在了蕾切尔膝头。

“她长得很美。”赫斯特说。

他们又陷入了沉默。蕾切尔不知道他是不是也觉得她生得好看。圣约翰认为，与不谙世事的女孩子们聊天实属艰难。显然，蕾切尔从来没有思考过或是见识过任何事情，她或许很聪明，她或许和其余的人都一样。可是休伊特的奚落在脑海中隐隐作痛——“你不知道如何与女人相处”，而他决意要借此机会证明自己。她的晚礼服令她显出了几分梦幻的与众不同，与她说话也显得尤为浪漫，这激起了他交谈的渴望。这一点却也令他恼怒不已，因为他不知道交谈该从何开始。他瞥了她一眼，在他眼里，她看上去十分疏离，不可名状，年轻又纯洁。他叹了一口气，开口道：

“现在聊聊书吧。你读过些什么？只有莎士比亚和《圣经》吗？”

“我没读过多少经典作品。”蕾切尔说。她有些被他那种得意洋洋的造作腔调给惹恼了，可是他那种富有男性气息的博闻广识又致使她以一种十分谦卑的眼光去看待自己的能力。

“你是在告诉我，你长到了二十四岁都还没读过吉本？”他逼问道。

“是啊，我没读过。”她回答说。

“我的天啊！”他用法语高声说道，两手摊开，“你明天必须读起来。我会给你一本。我想知道的是——”他用探究的目光望着她，“你要知道，问题在于，会有人能跟你讲得上话吗？你有没有头脑，还是说你跟其他的女人一样？在我看来，同与你年龄相仿的男人来比，你显得异常年轻。”

蕾切尔望着他却一言不发。

“说到吉本，”他继续道，“你觉得你能够欣赏得了他吗？他就是一道考验。谈起女人那真是一件很困难的事情，”他接着说，“我是说，也不知道她们是因为缺乏训练，还是说生来就如此无能。我也不知道为什么你竟然还不明白——我只是想到，你迄今为止都是过着荒唐的生活——就在刚才你走进了一条鳄鱼的嘴里，我想，你的头发还披散在后面。”

乐声再度奏响。赫斯特的目光在屋里打转，寻找起了安布罗斯太太。即使是费了最大的劲，他还是意识到他们就是处不来。

“我很乐意借书给你，”他说，戴上手套，从位子上起身，“我们会再见面的。现在我要走了。”

他起身离开了她身边。

蕾切尔四下环顾。她感觉自己被包围了，犹如一个在聚会上的孩子，被无数带着恨意的陌生脸庞包围了，他们长着鹰钩鼻，满脸轻蔑，朝她投去冷漠的目光。她正好坐在窗边，便猛地将窗户打开了。她移步到花园，眼中盈满了愤怒的泪水。

“让那男人见鬼去吧！”她大叫，用从海伦那学来的话语，“让他的傲慢样见鬼去吧！”

她站在一块被灯光照得苍白的空地中央，她打开窗后的灯光就洒落在这片草地上。黑色大树的轮廓竖立在她面前。她一动不动地望着它们，愤怒与激动令她身形微颤。舞者踏步旋转的声音自她身后传来，还伴随着摇曳悠扬的华尔兹舞曲。

“这儿有树。”她大声说。树木能弥补圣约翰·赫斯特带来的伤害吗？她要做名遥远异国的波斯公主，独自骑马翻过群山，让她的女眷在夜晚为她而歌，离这儿的一切远远的，离这群纷乱的男男女女远远的——一个人影从阴影里冒了出来。一小点红光在黑暗中熊熊燃烧着。

“温雷丝小姐是吗？”休伊特望着她问，“你之前在和赫斯特跳舞？”

“他惹我生气了！”她怒吼道，“没有人有权利表现得如此傲慢！”

“傲慢？”休伊特重复道，惊讶地将雪茄从唇边取下，“赫斯特——傲慢？”

“这么做太傲慢了——”蕾切尔话到一半停下了。她并不完全明白自己为何如此生气。她花了一番力气让自己平复下来。

“噢，好吧。”蕾切尔补充道，海伦和她的嗤笑在自己眼前浮现，“我得说我是个傻瓜。”她打算回舞会厅去，可是休伊特拦下了她。

“请详细地与我说说，”他说，“我肯定赫斯特不是故意要伤害你的。”

当蕾切尔试图解释时，她发现这很难说清楚。她不能说，她感觉自己披散着头发走进鳄鱼嘴里的画面尤其荒唐可怕，也无法解释为什么在她看来，赫斯特那番与生俱来的优越感与深厚见识不仅令人恼火而且可憎——就像一道扇了她脸的大门。她在休伊特身旁的长廊里来回踱步，恨恨地说：

“这不好，我们应该分开各自过活才对。我们理解不了对方，我们只会揭露彼此最丑陋的一面。”

谈到了两种性别的本质，休伊特对她的一概而论嗤之以鼻，因为这种一概而论令他厌烦，而且他总认为这是不确切的。不过，鉴于他对赫斯特的了解，他料到准是发生了什么，尽管内心暗自窃笑，他还是认定蕾切尔不应该把这件事记挂在心，任其占据她对自己生活的看法。

“现在你要恨他了，”他说，“但这是不对的。可怜的赫斯特老兄——他控制不好自己的说话方式。说真的，温雷丝小姐，他尽力了。他正在恭维你呢——他是试着——他是试着——”他话没说完自己就笑开了。

蕾切尔的情绪也忽然一转，大笑起来。她发现了赫斯特的滑稽之处，或许也包括了自己的可笑之处。

“这是他交朋友的方式，我猜，”她笑着说，“好吧——我应该照着做的。我可以这样开口——‘你面目丑陋，而且性格可憎，赫斯特先生。’”

“听听，听听！”休伊特大叫，“就要那么对付他。你瞧，温雷丝小姐，你必须对赫斯特多担待些。他这辈子就是活在一面镜子前。这么说吧，他就住在一间装饰了木嵌板的华美房间里，挂着日本画，置着可爱的老式桌椅，只有一抹颜色。你懂的，在该在的地方——就在窗户之间，我觉得是这样——他就整日整日地坐在那里，脚趾烘着火炉，谈论着哲学呀、上帝呀、他的肝、他的心，还有他朋友的心。它们都破碎了。你不能指望他在舞会上拥有最好的状态。他想要的是一个舒适的、香烟弥漫的以及富有男性气息的地方。在那儿，他可以舒展双腿，在他有话要说的时候才开口。对我个人而言，我感觉这真是无聊透顶。不过我相当尊重他。他们都是极为真诚的人。他们确实会十分严肃地对待那些严肃的事情。”

听了赫斯特具体的生活方式，蕾切尔大感兴趣，以至于忘却了自己对他的怨恨，反倒重新生出了对他的景仰。

“那他们真的很聪明喽？”她问。

“当然啦。就从头脑来看，我相信他那天说的是真的：他们是全英国最聪明的人。不过——你得解读他，”他补充说，“他自身的内涵远非常人所能企及。他希望能有人嘲笑他……他居然想到说你不谙世事！可怜的赫斯特老兄！”

他们一边交谈一边在长廊上来回地走动，这时昏暗的窗户一扇接一扇地被一只看不见的手升起了帘子，随之，间隔整齐的一格格灯光有规律地洒落在草地上。他们停下脚步往会客室里瞧，只见佩珀先生正独自坐在桌边写字。

“佩珀先生正在给他的婶婶写信呢，”休伊特说，“她定是一位气度不凡的老太太，八十五岁了，他跟我说，他还带她去新森林地区[①]徒步呢……佩珀，”他高叫道，拍打着窗户，“该走了，该去完成你的任务啦。艾伦小姐等着你呢。”

他们来到舞会厅的窗边，舞者摇曳的姿态与轻快的曲子令他们陶醉不已。

“不如我们跳一曲？”休伊特问。他们紧握双手，踩着华丽的舞步滑入了巨大的舞池旋涡中。尽管这是他们第二次见面，第一次见面时两人看见了一男一女接吻，第二次时休伊特先生发现这个女人生起气来就和小孩似的。因

① 新森林地区（New Forest）：地处英国南部地区，在人口聚集的西南英格兰保留着大量的无围栏牧场、低矮灌木丛和森林。

此，当他们双手相握跳起舞时，感觉比平时更加自在了。

舞会到达高潮时正值午夜。佣人们朝窗外窥去，花园里散坐着一对对白色的身影。索恩伯里太太与艾略特太太紧挨着坐在一棵棕榈树下，挥着扇子手绢，胸针由脸蛋红通通的女佣摘下，放在她们的膝头上。她们时不时地交谈几句。

“沃林顿小姐看上去真的很高兴。”艾略特太太说。她俩都笑了，又都叹了口气。

“他极有个性。”索恩伯里太太说，她在说亚瑟。

“一个人所需要的就是个性，”艾略特太太说，“既然那个年轻人这么聪明。”她补充说，又朝挽着艾伦小姐走过的赫斯特点点头。

“他看上去不太强壮呀，”索恩伯里太太说，“他的脸色不好。我能把它揭掉吗？”她问，蕾切尔站住，发现身后拖着一条长长的带子。

“你们玩得很尽兴吧？我希望是。”休伊特问女士们。

“这地方太适合我啦！”索恩伯里太太微笑说，“我带大了五个女儿——她们都爱跳舞！你也喜欢吧，温雷丝小姐？”她问，慈母般地望着蕾切尔。“我知道我像你那么大时就爱跳舞。当年我苦苦恳求我的母亲让我留下来——如今我却要同情起做母亲的来了——不过我也同情当女儿的！”

她满怀怜悯地笑了，同时又带着热切，冲着蕾切尔笑了。

“他们看上去有很多话能和对方聊，”艾略特太太意味深长地望着这一对远去的背影说道，“你野餐时注意到了没？他是唯一一个能让她开口的人。”

“她父亲是个相当有趣的人，”索恩伯里太太说，“他是赫尔最大的船东之一。记得吗，上次选举中他给了阿斯奎斯先生一个强有力的回应。有他这种经历的人居然是个贸易保护主义者，真是太有趣了。”

她本打算讨论起政治，相比性格之谈，她觉得这个有趣多了，可是艾略特太太只会以不太抽象的形式来讨论大英帝国。

“我听说英国出了几桩和老鼠相关的骇人事件，”她说，“我一位住在诺里奇的嫂嫂告诉我，现在吃禽类可不安全了。那疫病——你知道的。在老鼠身上发作，再通过它们传染给其他动物。”

“地方政府也没有适时采取行动？”索恩伯里太太问。

“那个她没说。不过她讲起了那些受过教育的人的态度——这些人懂得更多——他们完全麻木不仁。当然了，我这位嫂嫂是一位活跃的现代女性，喜好参与事务，你懂的——那种引人艳羡的女人，尽管人们自己感觉不到，至少我是没感觉——不过她有着铁一般的性情。”

艾略特太太回想起了自己敏感的内心，叹了口气。

“一张生气勃勃的脸蛋。”索恩伯里太太说，她望着伊芙琳·M在她们附近停下，将一朵鲜艳的花朵紧紧地别在胸前。它总是固定不住，她不耐烦地甩了甩手，将这朵花插进了她男伴的扣眼中去了。那是个高个的忧郁青年，就像一名骑士接受了心上淑女的信物一样接受了这份礼物。

“看着真难受。”艾略特太太望着黄色的漩涡，里面几个转圈的人她要么叫不上名字，要么不知道脾性，看了几分钟后她这样说道。海伦冲出人群，拿了把空椅子向她们走来。

“我能坐在你旁边吗？”她微笑地问道，呼吸急切，“我猜我得为自己感到害臊，”她继续说着，坐了下来，“我都这把年纪了。”

她的美貌，因着她潮红的脸与兴奋的神情显得比平时更贵气，不约而同地让两位女士生出了想要触碰她的欲望。

“我玩得很尽兴，”她喘着气说，“动起来——太棒了不是吗？”

“我总听人说对于擅长跳舞的人来说，再也没有什么比跳舞更好的活动了。”索恩伯里太太微笑地望着她说。

“我能一直跳下去！”她说，“他们应该更放开一些！”她高声说，“他们应该跳起来、摆起来。瞧呀！他们那缩手缩脚的样！”

“你见过那些美妙的俄国舞者吗？”艾略特太太说。不过海伦看见她的男伴来了，她随即如月亮升空一般盈盈起身。直到她绕了大半个舞会厅，她们才将眼神从她身上移开。只因她们情不自禁地仰慕着她，虽然她们也感觉有些奇怪，她这个年纪的女人竟然喜欢跳舞。

海伦落单没多久，圣约翰·赫斯特便走上前。他等候这个机会多时了。

“你介意和我去外面坐坐吗？”他问，“我对跳舞实在不在行。”他将海伦带到了一个角落，那儿放着两张扶手椅，半敞开却拥有良好的私密性。他们坐下来，海伦因为跳舞的原因有好一会儿说不上来话。

“真是惊人！”她终于高声说道，“她觉得自己的身材会是什么样的呢？”海伦说的是一位从他们面前经过的女士，她步履蹒跚，倚靠在一位壮硕的男人身上。那男人肥胖的白色脸盘鼓着一双绿眼睛。她确实需要些支撑，只见她身材硕大，束紧的上身悬着，远比双脚靠前。由于她的长裙紧紧地裹住她的脚踝，她只能迈着小步走路。这条裙子由一小片鲜艳的黄色丝缎缝合而成，四处随意点缀着蓝色的圆片与绿色的珠子，营造出了一种孔雀前胸色泽的效果。她高耸空洞的发髻顶上立着一根紫色的羽毛，粗粗的脖子上围着一条缀有宝石的黑色天鹅绒带子，两只带了长手套的粗壮手臂上紧紧地卡着金镯子。她长得荒唐，就像一只开心的小猪，扑了粉的脸上还透着红色的斑驳。

圣约翰无法跟着海伦一起笑。

“这令我恶心，”他宣告说，“整件事都令我恶心……想到这些人的头脑——他们的感受。你说呢？”

“我总是立誓不会再去任何类型的聚会了，”海伦回答说，“可是我总是违背誓言。”

她靠在椅背上，好笑地看着这个年轻人。她看得出他是真的生气了，不过与此同时还有一些激动。

“但是，”他说，回到了那种得意洋洋的口吻，“我觉得一个人必须得下定决心接受这件事。”

“什么事？”

“这世界上值得与之交谈的人从来不会超过五个。”

海伦脸上的潮红与亮晶晶的汗渍逐渐褪去了，她看上去就同平常一样，安静且机敏。

“五个人？”她问，“我得说这可不止五个人。”

“那你可是相当幸运的人了，”赫斯特说，“又或许是我相当不幸吧。”他变得沉默不语了。

“你会不会觉得我是那种很难相处的人呢？”他尖锐地问。

“大多数聪明人在年轻时确实如此。”海伦回答说。

“当然啦，我可是——聪明绝顶的，”赫斯特说，“我不知道要比休伊特聪明多少倍。这相当有可能，”他继续用他那种怪异冷漠的腔调说着，“我将会成为一个鼎鼎重要的大人物。这可和当个聪明人完全不一样，尽管我无法指望我的家族能看到这一点。”他苦闷地补充道。

海伦感觉到是时候问他了：“你觉得你的家人很难相处吗？”

“简直忍无可忍……他们想要我加封贵族或是成为一名枢密院顾问。我跑来这里的部分原因就是为了解决这个麻烦。是该解决它了。我不是去当个律师，就是继续待在剑桥。当然啦，这两者显然都有各自的缺点，但是多数观点在我看来显然是支持我去剑桥的。就是这么回事！”他朝拥挤的舞会厅扬了扬手，“恶心至极。我也感受得到情感的伟大力量。当然，我也不像休伊特那么容易动情。我相当喜欢一小撮人。举个例子来说吧，我想我得聊聊我的母亲，尽管她在很多方面上都十分可悲……在剑桥，当然啦，我势必会成为那个地方最重要的人物。可是也有其他原因令我惧怕剑桥——” 他不说话了。

“你是不是觉得我无聊透顶？”他问。他由一个正与友人交心的朋友奇怪地转变成了一个聚会上的普通年轻男人。

“完全不觉得呀，”海伦说，“我很喜欢跟你说话。”

“你根本想不到，”他高声说，声音中几乎是带有情绪了，“能找到一个有话可说的人能给人带来多大的变化！见你第一眼起，我就感觉到你或许就是能够理解我的人。我是很喜欢休伊特，可是他压根儿就不明白我的想法。你是我见过的唯一一个能领会到丁点我言中深意的女人。”

下一支舞开始了，奏的是《霍夫曼的故事》中的威尼斯船歌[①]，引得海伦用脚趾伴着乐声打起了节拍。不过在听了这样的恭维后，她感觉自己无法起身也无法离开。她不仅被逗乐了，也着实飘飘然了，他坦率的狂妄吸引了她。她猜他并不快乐，而且像女人一样迫切地渴望获得自信。

“我很老了。”她叹气说。

“奇怪的是，我根本感觉不到你老，”他回答，“我感觉我俩仿佛年纪相当。还有——”他顿住了，但还是瞥

---

① 《霍夫曼的故事》（*Les Contes d' Hoffmann*）：法国作曲家雅克·奥芬巴赫的最后一部歌剧，三幕中的一首描述威尼斯美丽夜景的船歌“迷人之夜，爱情之夜”非常优美抒情，是作曲家作品中流传最广的一支歌曲，常常作为独唱歌曲在音乐会上演出。

了她一眼鼓足勇气道，“我感觉我仿佛能够与你毫无障碍地说上话，就像我跟一个男人谈话一样——谈起两性之间的关系，关于……还有……”

尽管他语气坚定，说到最后几个字时脸上还是泛起了一丝红晕。

她立刻以大笑化解了他的尴尬，高声说，“我确实希望如此啊！”

他满怀诚挚地望着她，他鼻子与嘴巴周围的线条第一次松了下来。

“感谢上帝！”他高声道，“现在我可以像个文明人一样，把话说开了。”

一道屹立不倒的壁垒显然已经垮掉。那些只有在医生在场时才可提及的男女之间的话题，或是与死亡之影相关的话题，现在都能讲了。他在五分钟里向她讲述了自己过往的人生。故事特别长，因为其中充斥了对事件的详尽描述，由此还引申到了建立道德原则的讨论。又接着讲到了几桩十分有趣的事情，这些趣事即使放在这间舞会厅里也得压低了声音来讨论，若是让这里一位胸部高耸的女士或是衣着光鲜的绅士碰巧听了去，难保会敦促他俩离开这个地方。当他们快聊完时，更确切地说，就在海伦走神的一瞬，她意识到他们已经在这坐了很久了。赫斯特起身，大声说：“所以对整个谜题来说，这是完全无解了！”

“没有了，除了我们都是英国人这点。”她回答说。她挽起他的手臂，两人穿过舞会厅，在一对对旋转的舞者中艰难地开路，人们现在已经成了乱哄哄的一团，在一双双挑剔的眼睛里他们的形态无疑是毫无美感可言的。结交朋友的兴奋以及漫长的谈话令他俩饥肠辘辘，他们走下餐厅去寻找食物。餐厅里现在挤满了人，正分散在一张张小桌子上吃喝。他们在门廊遇见了蕾切尔，她正要上楼与亚瑟·文宁再跳一曲。她脸色通红，看上去十分开心。海伦震惊地意识到，在这种情绪下，她无疑要比大部分年轻女人都更有魅力。在这之前，她从来都没那么清楚地注意到过。

“你玩得还尽兴？”她问，他们立定片刻。

“温雷丝小姐，”亚瑟回答她说，“刚刚与我坦白了。她从来不晓得原来跳舞可以那么开心。”

“是呀，”蕾切尔高声说，“我已经彻底改变了我对生活的看法！”

“你不是吧！”海伦嗤笑。他们离开了。

“蕾切尔就是那个样，”她说，“她对生活的看法每天一变。你知道吗，我相信你就是我想要的那个人，”他们一边坐下她一边说着，“帮助我完成对她的教育吧？她从小根本就是在一间女子修道院长大的。她父亲太荒唐了。我一直在做些力所能及的事情——可我太老了，而且我是个女人。何不由你去和她聊聊——向她解释一些事情——和她聊聊，我是说，就像你同我讲话一样？”

“今晚我已经尝试过一次了，”圣约翰说，“我相当怀疑这次交谈并没有成功。在我看来，她是如此年轻而且不谙世事。我已答应她要借她吉本读了。”

“其实不是吉本的问题，”海伦若有所思道，“是生活的现实——你明白我的意思吗？真正发生了些什么？尽管人们往往极力掩饰，但他们到底有什么感受？没有什么可惧怕的。这比伪装要美好多了——往往也有趣多了——我得说，要比那种事好得多。”

她朝邻桌扬了扬头，那里坐着的两个女孩和两个年轻人正在用很响的声音互相打趣，对话中尽是俏皮的迎奉，还掺杂了柔情的爱慕，似是在说一对长袜、一双腿。其中有个女孩拨弄着一把扇子，装作吃惊的模样，脸色看上去很是不悦，部分是因为这两个女孩显然在暗地里是互相仇视的。

“到我这把年纪，就不一样了，”海伦叹气道，“我开始想到，一个人做些什么终究是没多大意义的：人总是走自己的路——什么事情都影响不了他。”她又冲着一块吃晚餐的一伙人扬了扬头。

可是圣约翰并不同意。他说他认为一个人的确是可以因为另一个人的观点、一本书以及其他许多事情产生巨大改变的，还补充说，目前没有什么事情比女人的教化开蒙来得更重要。他有时认为，几乎所有的事情都是归因于教育。

与此同时，舞会厅里中的舞者排成了跳四方舞的方阵。亚瑟与蕾切尔，苏珊与休伊特，艾伦小姐与休林·艾略特两两排到了一起。

艾伦小姐看了一眼她的表。

“一点半了，”她说，“我明天一定得写完亚历山大·蒲伯。”

“蒲伯！”艾略特先生轻蔑地哼哼了一声，“我倒想知道谁在读蒲伯？至于读他的诗么——不，不，艾伦小姐；你要坚信这个世界上跳舞带来的好处远比写作多得多。”这就是艾略特惺惺作态的一面，他认为世上没有比跳舞更欢愉的事了——世上也没有比文学更乏味无趣的东西了。因此他才会相当可悲地去讨好年轻人，好向他们证明尽管自己娶了个蠢笨的妻子，又为自己的满腹经纶所累，人变得苍白佝偻，但他无疑与他们之中最年轻的那个一样生龙活虎。

“这不过是事关我填饱肚子的谋生之道，”艾伦小姐冷静地说，“不过，他们似乎就是想要我来写。”她站好位置，以一只青黑的脚趾点地。

“休伊特先生，该你向我鞠躬了。”这话即刻表明了艾伦小姐是他们之中唯一一个通晓这种舞蹈的人。

四方舞过后是一支华尔兹，华尔兹后又是波尔卡，这之后一桩糟糕的事情发生了。本该是遵循着每五分钟休息过后就奏响的音乐戛然而止。长着黑色大眼睛的女人开始用绸布把小提琴紧紧地裹了起来，那位绅士小心翼翼地将他的号角放进箱子里。舞伴们将他们团团包围，嘴里说着英语、法语、西班牙语，不住地恳求道，再奏一支舞吧，就一支，天还早着呢。可是钢琴边的那位老人只是亮了亮自己的表，摇摇头。他竖起自己大衣的领子，裹上一条红丝巾，完完全全地将他喜庆的脸庞遮住了。场面看上去很古怪，音乐家们脸色苍白，眼皮耷拉着；他们看上去无聊乏味，仿佛他们最强烈的渴望就是冷餐肉与啤酒，紧接着就是在床上睡上一觉。

蕾切尔也是恳求他们继续的一员。在他们拒绝后，她翻起了放在钢琴上的舞曲乐谱。这些谱子统统都装订着五颜六色的封面，上面还印着有浪漫场景的图片——骑跨着一弯新月的贡多拉船夫，隔着修道院铁窗向外窥看的修女们，或是披散着头发拿枪指着星星的年轻女人。她记得让他们跳得最开心的那首乐章表达的是对逝去恋人的伤痛以及青春蹉跎的强烈悔恨，可怕的悲伤总是将舞者与他们往昔的快乐分离开来。

“难怪他们会厌恶演奏这些玩意，”她读了几小节评论道，“都是些圣歌的调子，演奏得却很快，带着瓦格纳与贝多芬的节拍。”

“你会弹吗？你肯弹吗？随便弹些什么，只要好让我们伴着起舞！”四面八方都坚持要她展现一次钢琴才艺，她不得不答应。在短时间里她弹完了自己记得的几首舞曲，她接着弹起了莫扎特的一首奏鸣曲。

“可那不是用来跳舞的啊。”有人在钢琴边停下说。

“它就是，”她坚决地点点头回答说，“自己想些舞步。”凭借了然于胸的旋律，她大胆地将节奏简化了。海伦理解了这个想法。她抓起艾伦小姐的手臂，绕着舞会厅旋转起来，又是鞠躬行礼，又是环绕旋转，又是轻快地迈步，像个在草地上蹦蹦跳跳的小孩。

“这支舞献给那些不懂如何起舞的人们！”她高叫道。曲调转成了一首小步舞曲。圣约翰拿出了一种不可思议的敏捷跳起舞来，率先迈出了左腿，接着是右腿；休伊特摇晃着手臂，撩起大衣的后摆，学着在王侯面前搔首弄姿的印度舞姬的模样在舞会厅里穿梭。曲调又转成了进行曲，艾伦小姐展开裙摆走上前，向这对订婚的新人深深鞠了一躬。在他们的脚步踩上了节奏之后，他们便彻底地忘却了自己。蕾切尔毫不停顿地串联了莫扎特到古时英国的狩猎歌，接着是颂歌，再是赞美小调。因为她注意到，只要是优美的曲调略加调整就能成为一首令人起舞的调子。渐渐地，厅内的人们不是成对就是独自地轻盈迈步或是旋转起舞。佩珀先生跳起了一种精巧的、由花样滑冰衍生出来的脚尖步，他当年曾凭借这舞步在某个地方获得过冠军；另一边，索恩伯里太太试着回想起一种乡村舞，那舞步是她早年在多塞特郡时看着父亲的房客跳过的。艾略特夫妻俩绕着舞会厅飞快地跳了一圈又一圈，他们的舞姿相当激烈，以至于其他舞者在他们靠近时都战栗不已。有些人出声地批评这场表演简直就是瞎胡闹，可对其他人来说，这是这一夜最愉快的一部分。

“现在来跳大圆舞！”休伊特高声喊道。人们迅速地组成了一个巨环，舞者们手拉着手，一边吆喝着，“你可认得约翰·皮尔[1]”，一边越转越快，直到手被拉扯得太紧了，

① 《你可认得约翰·皮尔？》（*Do you know John Peel?*）：流行于十九世纪英国的一首民歌小调。

圆圈内的一环——索恩伯里太太——松了手，剩下的人朝舞会厅的各个方向飞了出去，有人落到了地上或椅子上；还有人掉进了别人怀里，这样子看上去最为方便。

他们从各处起身，气喘吁吁而且妆发蓬乱。人们第一次猛然意识到，头顶电灯的亮度很是微弱，几十双眼睛便本能地转向窗外。是啊——已是黎明了。当他们彻夜起舞时，它便已经降临了。窗外的群山显出一副极为纯粹遥远的面貌，露珠在草叶上闪闪发亮，天空碧蓝如洗，东方还余有一抹淡黄与浅粉。舞者们挤向窗边，将窗户推开，脚步落在了草地各处。

“这些破旧的灯看上去真蠢！”伊芙琳·M声音异常低沉地说道，“我们也是，一副狼狈相。”说得没错，乱蓬蓬的头发，还有那些黄色、绿色的宝石在半小时前看上去是那么喜庆，现在看上去既廉价又邋遢。那些年长女士们的脸色都糟糕透顶，仿佛是感觉到了别人投来的冷眼，她们开始互相道起晚安，回房睡觉去了。

尽管观众全都散去了，蕾切尔依然继续独自弹琴。从约翰·皮尔弹到了巴赫。此刻，她正用满腔激情演奏着巴赫。

一些年轻的舞者一个接一个地从花园过来了，坐到了钢琴周围的鎏金空椅子上。现在的房间相当明亮，于是他们将灯关了。他们坐在那里听着曲子，紧张的神经松弛下来；潮热以及嘴唇的肿痛——连续交谈与大笑的结果也缓缓地消退了。他们一动不动地坐着，仿佛眼前凭空出现了一幢大楼，里面有着此起彼伏的空间与柱子。接着他们看见了自己与自己的生活，还有在音乐指引下，一路豪迈前行的人类生活的全部。他们觉得自己升华了，当蕾切尔停下演奏后，除了睡眠他们已别无他想。

苏珊站起身。“我觉得这是我人生中最快乐的夜晚，”她高声说，“我真的很喜欢音乐。”她向蕾切尔道谢说，“它似乎将人们无法说出口的话语全都讲了出来。”她紧张地笑了一下，用相当热切的目光一一望向了众人，她仿佛想再说些什么，可找不到能表达出来的词句。“每一个人都是那么好——真的很好。”她说。随后她也上床睡觉去了。

这个聚会的收尾方式与所有聚会一样，突兀地结束了。海伦与蕾切尔都披上了斗篷站在门口，想要叫辆马车。

“我猜你们意识到现在已经没有马车了吧？”圣约翰

说，他前面出来看过，“你们得睡在这里了。”

“噢，不用，”海伦说，“我们可以走路。”

“我们能一起来吗？”休伊特问，“我们不能去睡觉。想想看，在这样一个美好的早晨睡在一堆长条枕里，呆望着别人的脸盆架——那儿就是你们住的地方吗？”他们开始沿着大道走时，他转过身指着山腰处白色绿色的别墅问道，那山看上去像是阖上了眼睛。

“那不会是正在燃烧的火光吧，真的吗？”海伦焦急地问。

“是太阳吧。”圣约翰说。山上的每一扇窗户上都有着一个金色的圆点。

“我看我的丈夫恐怕还在读希腊语，”她说，“这些日子里他整天都在编写《品达集》。”

他们穿过了小镇，走上了崎岖的道路。尽管道路一览无余，但还是被影子侵占了些许。部分是因为他们累了，另一部分是因为晨曦压制住了他们，他们几乎没有开口说话，而是深嗅着甜美清新的空气。似乎这空气是来自一个与正午空气截然不同的国度。当他们来到了屹立于小路与大路交叉口的那堵黄色高墙时，海伦劝两个年轻男人离开。

“你们陪我们走得够远啦，”她说，“回去睡觉吧。”

可是他们看上去不愿意动身。

“我们坐一会儿吧，”休伊特说，他将自己的大衣往地上一铺，“我们坐下来再想想。”他们坐下来，向海湾远处看去。那儿十分平静，海面上有浅浅的涟漪，绿色、蓝色在上面画出道道条纹。这时候海上还没有航船，只有一艘靠在海湾的轮船，在晨雾中显得犹如鬼魅；它发出了一声诡异的啸叫，随后万籁俱寂。

蕾切尔一门心思地一颗接一颗地捡拾起灰色的石头，将它们垒成一座小小的石堆；她做起这事来悄无声息，也小心翼翼地。

“你已经改变了你对生活的看法是吧，蕾切尔？”海伦问。

蕾切尔又加了块石头上去，一边打了个哈欠。“我记不得了，”她说，“我感觉自己像是一条在海底的鱼。”她又打了个哈欠。他们之中可没有一大早能在这儿就把她吓一跳的能耐，她甚至对赫斯特先生都感到无比熟悉。

“我的大脑，恰恰相反，”赫斯特说，“正处在不正常的活动状态。”他正采取着自己最喜爱的坐姿，只见他双手箍着双腿，再把下巴搁在膝盖上。“我看透了所有事物——绝对是每一样事物。生活于我不存在任何神秘了。”他坚定地说，但看上去并不期望得到回应。尽管他们坐得很近，尽管他们感觉相互熟悉，但他们似乎在对方眼中只是影子罢了。

“山下的所有人都正要去睡觉，” 休伊特恍惚地开口说道，“思考着不同的事情——沃灵顿小姐，我猜，现在正跪着；艾略特夫妇有些吃惊，他们不太有喘不上气的时候，他们想要尽快睡觉；接下来还有那个消瘦的可怜男人，他和艾芙琳跳了一整夜舞，他把自己的花放到水里，问自己，‘这是爱吗？’；可怜的佩罗特老兄，我敢说，他根本无法入睡，正读着他最爱的希腊语书籍聊以自慰。还有其他人——不，赫斯特，”他紧张地说，“我感觉这根本不容易。”

“我有把钥匙。”赫斯特故作神秘地说。他的下巴依然搁在膝盖上，双眼紧盯前方。

接下来是一阵静谧。海伦站起身与他们道了晚安。“不过，”她说，“你们要记得过来看我们啊。”

他们挥挥手道声晚安，便分开了，不过那两个年轻男人并没有回宾馆。他们散了一会儿步，一路上两人没怎么说话，只字不提那两个女人的名字，但在很大程度上，她们占据了他们的思绪。他们不想要分享自己的感想。两人回到了宾馆及时地吃上了早餐。

第十三章

这栋别墅里有许多间房，但有一间别具一格，因为房门总是关着，里面也从来传不出乐声或是笑声来。这间房子里的每一个人都隐隐地意识到门背后有些事情在发生，但压根不知道到底是什么。他们有自己的想法，因为他们知道如果经过房间，房门也是关着的，要是他们发出丁点声音，就会打扰到安布罗斯先生。因此有些行为是好的，又有些是不好的，这样一来，要是安布罗斯先生放下《品达集》的编写，在大宅里的每个房间里四处出入游荡的话，生活就会多一点和谐而少一些破碎。事实上，每一个人都意识到，通过观察某些规则，比如遵守时间与保持安静，好好煮饭，以及履行其他细微的职责，一首接一首的颂歌就能皆大欢喜地重返世界，他们分享了这位学者生活的连续性。不幸的是，由于年龄是横亘在人与人之间的一大障碍，学识为其二，性别排第三，书房里面的安布罗斯先生与距离自己最近的那个人——在这个家中无可避免地又是一个女人，仍相隔了十万八千里。他在白色的书页间坐了数小时，如同一尊空教堂里的神像。他一动不动，除了用手翻动书页篇章。他寂静无声，除却偶尔的几声呛咳，让他把烟斗拿下来一会儿。随着他的工作愈来愈深入诗人的内心，他的椅子被愈来愈多的书包围了，摊开的书本被扔在地上，只有谨慎迈步才可通过。他的访客需得谨小慎微，所以他们往往站在外围同他说话。

然而，舞会后的那个早晨，蕾切尔却走进了她舅舅的房间，唤了他两声“里德利舅舅”，可此前他根本没注意到她。

他终于抬起头隔着眼镜看向她。

“怎么了？”他问。

“我想要本书，”她回道，“吉本的《罗马帝国衰亡史》。我能借一下吗？”

她看着她舅舅脸上的线条在听了她的问题后渐渐起了变化。在她说话前，它就像一张服帖的面具盖在他脸上。

“请再说一遍。”她的舅舅说，要么是因为他没听到，要么就是因为他没听明白。

她重复了一遍一样的话，说话时还微微地脸红了。

“吉本！你要他的书究竟是想干什么？”他询问道。

“有个人提议我读一读。”蕾切尔结结巴巴地说。

“可我不会带着一大堆十八世纪历史学家的全集上路啊！”她的舅舅大叫，“吉本！他至少有十大部书呢！”

蕾切尔为打扰到他表示抱歉，正打算转身离开。

“别走！”她的舅舅大叫。他放下烟斗，把书放到一边，站起身，领着她在房间里慢慢地转了一圈。“柏拉图，”他说着，一根手指落在了一排暗色封面的小本书的第一册上，“隔壁还有《乔洛克》[①]，那不是什么好东西。索福克勒斯[②]，斯威夫特。你对德国的评论家不感兴趣，我猜。那还有法语。你看法语的吧？那你该读读巴尔扎克。接下来我们再来看华兹华斯和柯勒律治、蒲伯、艾迪生、华兹

① 《乔洛克》（*Jorrocks' s Jaunts and Jollities*）：英国十九世纪作家罗伯特·史密斯·瑟蒂斯所著作品。

② 索福克勒斯（Sophocles，前 496 年—前 406 年）：古希腊剧作家，创作古希腊悲剧的代表人物之一，和埃斯库罗斯、欧里庇得斯并称古希腊三大悲剧诗人，知名作品有《安提戈涅》与《俄底浦斯王》。

华斯、雪莱、济慈。一个接一个来。马洛里怎么在这儿？准是契莱太太放的。可如果你不读希腊语，阅读还有什么用呢？无论如何，如果你读了希腊语，其他的书你都不必看了，因为那纯属浪费时间——纯属浪费时间。”这话有一半是在对他自己说的，他的手一边迅速地移动着；他们转了一轮又来到了地上的那圈书旁边，这才停下。

“好了，”他询问道，“你要看哪本？”

“巴尔扎克，”蕾切尔说，“或者，你有没有《美国革命演讲》，里德利舅舅？”

“《美国革命演讲》？”他问，他尖锐的目光又一次望向她，“又是某个在舞会上碰到的年轻人跟你说的？”

“不是。是达洛维先生说的。”她坦白说。

“上帝啊！”他把头一仰，回忆起达洛维先生来。

她随机为自己选了一册书，交给了她的舅舅。见到那本《贝姨》[1]，里德利吩咐她，如果觉得这本书太糟糕的

---

① 《贝姨》（*La Cousine Bette*）：法国作家巴尔扎克写于1846年的一部小说，小说讲述了一个穷苦的女孩在一个妓女的帮助下，夺取她富有的亲戚的生活的故事。

话就扔掉。在蕾切尔正要离开时，他还问了她一声舞会可有尽兴。

他还想知道人们在舞会上干了些什么，鉴于他自己去过的唯一一次舞会是在三十五年前，而且在他眼里，没有什么事情比这个更没有意义，更来得愚蠢了。伴着尖叫的小提琴他们转了一圈又一圈，这开心吗？他们也在那儿聊天，说些愉快的事情吗？如果是这样，为什么他们不肯在一个正常的环境里做这些呢？于他而言——他叹了口气，指着那些摊在那儿占据了他所有心神的事物。尽管是在叹气，但他脸上洋溢着满足的神情，外甥女知道是时候该走了。他亲了她一下便让她走了，不是非要等到她想学习希腊字母表时再回来找他，而是希望她在读完法语小说来还书时，到时候他还要给她找些更适合她的书。

住在这些房间里的人倾向展现出某种震惊的表情，就和他们第一次露面时的一样。蕾切尔极缓慢地走下楼梯，沉浸在对她舅舅的疑惑以及书本中。他对于舞会的无视、他的怪异，令她百思不得其解，可显然，他对生活很满足，这时她注意到有一张写了自己名字的纸条被放在了大厅里。地址的字迹出自一只小而强壮的手，而且她并不认识。这张字条并没有开头，直接写着：

我先前答应过的，我将吉本的第一卷送来了。我个人对现代作品说不上来，但我会给你送本韦德金德[1]来，不过要等我读完以后。约翰·多恩？你读过韦伯斯特[2]以及他的整套书吗？真羡慕你可以第一次读到它们。经过昨夜，我整个人都筋疲力尽了。你怎么样？

她看见结尾的落款花哨的写着首字母：St.J.A.H.。赫斯特先生居然还记得她，并履行了承诺，这令她深感荣幸。

离午餐还有一小时，她一只手里拿着吉本，另一只手里是巴尔扎克，她走出了大门，行走在一条半山腰橄榄树之间的平整小路上。这天气爬山过于炎热。沿着山谷有树木，还有一条沿着河床的青草小路。在这片人口都集中在

① 韦德金德（Franklin Wedekind，1864年—1918年）：德国作家、剧作家。
② 韦伯斯特（John Webster，1580年—1634年）：英国詹姆士一世时代的剧作家，以悲剧闻名。

镇子中的土地上，很有可能走上一会儿就看不见文明的痕迹了。她偶尔经过一处农舍，那里的女人在庭院里拾掇红根草；或是看见一个小男孩胳膊肘撑着地躺在半山腰，被一群臭烘烘的黑山羊包围着。除了河底的一缕涓涓细流，那河不过是一条满是黄色石头的深沟。河岸上长的树木就是海伦说过的值得人们大老远跑来看上一眼的树。四月的天气已经令它们爆出了花苞，巨大的花朵盛开在闪亮的绿叶丛中。那花瓣的质地犹如厚重的蜡，呈现出细腻的奶白色、粉红色或是深红色。她胸中充满了一种不知从何而起的狂喜，想要将整个乡野与天空拥入怀中，她只是一路走着，并没有看风景。黑夜正在侵蚀白日。前一晚她所弹奏的音乐在她耳边嗡嗡作响。她唱起歌来，歌声令她越走越快。她并没有明确地注意到自己正在向哪儿走，树木与地平线只是呈现出绿色与蓝色的大块，偶尔掺杂了天空的不同颜色。她昨晚看见的人脸浮现在眼前，她听见了他们的声音；她停下唱歌，开口讲起同样的事情，或是不一样的事情，或是编造些能讲的事情。她被紧紧地束缚在丝质长裙中站立在陌生人群中独自一人大步迈进，这令她生出了一种不同寻常的兴奋感。休伊特、赫斯特、文宁先生、艾伦小姐，那音乐，那灯光，花园里的深色树木，黎明——她一路走着，这些事物就在她脑海中涌动着。在她拥有了做些自己想做的事情的机会时，现在这一刻回想起的狂欢场面甚至远比前一夜的场景更为鲜活美妙。

要不是被一棵树给挡住了，她本可能一直走下去，直到自己彻底迷了路。尽管那棵树并没有挡了她的道，却像是因为树枝会打到她的脸，让她迅速停下了脚步。这就是棵普普通通的树，在她眼里看过去却十分怪异，仿佛是这个世界上唯一的一棵树。中间的树干是深色的，它四处伸展的枝干显得其中透出的细碎光亮是如此鲜明，仿佛那光是一瞬间从地上投过来的。她看见了永生铭记的场景，她的一生也会铭记住这一刻，这棵树再度变回了棵普通的树木。她可以坐到它的阴影下，摘起长在树下、带着绿色细叶的红色花朵。她把它们一朵一朵地排列好，花对花，茎对茎，因为它们的形单影只而爱抚它们。花朵甚至地上的卵石都有各自的生命与性情，令她回想起孩提时将它们当作伙伴的感觉。她向上看去，看见了群山的轮廓线犹如一道蜷曲的鞭子有力地横贯于天空。她遥望着浅色的天空，还有暴晒在太阳之下的光裸山顶。她先前坐下时把书丢在了脚边的地上，现在她看着扔在那儿的书，在草地上显得四四方方，一根长长的草叶弯折下来，轻搔着吉本光滑的棕色封面，而巴尔扎克蓝色斑驳的封面赤裸裸地躺在阳光下。她感到现在打开书本读一读定是一次惊人的体验，便翻开那本历史书，读了起来——

他的将军们在他统治初期曾试图征服埃塞俄比亚与阿拉伯费利克斯。他们在热带地区向南挺进了将近一千英里；然而炎热的气候不久便击溃了来犯者，保护了这片隔绝地区的不好战的本地部族……欧洲北部的国家不值得花费物力劳力去征服。德国的森林与沼泽里盘踞着一个强悍的野蛮人部族，他们宁死也要保全自由。

她从来没有读到过如此生动如此美丽的文字——阿拉伯费利克斯、埃塞俄比亚。其他文字与之相比也不逊色，强悍的野蛮民族，森林还有沼泽。它们似乎是一条指引回世界开端的道路，大道两边树立着各个时代的人与国家，沿着这条路走下去，一切的知识都将为她所有，而世界之书又会被翻回到第一页。获得知识的一切可能正展现在她眼前，她无比兴奋随即停止了阅读。一阵微风吹动了书页，吉本的封面轻轻地抖动着，合了起来。她又站起身，继续走路。渐渐地，她的思绪不再迷茫，并开始搜寻起她兴奋的缘由来。她现在处于加倍的兴奋状态中，可以归因于赫斯特先生与休伊特先生的影响力。对他们进行任何清晰的分析都是不可能的，只因为他们被那层迷雾包裹着。她无法用推测思路与自己相近的人们的那套去推测他们。她停留在他们身上的思绪产生出一种身体上的快乐，如同她思考被阳光晒得明晃晃的事物时产生的感觉。透过他们，一切生命似乎都散发出光芒；书上的话语也是光芒四射。之后她被一个极不愿意面对的烦恼所扰，她绊了一跤顺势倒下，摔落在草坪上，这样一来她的注意力就分散了，可没一会儿又集中到一起了。她没有意识到自己正越走越快，她的身体试图脱出她的意识。现在她正在一座河边隆起的小土堆的顶上，俯瞰着山谷。她已经没有余力去应付各种想法了，但她必须去面对一股源源不绝的忧伤，这忧伤已经取代了她的兴奋。她靠拢膝盖坐到了地上，茫然地望着前方。她盯着一只黄色的大蝴蝶看了一段时间，它在一块扁平的石头上，翅膀正缓缓地一张一合。

“坠入爱河是什么样子的呢？”在长久的沉默后，她问道，吐出的每一个字看上去都挤进了一片未知的海洋里。蝴蝶扇动的翅膀令她陷入催眠，探索到生活可惧的可能性让她害怕，她又坐了好一会儿。当那只蝴蝶飞走后，她站起身把两本书夹在腋下，走上了回家的路，犹如一个备战的士兵。

第十四章

在那一天的日暮时分，宾馆一如既往地点亮了闪烁的灯光，以此来迎接黄昏的降临。从晚餐后到上床前的这段时光本来就很难熬，而由于狂欢后的空虚，这个舞会过后的夜晚就显得更加暗淡了。当然，对于躺在大厅中央长椅上，身边放着咖啡杯，对于指间夹着香烟的赫斯特与休伊特来说，这个夜晚也是异乎寻常的乏味——女士们都不修边幅，男士们都无精打采。况且，在半小时前分发信件时，这两位年轻人居然都没有收到一封信。几乎每个人都接到了两三封从英国寄来的鼓鼓囊囊的信，此时正专注地阅读着。这个处境让他们感到窘迫，令赫斯特忍不住刻薄地评论他们就像被喂食的动物。他说，他们的沉默使他想起了动物园狮子笼中野兽用双爪捧起肉块时的寂静。受到这个比喻的启发，他继而又分别将他们比作了河马、金丝雀、猪、鹦鹉，以及蜷缩在腐烂的绵羊尸体间的某种令人厌恶的爬行动物。

他认为，那些断断续续传来的响动——一声咳嗽，一阵令人不快的喘息或者清喉咙的声音，一段低声细语——都如同狮子笼内骨头被啃食时的细微声响。然而这一连串的比喻并没有引起休伊特的兴趣。他在漫不经心地环视了整个空间后，目光停留在了一捆土著人的长矛上。这件展品经过了精心布置，使观者无论从哪个角度看过去，都可以正对一个矛尖。很明显，他的思绪已经飘远了；于是，在察觉到休伊特彻底放空的状态后，赫斯特转而将注意力集中到了周围人的身上。然而，由于与他们的距离太远，他无法听清楚他们在说些什么。即便如此，他依然自得其乐地沉醉在通过他们的手势和表情推断他们谈话内容的思索中。

索恩伯里太太收到了不少信件，正在全神贯注地埋头阅读。每当她阅读完一页，就会递给她的丈夫，或者用她那种喉咙后部发出的声音将信里的一些片段串起来读给他听。“埃薇的信上说乔治去了格拉斯哥[①]。‘他发现查德伯恩先生非常好相处，我们希望能够一起过圣诞节，但是

① 格拉斯哥（Glasgow）：苏格兰城市。

我不希望离贝蒂和艾尔弗雷德太远（不，当然不），虽然在这样炎热的天气中很难去想象那些寒冷的日子……埃莉诺和罗杰坐着新马车前来拜访……和我上个冬天见到她时相比，埃莉诺显得更加从容了。她现在给宝宝喝三瓶奶，我确信这是非常明智的做法（我也确信），这样她就可以拥有更加闲适的夜晚了……我还是掉头发。经常在枕头上发现掉落的发丝！但我为托蒂·霍尔·格林的消息感到振奋……缪里尔正在托基[①]沉迷于舞蹈。毕竟她即将表演她的心血之作。’……赫伯特只写了一行……他实在是太忙了！这可怜的家伙！啊！玛格丽特说，‘可怜的老费尔班克太太在这个月八号去世了，非常突然地倒在了温室中。当时唯一在家的女仆没有沉着冷静地把她扶起来，否则他们认为她不至于就这样去世。但医生说这种事情随时都有可能发生，唯一令人欣慰的是发生在了家里而不是街上（我也是这样认为的！）。就像五年前的兔子一样，鸽子的数量正在急速地增长……’”当她读信的时候，她丈夫的头轻

① 拖基(Torquay)：位于英国西南部，属于德文郡，是一个著名的海滨小镇。

轻地点着，表现出了十足的赞同。

不远处，艾伦小姐也正在读信。看来这些信件带来的并不都是令人愉快的消息，因为当她读完后将信纸灵巧地放回信封时，那张宽大而精致的脸庞上浮现出了一丝僵硬的神情。她脸上的担忧与责任感使她看起来不再是一位女士，更像是一位老人。这些信为她带来了去年新西兰水果歉收的消息。这可是件大事，因为她唯一的兄弟休伯特正在以经营果园为生。如果今年再歉收的话，他就会丢掉果园，回到英国。这次他会怎么样呢？在她这样一位十五年来一直准时授课、按时批改英语文学作业的教师看来，这次旅行意味着损失了一个学期的工作，可以说是一种过度奢侈的行为，而不是一次理所应当的绝妙假期。她同为教师的姐妹埃米莉在信中写道："虽然我相信这次休伯特将更加明智，但我们还是应当有所准备。"紧接着她用自己理性的笔触描述了正在湖区享受的愉快假期。"此时那些湖看起来真是美极了。我很少见到在这个季节就长成这样的树木。我们已经接连好几天在外面吃午餐了。老艾丽斯与以往一样精力充沛，热情洋溢地和每个人问好。时光流逝地飞快，新学期很快就要到来了。我个人认为，政治前景不太光明，但不想因此抑制埃伦的热情。劳合·乔治[1]已经接受了议案，然而在这之前也已经有不少人接受了。虽然事情走到了这一步，但我还是相信最终结局能证明我的猜想是错误的。不管怎样，我们面临着艰巨的工作……梅雷迪思的身上无疑缺乏 W.W 的那种人情味，对吗？”她结束了这个话题，继而讨论起了艾伦小姐上封信中提出的几个英国文学问题。

在距离艾伦小姐稍远一些的地方，亚瑟和苏珊正坐在被一丛厚厚的棕榈树遮挡的半隐蔽长凳上，阅读着彼此的信件。年轻的威尔特郡[2]女曲棍球选手那硕大鲜明的手写体在亚瑟的膝上铺开，而苏珊正捧着几封长度不到一页的短信，辨认着上面那些诙谐活泼、亲切友善的紧凑字迹。

“亚瑟，我真的希望哈钦森先生能够喜欢我。”她抬

① 劳合·乔治（Lloyd George，1863年—1945年）：英国自由党政治家，在1916年至1922年间领导战时内阁，在1926年至1931年间担任自由党党魁。本文提到的议案是关于妇女获得选举权的议案。
② 威尔特郡（Wiltshire）：位于英国西南部。

起头说道。

“你心爱的芙洛指的是谁？”亚瑟问道。

“芙洛·格雷夫斯——我跟你提过的，那个和讨厌的文森特先生订婚的女孩，”苏珊回答道，“哈钦森先生结婚了吗？”她又问道。

她在心里已经为朋友们做出了充满善意的安排，或者不如说是制定了一个宏伟的计划——也是一个非常简单的计划——她们全部都去结婚——马上——只要她一回去。结婚，这是正确的事情，也是唯一的事情，是适合她所认识的每一个人的方案。在思考的大部分时间中，她都沉浸于某种情绪之中：心烦意乱、形单影只、身体抱恙、壮志未酬、坐立不安、古怪反常、半途而废、焦虑紧张，以及对那些渴望结婚、尽心竭力却依然没有成功迈入婚姻殿堂的男人女人的同情怜悯。如果这些情绪如同命中注定一般，在婚后仍旧不时如影随形的话，那她就只好将其归罪于悲伤的自然定律了。正是这条定律注定了在这个世界上只存在一个亚瑟·文宁，并且只存在一个能够嫁给他的苏珊。当然，她的这套理论有一个优势：已经被她自己的亲身经历验证过。最近这两三年来，她在家都不太自在。例如这次旅行，她那自私的老姨妈因为负担了她的费用，就把她既当作同伴又当作佣人。这类事情时常在她的身上发生。然而在她订婚以后，佩利太太马上对她表示出了本能的尊重。当苏珊像往常一样跪在佩利太太的前面为她系鞋带的时候，佩利太太居然坚定地拒绝了苏珊；并且，当苏珊陪伴了她一小时后，她表示出了由衷的感谢，而以往她认为自己有权要求苏珊陪伴她两三个小时。苏珊由此预料到自己即将过上比过去更加舒适自在的生活，而这种改变已经使她对周围人更加热情了。

佩利太太已经快要有二十年无法自己系鞋带，甚至看到自己的鞋带了，她的双脚在眼前消失的时间几乎与她丈夫去世的时间同步。她的丈夫是一位生意人，在他去世后不久，佩利太太就开始发胖了。她是一位自私、独立的老妇人，拥有一大笔收入。这些钱都花在了房产的保养上，其中一处位于兰开斯特门，需要七个佣人和一个临时打杂女工；另外一处位于萨里，带有花园和马车。苏珊的婚约打破了她生活中的一大期望——她的儿子克里斯托弗应当与他的表妹“纠缠在一起”。现在，失去了这一长久以来的指望，她在感到心情有一丝低落的同时，也比以往更加看好苏珊了。她决定送给苏珊一件非常体面的结婚礼物，一张两百磅的支票，或者两百五十磅，如果条件允许的话——这取决于园丁和胡思装修会客室的花费——也有可能是三百英镑。

她坐在轮椅上，身旁的桌子上铺满了纸牌。她在心里一直思忖着这个难题，反复斟酌着那些数字，不知不觉间就在单人纸牌游戏中陷入了困境。但她不愿叫苏珊来帮忙，因为她似乎正在和亚瑟忙碌着。

“理所应当，她盼着从我这里得到一份丰厚的结婚礼物，”她茫然地盯着美洲豹标本的后腿想到，“我也的确会这么做！金钱能帮上每个人的忙。年轻人都是很自私的。如果我死了，除了戴金丝没人会想念我，而她可以从我的遗嘱中得到慰藉！不管怎样，我也没什么好抱怨的……我自己依然过得不错，也不是谁的负担……我还对许许多多的事物心存喜爱，尽管我的腿不好用。”

虽然有些沮丧，她接着还是回忆起了她眼中仅有的两位不自私又不贪财的旧相识。在她看来，他们在某种程度上是卓尔不群的；她也乐于承认他们比她更加高尚。这是绝无仅有的两人。一位是她的兄弟，在她的眼前溺水身亡了；另一位是女性，她最好的朋友，在生第一个孩子时去世了。这些事发生在大约五十年前了。

“他们不应该死的，”她想，“然而，他们就这么死了——我们这些自私的老东西却还活着。”泪水涌上了她的双眼；她对他们怀有深深的惋惜，对他们的青春与美好充满了仰慕，同时也对自己感到羞愧。但眼泪最终没有从眼眶中落下。她从无数本小说中随手拿了一本翻开。这些小说中有以前被她评为佳作的，有被评为败笔之作的，有被评为中庸之作的，也有被评为传世杰作的。“我真不知道人们怎么能想象出这些事情。”她总是一边摘下眼镜、用浑浊褪色的老花眼抬头看，一边这样说。

就在美洲豹标本的后面，艾略特先生正在和佩珀先生下棋。显然，他正处于劣势。因为佩珀先生的眼睛几乎没有移开过棋盘，而艾略特先生却一直靠在椅背上和一位昨晚才来的先生漫不经心地聊天。那位先生高大英俊，头部像是充满智慧的公羊头。在寒暄了几句以后，他们发现彼此拥有一些共同的朋友，其实他们在第一次照面后就明显地感觉到了这一点。

“噢，想起来了，老特鲁菲特，”艾略特先生说，“他有一个儿子在牛津读书。我经常和他们在一起。他家有一栋可爱的詹姆士一世风格的房子。有几幅精致的格勒兹[1]的作品——这家伙在地窖里还藏了一两幅荷兰的画作。那儿还有一摞一摞的印刷品。噢，那房子里的灰尘！你也知道，他是个守财奴。他的儿子娶了平威尔斯勋爵的女儿。他们家我也认识。收藏癖往往会在家族中遗传。这小伙子收集带扣——应该是鞋子上的带扣，1580 年到 1660 年间的；我说的年代不一定准，但这事儿的确是真的。真正的收藏家都有那种旁人不能理解的狂热。但在其他方面，他却像短角牛饲养员一样稳健，而他碰巧也确实是位饲养员。你可能听说过，平威尔斯家族也有些怪癖。就拿莫德小姐来

① 让·巴蒂斯特·格勒兹(Jean - Baptiste Greuze，1725 年—1805 年)：法国画家，擅长作风俗画和肖像画。

说吧——”说到这儿他停住了，因为轮到他走棋了，“莫德小姐害怕猫，害怕牧师，还害怕长着大门牙的人。我就听过她隔着桌子大喊，‘闭上你的嘴，史密斯小姐。你的牙黄得就跟胡萝卜似的！’注意，是隔着桌子的。面对我的时候她倒一直是彬彬有礼的。她爱好文学，喜欢在会客室里款待我们。但在聚会中可千万不能提到牧师，甚至不能提到主教，而且连大主教也不行，否则她就会像雄火鸡一样咯咯叫起来。我听说这是因为家族世仇——与他们家在查尔斯一世统治时期的祖先有关。没错，”他一边应付着对方棋子的一再进攻，一边继续道，“我总想知道一些关于我们这种时髦年轻人的祖母的事儿。在我看来，她们的身上保留了我们所欣赏的十八世纪的一切。就因为这样，在大多数情况下，她们都是干干净净的人。我指的可不是取笑老巴博洛太太时所说的那种干净。希尔达，”他冲着他的妻子说，“你觉得她老人家这一辈子多久洗一次澡？”

“我可真不知道怎么回答，休，”艾略特太太嗤笑着说，“在最热的八月她都还穿着深褐色的丝绒裙，没法看出来。”

“佩珀，你赢了，”艾略特先生说，“我的棋艺比我记忆中的还要糟糕。”他心平气和地接受了他的战败，因为他确实更想聊天。

他把椅子拉到了新来的威尔弗里德·弗拉辛先生旁。

“你觉得这些东西怎么样？”他指着他们面前的一个箱子问道。那个箱子为了吸引游客，陈列着一些闪亮的十字架、珠宝，还有几块刺绣品和当地人的作品。

“赝品，这些全部都是，”弗拉辛先生简洁地回答，“你看，这地毯倒是不赖。”他说着从他们脚边捡起了一小块地毯，“当然，这不是古董，但却是按着传统图案设计的。艾丽斯，你的胸针借我用一下。看看古代制品与当代制品的区别。”

一位正沉浸在阅读之中的女士摘下胸针，递给了她的丈夫。在整个过程中都没有抬头看他一眼，也没有注意到艾略特先生踌躇不定的鞠躬致意。如果听到了他们的谈话，她也许会被她的姑姥姥——老巴博洛太太逗乐。但是，她却丝毫没有察觉到周遭的环境，继续沉浸在书籍的世界中。

时钟像是正要咳嗽的老人一样，先是喘息了几分钟，然后奏响了九点的钟声。这声音稍稍打搅了几位昏昏欲睡的商人、政府官员和富绅，他们正半闭着眼睛靠在椅子上抽着烟、聊着天、忖量着自己的事情；听到这钟声他们马上抬起了眼睑，但紧接着又垂了下去。他们就像刚刚饱餐过的鳄鱼，对未来的世界没有一丝一毫的忧虑。唯一打扰这房间明亮安静的氛围的是一只大蛾子，它从一盏灯飞向另一盏灯，嗖嗖地略过精心梳理的头发，并且引得几位年轻女士焦急地举起手惊叫，“谁来打死它！”

由于都在专注地想着自己的事情，赫斯特与休伊特很长时间没有开口。

当时钟敲响的时候，赫斯特开口说道：

“啊，动物开始苏醒了……”他看着他们纷纷站起身，四处看看，又重新坐了下来。“让我最反感的，”他说道，“是女人的胸部。想象一下，你变成文宁和苏珊上床的情景！然而，真正让我厌恶的是他们的无动于衷——就像我在泡热水澡时的感觉一样。他们庸俗、荒谬，这实在让人无法忍受！”

他的这番话并没有得到休伊特的回应，因此他就继续思考起自己，思考起科学，思考起剑桥，思考起律师界，思考起海伦以及她对他的看法。他就这么一直想着，直到因为疲惫而昏昏欲睡。

突然，休伊特唤醒了他。

“你是如何意识到自己的情感的，赫斯特？”

“你恋爱了吗？”赫斯特戴上眼镜问道。

“别傻了。” 休伊特说。

“好吧，我要坐下来好好思索这个问题，”赫斯特说，“人们都应该好好地思考。如果这些人最终都能学会思考，那这个世界就会变得比现在更加美好。你在思考问题吗？”

这正是休伊特在过去半小时中一直在做的，但他此刻并没有感觉到与赫斯特有共鸣。

“我想去散散步。”他说。

“别忘了我们昨天晚上一整夜都没有睡。”赫斯特说着打了一个巨大的呵欠。

休伊特站起来，伸了一个懒腰。

“我想出去走走，呼吸点新鲜空气。”他说。

整个晚上都有一种异样的情绪萦绕着他，让他无法专注思考。这种感觉就像是当他正在兴致盎然地讲着话，却突然被靠过来的人打断了一样。他无法讲完想要说的话，而且他坐在这里的时间越长，就越渴望能够完成刚才的谈话。因为正是他和蕾切尔的谈话被打断了，他不得不反问自己，为什么他会有这种异样的感觉，为什么他还想要继续与她交谈？赫斯特会轻描淡写地说他爱上了她。但实际上他并不爱。难道爱情就是在对交谈的渴望中萌发的吗？不，对他来说，爱情一般都是从明确的生理冲动中萌发的。而他现在还没有这种感觉，甚至没有发觉她身体的任何吸引力。当然，她确实有一点与众不同——她年轻，涉世未深，充满好奇心。他们已经对彼此异乎寻常地敞开了心扉。他一向觉得和女孩交谈是一件很有意思的事情，当然这也是他想要继续与她交谈的原因；而昨晚，由于拥挤的人群和混乱的氛围，他们的交谈仅仅开了个头。她现在正在做什么呢？可能正躺在沙发上盯着天花板吧。他可以想象出她的样子。而海伦坐在一把靠背椅上，双手搭在扶手上，就这样——用她那双大大的眼睛望着前面——噢，当然，她们一定是在谈论昨晚的舞会。但是，说不定蕾切尔这一两天就要离开了，说不定她的旅行要就此结束了，说不定她的父亲已经乘着一艘停靠在海湾中的汽船到达了，他对她的了解实在是太少了，这真让人难以忍受！因此，他才忽然开口问道，“你是如何认识到自己的感情的，赫斯特？”以此阻止他自己继续胡思乱想下去。

然而赫斯特没能帮上他，并且其他人的随意走动与他们的未知生活也在干扰着他，因而他渴望到空旷的黑暗中走一走。他踏出大厅后首先寻找的是安布罗斯家别墅的灯光。当他明确地辨认出那片高高在上的光亮来自于他们的别墅时，便安下了心，仿佛在这片混沌中即刻拥有了一丝安稳。头脑中没有制定明确的计划，他就这样漫无目的地转身向右，穿过镇子到道路汇合处的墙边停了下来。这里可以听到大海的涛声。深蓝色的群山向淡蓝色的天空中隆起。天上没有月亮，但繁星闪烁，周围黑暗中起伏的大地上也四处闪烁着灯光。他想回去了，但是此时安布罗斯家的别墅刚才单一的光亮变为了三点分开的灯光，这诱惑着他继续往前走。也许最好还是去确认一下蕾切尔是否还在那里。他走得飞快，没一会儿就站在她们的花园前，推开了铁门；别墅的轮廓就这样忽地一下清晰地展现在他的眼前，走廊上细细的圆柱竖立在被微微照亮的露台碎石地面。他犹豫了。在房子后面有人正在摆弄罐子。他走近了些，露台的灯光表明起居室在房子的另一侧。他在墙角距离灯光最近的地方站定了，藤蔓植物的叶子轻拂着他的脸庞。过了一会儿他听到了一个声音。那声音源源不断地传来。从声音的连贯性来推断，不是谈话，而是在大声朗读着什么。他蹑手蹑脚地靠近了一点，把树叶揉成了一团，以免它们在耳边沙沙作响。那可能是蕾切尔的声音。他走出了阴影，踏入光亮中，耳边相当清晰地传来了一个句子：

“1860 年到 1895 年间我们在那儿生活，那是我父母一生中最快乐的时光。1862 年，伴随着喜悦，我的弟弟莫里斯就在那儿出生了，仿佛他命中注定就要给所有认识的人都带来快乐。”

那声音加快了，音调也在轻微地上扬，好像这些话是一个章节的结尾。休伊特重新退回到了阴影中。沉默了很久。他只能听到椅子在里面挪来挪去的声音。就在他决定回去的时候，在离他不到六英尺远的窗口，两个身影突然出现了。

“当然，这就是莫里斯 · 菲尔丁，你母亲曾经的订婚对象。”这是海伦的声音。她凝视着漆黑的花园若有所思地说着，如同思索她的话语一般思索着那一片夜色。

“我母亲？”蕾切尔问道。休伊特的心脏在砰砰作响。他注意到尽管她的声音很低，却充满了诧异。

“你不知道那件事吗？”海伦问道。

“我从不知道他的存在，”蕾切尔说。她显然非常惊讶，但由于她们此刻面对着凉爽的夜色，因此声音平稳而低沉。

“她是我所认识的最受欢迎的人，”海伦说，“她有那种魅力——享受世间万物。她并不漂亮，但——在昨晚的舞会上我还想起了她。她和各种类型的人都能相处得非常融洽，并且能够令所有事物都变得出乎意料的有趣。”

海伦似乎陷入了对往事的回忆中，斟字酌句地把特里萨与她在特里萨死后结识的人相比较。

“我不知道她是怎么做到的。”她继续说道，随后便沉默了。在这漫长的寂静中，只听到一只小猫头鹰的叫声随着它在花园中树木间的移动忽左忽右地响起。

“那就像露西姑妈和凯蒂姑妈说的一样，”蕾切尔开口说道，“她们总说她十分多愁善感，也十分善良质朴。”

“那么，看在上帝的份上，她们为什么还要在她活着的时候总是责难她呢？”海伦说，她们的声音听起来轻柔得似乎融入了大海的波浪中。

“如果我明天就死掉的话……”她又开始说了起来。

这些支离破碎的句子在休伊特的耳中有着非凡的美感与超脱，并且还带有一种神秘感，仿若睡梦中人们的呢喃细语。

“不，蕾切尔，”海伦的声音继续，“我不想去花园里散步；那儿一定很潮湿——我确信；另外，我还在那儿见过不少蟾蜍。”

“蟾蜍？那些只是石头而已，海伦。来吧。还是外面好，有花香。”蕾切尔回答道。

休伊特又远远地后退了几步，心脏剧烈地跳动着。显然蕾切尔想把海伦拉到露台上去，但海伦不肯。传来了一阵她们嬉闹、乞求、挣扎、欢笑的声音。随后，一个男人的身影出现了。休伊特听不清他们在说些什么。过了一会儿，他们进到里面去了；随后他听到了门闩摩擦的声音；然后便是一片死寂，所有的灯光都熄灭了。

他转过身，手中仍然揉搓着刚才在墙角揪下来的那一把叶子。他感到一阵强烈的愉悦与安心袭来；无论他是否爱着她们，宾馆的舞会之后一切都是如此的安稳与平和；况且他确实没有爱上她们；虽然不爱，却也为她们的朝气蓬勃而感到开心。

在原地站了一两分钟以后，他转过身向大门走去。伴随着他的步伐，生活的激情、浪漫与浓烈涌上了他的心头。他忍不住大声地吟咏起诗篇，但因为无法准确地记起词句，只能磕磕绊绊地诵着一些虽然美妙却毫无意义的断句。他关上大门，左摇右摆地向山下跑去，嘴里呼喊着脑海中的胡言乱语。“我在这里，”随着左右双脚的咚咚步伐，他有节奏地喊着，“一往无前，就像丛林中的大象，剥落沿路枝杈（他突然抓起路边树丛中的细枝），咆哮的千言万语，万千事物的美妙词句，冲下山坡，毫无意义地大声自言自语，关于这道路、树叶、灯光与踏入黑暗的女人——女人——蕾切尔，蕾切尔。”他停下来深吸了一口气。夜晚深邃而热情。虽然漆黑一片，但似乎有什么东西在港口进进出出。他一直注视着，直到黑暗令他感到麻木。随后，他又飞快地走了起来，嘴里依旧喃喃自语着，“我应该躺在床上，打着鼾，并且做着梦，做着梦，做着梦。梦境和现实，梦境和现实。”他在街上重复着，也不知道自己在说些什么，直到走到了大门前。他在那里停了一会儿，定了定神，推门走了进去。

他的双眼模糊，双手冰凉，大脑极度兴奋却又昏昏沉沉。门里的一切都与他离开的时候一模一样，只是现在大厅中冷冷清清的。人们落座交谈的椅子被面对面地摆放着，矮桌上放着空杯子，地板上散落着报纸。关上门的那一瞬间，他觉得自己仿佛被密封进了一个正方形的盒子中，整个人即刻枯萎了。一切都是那么的明亮，那么的渺小。他在长桌旁站了一会儿，想找到他之前想看的那张报纸，但他的头脑依然被黑暗与清新的空气占据着，无法全神贯注地回忆起他究竟想看的是哪张报纸，以及他在哪儿见过它。

正当他心不在焉地胡乱翻找着那些报纸的时候，余光瞟到了一个正从楼上走下来的人影，同时听到了裙子摩擦发出的窸窸窣窣的声音。令他吃惊的是，伊芙琳 · M 向他走了过来，把手按在了桌子上，仿佛是在阻止他拿起那份报纸，对他说：

“你正是我要找的聊天对象。”她的声音有些刺耳和令人不快，而她的双眼非常明亮。这会儿她正目不转睛地盯着他。

“和我聊天？”他重复道，“但是我已经困得快睡着了。”

“但是我觉得你比其他人更能理解我。”她一边回答着一边坐在了大皮革椅子旁的一把小椅子上，休伊特只得在她的旁边坐下。

“是吗？”他说着，毫不掩饰地打了一个哈欠，点起了一根烟。他实在想不到自己居然会遇到这种事，“聊些什么呢？”

“你是真的富有同情心，还只是装装样子呢？”她问。

“这要看你怎么说了，”他回答，“我想我会感兴趣的。”他依然觉得浑身麻木，而且，她好像靠得太近了。

“谁都会感兴趣的！”她急躁地喊道，“我想，你的朋友赫斯特先生也会感兴趣的。但是，我只相信你。不知怎么的，你看起来就像有一个好姐姐。”她停顿了一会儿，挑弄着膝盖上的金属亮片，然后像是下了很大的决心似的，开始说：“不管怎么说，我需要你的建议。你有没有经历过那种你都搞不清自己想法的状态？我现在就处在这种状态中。你看，昨晚舞会时，雷蒙德·奥利弗——就是那个高高的黑黑的、看起来有印度血统但他说自己并没有的男孩——怎么说呢，我们在外面一起坐了一会儿，他对我讲述了有关自己的一切，讲了他在家的时候是多么不快乐，讲了他多么讨厌来到这里。他们让他操持一些野蛮的矿业生意。他觉得这太野蛮了——但我想我应该会很喜欢的，不过这并不重要。我为他感到非常遗憾，没有人不会为他感到遗憾。当他询问能否吻我的时候，我同意了。我觉得这也不是什么坏事儿，你说呢？然而这个早上他说他觉得我对他暗示了什么，觉得我不是那种随意与别人接吻的人。于是我们又聊了很久。我觉得自己实在是太傻了，但人们都会情不自禁地喜欢上自己觉得可怜的人。我确实很喜欢他——”她停顿了一下，“所以我给他许下了半真半假的承诺。你也知道的，还有艾尔弗雷德·佩罗特的存在。”

“噢，佩罗特。”休伊特说。

“我们是通过那天的野餐相互了解的，”她继续说道，“他看起来非常孤单，尤其当亚瑟和苏珊一起离开以后，不知道他在想些什么。所以当你们游览废墟的时候，我们聊了很久。他对我讲述了有关他的全部生活，他的奋斗，以及那些奋斗是多么艰辛。你知道吗？他在一间杂货店中长大，小时候就经常提着篮子挨家挨户地送货。那引起了我极大的兴趣，因为我经常说，只要有真才实干，你的出身无关紧要。他也对我讲到了他那瘫痪在床的可怜妹妹。谁都看得出来，他的妹妹对他而言是个巨大的麻烦，但他依然对她尽心尽力。不得不说，我的确敬佩他那样的人！我并不期望你会这样做，因为你非常精明。昨晚我们一起坐在花园中，我忍不住猜出了他想要说的话，并稍稍安慰了他，告诉他我是真的在乎他——真的——只不过，还有雷蒙德·奥利弗的存在。我想让你告诉我的是，一个人可以同时爱上两个人吗？还是不可以？”

她沉默了下来，双手托着下巴坐着，看起来十分专注，好像他们之间正面临着一个亟待解决的现实问题。

“我觉得这得取决于你是什么样的人。”休伊特看着她说。她娇小美丽，年龄大约是二十八岁或者二十九岁。虽然她总是神采飞扬、动作敏捷，但这些特征除了说明她精力充沛、身体健康外，也无法清楚地证明其他任何东西。

“你是谁，你在做些什么。你看，我对你一无所知。”他继续说道。

“我正要说到这些呢，” 伊芙琳 · M 说。她依然用双手托着下巴，全神贯注地盯着前方。“我只有母亲，没有父亲，不知道你对这些感不感兴趣，”她说，“这不是什么体面的事情，在乡下却经常发生。我的母亲是一个农民的女儿，父亲却是个社会名流——一个大家族中的年轻人。他从来没有把事情理顺过——从没有与她结婚——虽然他给了我们不少钱。他的家族限制了他。可怜的父亲！我没办法不喜欢他。况且，我的母亲也不是那种有能力使他把事情理顺的人。他在战争中阵亡了。我相信他是受人尊崇的。据说许多士兵崩溃了，在战场上围着他的尸体痛哭。我多希望自己能了解他！母亲生活的希望被打破了。整个世界——”她握紧了拳头，“噢，人们对她那样的女人非常不友好！”她说着转向了休伊特。

“就是这样了，”她说，“你还想知道关于我的什么事情呢？”

“那你呢？”他问，“谁照顾你呢？”

“大部分时间都是我自己照顾自己，”她笑了，“我有很多好朋友。我喜欢交朋友！这就是问题所在。如果你喜欢上了两个人，对他们两个都非常喜欢，你也说不清究竟更喜欢哪个的话，你会怎么办呢？”

“我会继续喜欢下去——静观其变，不是吗？”

“但必须要做出抉择，” 伊芙琳说，“要不然你是那种不相信婚姻这类事情的人？你看——这不公平，我告诉了你一切，而你却什么都没有告诉我。也许你和你的朋友一样，”她怀疑地看着他，“可能你不喜欢我？”

“我并不了解你。”休伊特说。

“当我第一眼看到一个人的时候就知道自己喜不喜欢他！从第一天晚餐时见到你，我就知道自己喜欢你。噢，老天，”她急躁地继续说道，“要是人们能把心中所想直接说出来的话，那将省去多少麻烦呀！我就是这样做的。情不自禁。”

“但你不觉得这样造成了很多麻烦吗？”休伊特问。

“都是男人的错，”她回答，“我的意思是，他们总把它和爱情扯在一起。”

“所以你就迎来了一个接一个的求婚。”休伊特说。

“我不觉得自己被求婚的次数比其他的女人多。” 伊芙琳说道，但语气并不十分肯定。

“五次，六次，还是十次？” 休伊特试探地问。

伊芙琳似乎想回答十次，但这并不是一个很高的数字。

“我看你一定觉得我是一个无情的轻佻女人，”她抗议道，“但我也不在乎你是怎么想的。我不在乎别人的看法。仅仅因为一个人对男人感兴趣，愿意和男人交朋友，喜欢像与女人一样与男人聊天，人们就认定这个人轻佻。”

“但是，穆加特罗伊德小姐——”

“叫我伊芙琳就可以了。”她打断了他。

“在经历了十次求婚以后，你真的还认为男人和女人是一样的吗？”

“真的，真的，我真恨这个词！它总是被那些一本正经的人挂在嘴边，” 伊芙琳叫道，“我真的是这样认为的。这就是令我失望的地方。每当我觉得这种事情不会发生的时候，它却偏偏都会发生。”

“对友谊的追求，”休伊特说，“像是一出喜剧的名字。”

“你太讨厌了，”她叫道，“你根本一点都不关心。你和赫斯特先生是一样的。”

“好吧，”休伊特说，“让我们好好考虑一下，好好考虑一下——”他停顿了一下，因为那一瞬间他记不清他们要考虑的究竟是什么事儿了。他对她本人比对她的故事更感兴趣，因为随着她的不断倾诉，他的麻木感消失了，取而代之的是一种喜爱、怜悯与疑惑混杂在一起的复杂情感。“所以你同时答应了奥利弗和佩罗特的求婚吗？”他问道。

“没有明确地答应，”伊芙琳说，“我无法弄清自己究竟更爱哪一个。噢，我太憎恶现代生活了！”她脱口而出，“伊丽莎白时代的生活一定比现在要容易得多！前几天在那座山上的时候我就想过，我真希望成为一个殖民者！砍伐树木，制定法律什么的，而不是和仅仅把我看作是一位年轻漂亮的小姐的那群人混在一起。即使我不是殖民者，也觉得自己真的能做点什么事。”她静静地沉思了一会儿。然后说道：

“我心里一直在想，恐怕艾尔弗雷德·佩罗特做不了殖民者。他一点也不强壮，对吧？”

“估计他砍不倒一棵树，”休伊特说，“你从来没有喜欢过谁吗？”

“我喜欢过很多人，但不愿意嫁给他们，”她说，“我想我太挑剔了。我这一生都在寻找一个能让我仰望的、高大强壮的出色男人，但大多数男人都太矮小了。”

“你说的出色指的是什么呢？”休伊特问，“人们——差不多都是一个样儿。”

伊芙琳露出了困惑的表情。

“我们并不是因为一个人的优秀而喜欢上这个人，”他试着解释，“而是因为这个人的整体令我们喜欢，”他划了一根火柴，“就像这样。”他指着火焰说。

“我明白你的意思，”她说，“但我并不赞同。我很清楚自己因为什么而喜欢上一个人，而且我觉得自己很少出错。我能一眼就看出一个人是怎样的。现在，我就认为你是一个出色的人，而赫斯特先生不是。”

休伊特摇了摇头。

“他不像你那么无私，那么卓越，那么高大，那么善解人意。” 伊芙琳继续道。

休伊特沉默地抽着烟。

“但我讨厌砍伐树木。”他说。

“你肯定认为我在和你调情，虽然我并没有这个意思！” 伊芙琳喊叫着。“如果早知道你看不起我的话，我绝不会来找你的！”泪水涌上了她的眼眶。

“你从不调情吗？”他问。

“当然不，”她抗议道，“难道我没告诉过你吗？我渴望友情；我想要结交一些比我更卓越更高尚的人，而如果他们与我坠入情网的话，那也不是我的错；我从没想过要这样，我极其讨厌这种事情的发生。”

休伊特觉得这段谈话没有什么再继续下去的必要，因为很明显伊芙琳并不愿意谈论一些实质性的内容，只不过是想要在他面前树立自己的形象。因为某些原因她不愿意吐露真情，也许是因为不满或者不安。他已经很疲惫了。一位面色苍白的服务生在房间中央不停招摇地走来走去，饶有深意地看着他们。

“他们要关灯了，”他说，“我的建议是，你明天应该告诉奥利弗和佩罗特，你不想和他们中的任何一位结婚。我确信你不想。如果改变了主意，你可以随时告诉他们。他们都是通情达理的人，我相信他们会理解你的。然后这些烦恼就都会烟消云散了。”他站起了身。

但是伊芙琳没有动。她坐在那里，用她那明亮热切的双眼望着他。他从眼神深处察觉到了一丝失望或不满。

“晚安。”他说。

“我还有很多很多的事情要告诉你，”她说，“在适当的时候我会说的。我想你现在必须要睡了吧？”

“是的，”休伊特说，“我都快睡着了。”他说着离开了大厅，留下她独自一人坐在空空荡荡的大厅中。

“为什么人们就不能坦诚一些呢？”上楼时他喃喃自语道。为什么人与人之间的关系都如此不尽如人意，如此支离破碎，如此危机重重呢？而为什么彼此的谈话又如此危险，以至于人与人之间相互同情的天性会被肆意揣测，甚至会消失殆尽呢？伊芙琳真正想要告诉他的究竟是什么呢？此刻她被独自留在空空荡荡的大厅中有什么感受呢？

当他沿着走廊向自己的房间走去时，整个人被生命与虚幻的神秘感，甚至被自我感官的神秘感笼罩了起来。走廊的光线虽然暗淡，但他也看到了一个穿着鲜艳晨衣的身影在面前一晃而过。那是一个女人的身影，从一个房间穿行到了另外一个房间。

第十五章

无论牵引人们在午夜宾馆邂逅的那条纽带是多么脆弱与模糊，比起联结长辈们的那种一日夫妻白头到老的纽带来说，至少还有一个优点：尽管它可能十分脆弱，却是生动而真实的。由于双方都掌握着结束这段感情的主动权，因而只有彼此的真情实意才能令感情继续下去。当两个人结婚多年后，他们似乎变得无法察觉到彼此身体的存在，因此他们就如独处时一样，会大声说出一些并未期望得到回复的话语。总的来说，他们就好像是在享受独居的种种舒适而又无需忍受独居的孤独感。里德利与海伦的共同生活就已经到达了这一阶段。他们两个常常需要努力地回想某件事情究竟是已经说过还是仅仅是想过，究竟是已经分享给对方还是仅仅停留在个人的梦境之中。在一个两三天后的午后四点钟，安布罗斯太太正站着梳理她的秀发，而她的丈夫身处向她敞开房门的更衣室之中。间或，透过水流的哗哗声——他正在洗脸——几句感叹之词传入了她的耳中，“就这样年复一年；我希望，我希望，我希望我可以结束这一切。”但她并没有在意。

“这根到底是白色的，还是棕色的？”她一边这样喃喃自语，一边检查着棕色头发中一根光泽似乎不同的头发。她把它拔出来，放到了梳妆台上。这会儿她正在审视自己的外貌，或者不如说是在欣赏自己的长相。她站在离镜子稍远一些的地方，带着无比骄傲与忧郁的神情望着镜子中的自己。这时她的丈夫出现在了门口，衣装不整，半边脸上盖着一条毛巾。

“你经常说我什么都注意不到。”他说。

“那你告诉我这根是白头发吗？”她说着把那根头发放到了他的手上。

“你没有一根白头发！”他大声地说。

“唉，里德利，我现在开始怀疑了。”她叹了口气，弯下腰，把头低到他的眼前，以便他做出判断，他却只在她的头发分界线上轻轻地吻了一下。接着这对夫妇一边漫不经心地喃喃低语，一边在房间中走来走去。

“你刚才在说什么？”在一段第三人无法理解的交谈后，海伦突然问道。

“蕾切尔——你应该对蕾切尔留点儿神。”他意味深长地说。海伦一边继续梳着她的头发，一边看着他。他的观察总是很准确。

“年轻绅士不会毫无目的地对年轻女子的教育感兴趣。”他说。

“噢，赫斯特。”海伦说。

“赫斯特和休伊特，对我来说都是一样的——都长满了痘，”他回答道，“你知道吗？他建议她读一读吉本。”

海伦并不知道这件事情，但她不想承认自己的观察力不如她的丈夫。她只得说道：

“没什么让我吃惊的。即使是我们舞会上遇见的那个可怕的飞人——即使是达洛维先生——即使——”

“我建议你还是要多加注意，”里德利说，“可还有威洛比呢，记住——威洛比。”他指了指一封信。

海伦叹了口气，看了一眼放在她梳妆台上的那个信封。是的，还有威洛比，那个粗俗，面无表情，爱开玩笑，能够掠夺整个大陆的神秘感的人，正在写信询问她女儿的社交礼仪和道德修养——希望她没有令人讨厌，否则他们可以在下一班船到港的时候就把她接回来——并且用压抑着的笔触表达了感激与慈爱之情，随后用了半页的篇幅讲述他如何战胜了那些卑鄙的当地人：他们正在罢工，一直拒绝为他装船，直到他用英语咆哮着咒骂他们，“现在我正穿着还没系扣子的衬衫，把头探出窗外。那些乞丐也要散开了。”

“如果特里萨都可以嫁给威洛比，”她一边说一边用发卡翻着信纸，“那我不觉得蕾切尔有什么不能的——”

但这时里德利岔开话题，抱怨起了清洗衬衫的问题，说不知道这怎么就导致了休林·艾略特的频繁来访。而里德利又不能指着门口让这个令人厌烦的、喜欢卖弄学问的、干枯瘦小的老头出去。事实上，他们见到的人实在是太多了。他们又轻声细语地聊起了那些旁人无法理解的、他们夫妻之间的话题，直到他们都准备好了下楼喝茶。

海伦下楼时第一眼注意到的是门口的马车，里面装满了裙子和羽毛在轻轻颤动的帽子。还没走进大厅，她就听到了西班牙女佣用怪异的发音念出了两个名字，随后索恩伯里太太和威尔弗里德·弗拉辛太太一前一后地走了进来。

“威尔弗里德·弗拉辛太太，”索恩伯里太太挥着手说，“是我们共同的朋友雷蒙德·帕里太太的朋友。”

弗拉辛太太热情地握着手。她在四十岁上下，虽然不像挺拔的身姿显现出的那样高大，但气质高雅，身姿挺拔，体格强健。

她盯着海伦的脸说道：“你拥有一座迷人的房子。”

她有一张轮廓分明的脸，眼睛直视着你的时候，除了自然流露出的落落大方外，同时还略带一丝腼腆。索恩伯里太太以中间人的身份，通过一系列富有魅力的日常话语把一切都安排得井井有条。

“恕我冒昧，安布罗斯先生，”她说，“我已经向各位保证过，乐于分享的您一定会把您的经验都传授给弗拉辛太太的。我敢肯定，在座的各位没有人像您一样了解这个国家；没有一个人有过像您一样长途跋涉的美妙经历；我敢肯定，也没有人拥像您一样有如此渊博的知识。威尔弗里德·弗拉辛是一位收藏家，已经发掘了一些珍品。我都不知道农民也有艺术才能——当然这是在过去——”

“不提过去的事情了——说说现在吧，” 弗拉辛太太忽然打断了她，“如果他接受我的建议的话。”

安布罗斯夫妇在伦敦居住了很多年，对许多人都有了解，至少也听过名字。海伦记起自己曾听说过弗拉辛夫妇。弗拉辛先生经营一家旧家具店；他以前常说自己不会结婚，因为大多数女性都长着绯红的面颊；他也常说自己不会住在别墅中，因为大多数别墅都有狭窄的楼梯；他还常说自己不会吃肉，因为大多数动物都会在被宰杀的时候流血。但之后他却娶了一位古怪的贵族女士。这位太太看起来显然并不苍白，也不像是素食主义者，而且还逼迫他做那些他讨厌的所有事情——就是眼前的这位女士。海伦饶有兴趣地看着她。这会儿，她们已经来到了花园中。树下摆着下午茶，弗拉辛太太正在涂抹樱桃果酱。她讲话的时候，身体会奇怪地抖动，这也就引得帽子上的淡黄色羽毛不住地跟着抖动。她虽然身材娇小，但眉清目秀的面庞和朝气蓬勃的状态，以及那暗红色的嘴唇与脸颊，无一不证明着她的一代代祖先受过良好的训练以及过着衣食无忧的生活。

“我对超过二十年历史的东西毫无兴趣，”她继续道，“发霉的旧照片，肮脏的旧书，人们非要把这些东西放进博物馆里，但其实这些东西只配被烧掉。”

“我太同意了，”海伦笑着说，“我的丈夫却把他的生命都消耗到发掘一些没人想要的手稿上了。”她被里德利那讶异的不满表情逗乐了。

“在伦敦有一个叫约翰[①]的天才，他画得比以前的大师还要好，”弗拉辛太太继续说，“他的画作使我兴奋——从来没有什么陈旧的画作能使我感到兴奋。”

“但他的画作也会变得陈旧。”索恩伯里太太插话说。

“那我就会把它们全部烧掉，要不就把这件事写进我的遗嘱吧。”弗拉辛太太说。

“弗拉辛太太的房子是全英国最美丽的老房子之一——在奇灵戈雷。”索恩伯里太太向其他人介绍道。

“要是由着我的话，明天我就把它烧了。”弗拉辛太

① 奥古斯都·约翰（Augustus John）：英国威尔士肖像画家、蚀刻版画家兼制图师。其肖像画有力地刻画出当代政界和艺术界的许多杰出人物。

太笑着说。她的笑声就像是一只哭泣的松鸡，既惊心又沉闷。

“心智健全的人怎么会想住在这种巨大的房子里呢？”她问道，“如果在天黑后下楼，你会被黑色的甲壳虫包围，电灯经常无法点亮。当拧开热水龙头，从水管中跑出来的却是蜘蛛，你会怎么办呢？”她注视着海伦问道。

安布罗斯太太微笑着耸了耸肩。

“这才是我喜欢的地方，”弗拉辛太太一边说着一边冲着别墅扬了扬头，“花园中的小房子。我曾经在爱尔兰有过一栋。早晨躺在床上，把脚趾伸出窗外就可以采到玫瑰花。”

“那园丁不会被吓一跳吗？”索恩伯里太太问。

“没有园丁，”弗拉辛太太轻笑着说，“除了我和一位掉了牙的老太太以外，没有其他的人。你知道的，爱尔兰的穷人在他们二十岁以后就开始掉牙了。但可别指望政治家能理解这一点——亚瑟·贝尔福[①]就理解不了。”

里德利叹了口气。他从不指望任何人能理解任何事，

---

① 亚瑟·贝尔福（Arthur Balfour）：1902 年至 1905 年期间的英国首相。

尤其是政治家。

“然而，”他说道，“我发现变得很老有一个优点——除了食物和消化以外，再没什么可操心的了。我唯一的要求就是让我能够独自在孤独中逝去。显然，这个世界正在以最快的速度——滑向地狱，我能做的只有静静地坐着，尽最大努力苟延残喘。”他抱怨着，用忧郁的眼神望着面包上涂抹的果酱，因为他感到这位轻率的女士格外冷漠无情。

“当我的丈夫说这种话的时候，我总要反驳他，”索恩伯里太太甜甜地说，“你们这些男人啊！如果没有女人存在的话，你们该是什么样子呀！”

“读一读《会饮篇》[①]吧！”里德利严肃地说。

“《会饮篇》？”弗拉辛太太叫道，“是拉丁语还是希腊语写的？告诉我，有没有好的译本？”

“没有，”里德利说，“你得学会希腊语。”

① 《会饮篇》（*Symposium*）：古希腊哲学家柏拉图的一篇对话式作品，在前385年后不久写成。这篇对话录所描写的是悲剧家阿伽松为了庆祝自己的剧本获奖，邀请了几位朋友到家中会饮、交谈。参加者有修辞学家斐德罗、喜剧家阿里斯托芬、哲学家苏格拉底等人。整篇对话主要由六篇对爱神厄洛斯的颂辞组成。

弗拉辛太太哀嚎，“啊，啊，啊！我宁愿在路边砸石子。我一直都羡慕那些戴着护目镜整天坐在小石堆上砸石子的人。我更愿意砸石子，相比起清理家禽的粪便，或者给牛喂草料，或者——”

这时蕾切尔手中拿着一本书从下面的花园走了过来。

“那是什么书？”在和她握完手后，里德利问。

“是吉本的书。”蕾切尔说着，坐了下来。

“《罗马帝国衰亡史》？”索恩伯里太太问，“我知道，这是一本非常精彩的书。我那亲爱的父亲经常对我们引用其中的语句，这也使得我们下定决心永远不去看这本书。”

“是那位历史学家吉本吗？”弗拉辛太太问，“他联结着我生命中一些最快乐的时光。我们总是躺在床上读着吉本的书——有关基督徒屠杀，我记得——在我们本该睡觉的时候。我保证，这不是玩笑话，我们就着夜间照明灯和从门缝透过来的一丝光亮阅读一本两栏布局的大书。周围有蛾子——虎蛾、黄蛾，还有可怕的金龟子。我的妹妹路易莎总是想要开着窗子，我却想关上。因此我们每天晚上都在窗边争论不休。你见过在夜间照明灯中死去的蛾子吗？”她问。

谈话再一次被打断了。休伊特和赫斯特出现在了大厅的窗前，正在向着茶桌走来。

蕾切尔的心脏怦怦地跳了起来。她突然对世间万物产生了一种不同寻常的强烈意识，仿佛他们表面的遮盖物被剥去了。然而他们之间的问候却很是稀松平常。

“劳驾。”赫斯特说着从刚刚坐下的椅子上起身，走进了大厅。回来的时候手中拿着一个坐垫，精心地放在了他的椅子上。

“我有风湿病。”当他第二次坐下的时候说道。

“是因为跳舞吗？”海伦问。

“我每次一累，就要犯风湿病，”赫斯特一边解释着一边用力地把手腕向后掰，“我都能听到几块粉笔头在一起摩擦的声音！”

蕾切尔望着他。她被逗乐了，但又想保持恭敬；因此她脸庞的上半部分似乎是在笑，而下半部分却在抑制着笑意。

休伊特拾起了躺在地上的书。

“你喜欢这本书吗？”他小声地问。

“不，我不喜欢。”她回答。整个下午她都在试着阅读这本书，但不知道为什么，最初感知到的那种光彩已经消逝了。虽然她在竭力阅读，但心里无法领悟到词句的含义。

“它总是绕啊绕啊绕啊，就像一卷油布。”她鼓足勇气说道。显然，她这些话是说给休伊特一个人的，但赫斯特应声问道，“你说的是什么意思？”

她立刻为自己讲过的话而感到羞愧，因为她无法用精确的语言来解释。

“就写作风格而言，这是有史以来最完美的，”他继续道，“每一句话都天衣无缝，而且这才智——”

“外表丑陋，思想让人厌烦，”她愤慨地想着，不再思考吉本的写作风格了，“是没错，就是这种坚定、锐利、不屈的精神令人厌恶。”她看了看他那长着不成比例的额头的硕大脑袋，然后又看了看他那坦率而犀利的双眼。

“我要绝望地放弃你了。”他说。他并没有什么恶意，但她当真了。她觉得，就因为她碰巧不喜欢吉本的风格，她这个人就被看低了。现在其他人正围在一起讨论弗拉辛太太应当去游览的当地村庄。

“我也很绝望，”她猛烈地回击，“你怎么能只凭思想评判一个人呢？”

“依我看，你和我那老处女姨妈的想法差不多，”圣约翰洋洋得意地说，他的这种语气显得对方过于笨拙和较真，因此总会让人感到恼怒，“‘听话，宝贝’——依我看，金斯利先生[①]和我的姨妈都已经被这个时代淘汰了。”

“一个人不是非得读过某本书，才能变得优秀。”她坚持道。这话显得十分可笑和天真，令她马上受到了嘲笑。

“我否认过你的这个观点吗？”赫斯特扬了扬眉毛，反问道。

这时候，索恩伯里太太出乎意料地插了话，或许是因为她认为自己有责任维护这里的和平，也或许是因为她把这个年轻人看作是自己的儿子，所以一直都希望能和赫斯特先生说上几句话。

“我这一辈子都在和像你姨妈这样的人一起生活，赫

① 查理·金斯利（Charles Kingsley，1819 年—1875 年）：十九世纪英国作家、诗人。上文提到的“听话，宝贝”出自他的诗《道别 C.E.G》。

斯特先生，”她一边说着一边在椅子上往前探了探身，她那双棕色的、松鼠般的眼睛比平时还要明亮，“他们从来没有听说过吉本。他们只关心自己的野鸡和农民。他们都很伟大，八面威风地骑在马背上。我想，在战争年代，他们不得不那样做。你可以尽情地讽刺他们——说他们是动物，说他们无知；他们不读书，也不想让别人读书，但他们是这世界上最优秀和最善良的人！要是给你讲一讲他们的故事，我保准你会大吃一惊。你可能永远也想不到那些发生在这个国家中的浪漫传奇。在我看来，如果莎士比亚能够重生的话，就一定会出现在他们中间。在唐斯的那些老旧的房子里——”

“我的姨妈，”赫斯特打断道，“一生都和东兰贝斯那些堕落的穷人生活在一起。我刚才提到了我的姨妈，只是因为她经常贬低那些被她称作‘知识分子’的人，就像温雷丝小姐那样。现在这种观点十分流行。如果你很聪明的话，人们就会想当然地认为你欠缺同情心，毫不通情达理，对事物无动于衷——缺乏所有真正重要的品质。啊，基督徒！集合了这王国中最自负、最傲慢、最伪善的骗子！

当然，”他继续说，“我非常认可这些乡村绅士的杰出功绩。一方面，他们可能对待自己的感情十分坦率，而我们却不是这样。我的父亲是诺福克的一位牧师，他经常说在这个国家中几乎没有一个乡绅不——”

“但是关于吉本呢？”休伊特插嘴道。每个人脸上笼罩着的紧张不安都因为这句话而舒缓了下来。

“我想，你认为他单调乏味。但是，你要知道——”他翻开了书，开始寻找一些可以高声朗读的段落。过了一会儿他找到了一处。这个世界上再也没有什么比高声朗读更令里德利感到厌烦了。另外，他对女士的衣着和举止也十分挑剔。在初见弗拉辛太太的十五分钟内，他就当场判定她的橙色羽毛与她的肤色不相称。她讲话的声音太大，跷二郎腿，并且还接受了休伊特递给她的香烟。看到这一幕，他跳了起来，大叫着“我去酒吧”离开了他们。他的离开显然使弗拉辛太太更加放松了。她吸了一口烟，伸直了双腿，与海伦亲密地聊起了她们共同的朋友雷蒙德·帕里太太的性格与声誉。通过一系列精心设计的试探，她得出了结论：海伦认为帕里太太有些上年纪了，算不上美丽，经常浓妆艳抹——简而言之，她是一位傲慢且脾气暴躁的老妇人。在她的聚会上能够见识到一些古怪的人，十分有趣，但是海伦总是对可怜的帕里先生充满了同情。在她眼中，当妻子在会客室中逍遥自在的时候，他却被关在楼下，与珠宝箱为伴。“并不是说我相信人们说她的那些坏话——当然，确实也是她造成的——”说到这儿，弗拉辛太太开心地叫起来——

“她是我的表亲！继续说——继续！”

当起身准备离开的时候，弗拉辛太太显然因为结交了新朋友而感到非常高兴。在走向马车的那段路上，她提出了三四个不同的计划，准备一同聚会、出游或向海伦展示他们新买的东西。虽然没有明确具体的日期，但她满怀热情地发出了邀请。

在海伦再次返回花园的时候，里德利的警告突然在她的脑海中浮现。她犹豫了一会儿，看了看正坐在赫斯特和休伊特中间的蕾切尔。但她没有看出什么，因为此时休伊特还在高声朗读着吉本。而蕾切尔，从她的表情来看，此时仿佛变成了一只贝壳，双耳被词语冲刷着，就如同岩石边缘的贝壳在经受潮水的冲刷。

休伊特的声音十分悦耳。当章节结束的时候，他停了下来。没有人开口发表评论。

“我非常喜欢贵族阶级！”在一阵沉默后，赫斯特突然说道，“他们是如此肆无忌惮。恐怕我们中没有人敢做出和那个女人一样的举动。”

“我喜欢他们的原因，”海伦说着坐了下来，“是他们浑然天成。裸体的弗拉辛太太肯定是出类拔萃的。然而她却穿成这样，显得荒唐可笑。”

“没错，”赫斯特的脸上浮现出一丝沮丧，“我这一生中从来没有达到过十英石[①]以上的体重，”他说，“和我的身高相比，这体重真是可笑；实际上，自从我来到这里以后，体重又下降了。我想这一定是因为风湿病。”他又把手腕用力地往后掰，让海伦听听粉笔头摩擦的声音。她忍不住笑了。

---

① 英石：不列颠群岛使用的英制质量单位之一，亦被英联邦国家普遍采用。1986 年，不列颠群岛废除了英石作为质量单位的法定地位，但在称量体重时，英石仍被广泛使用。1 英石等于 14 磅。

“我向你保证，对我来说，这可不好笑，”他抗议道，“我的母亲患有慢性病，而我自己也一直在等着有人告诉我，我得了心脏病。风湿病最后总会影响到心脏。”

“看在上帝的份上，赫斯特，”休伊特反驳道，“你就像是个八十岁的残废老头。要是这么说的话，我自己还有一个死于癌症的伯母呢，但我对此还是无所畏惧——”他说着扬起了椅子，开始用椅子的两条后腿来回摇晃。“有没有人想去散散步？”他问，“房子后面有一条极美的步行小道。沿着这条小道可以走到悬崖边，直接俯视大海。那里的礁石全部都是红色的，透过海水就能望见。前几天，我看到了令我目瞪口呆的一幕——大约有二十只半透明的粉红色水母，拖着长长的触须，在波浪的顶端起伏。”

“你确定那些不是美人鱼吗？”赫斯特问，“这天气爬山可太热了。”他看了看海伦，她也没有要去的意思。

“是的，太热了。”海伦附和道。

一段短暂的沉默。

“我想去。”蕾切尔说。

“不管怎样，她总会这么说的。”当休伊特和蕾切尔一起离开后，海伦这样想道。现在只剩下海伦与圣约翰单独待在一起了，这显然让圣约翰感到满意。

尽管心中非常满足，但由于他一贯难以抉择哪个话题更能吸引对方，因此没有立即开口。他坐在那里目不转睛地盯着一根熄灭了的火柴头，而海伦则正在思考着什么——从她的眼神可以看出——思考着一些和当下没有密切联系的事情。

终于，圣约翰开口喊道，“该死！该死的每件事！该死的每个人！”他又补充道，“在剑桥就有可以聊天的人。”

“在剑桥就有可以聊天的人，”海伦富有节奏感、心不在焉地重复了一遍他的话，紧接着她像是突然清醒了过来，“对了，你决定好要去做什么了吗——去剑桥还是去当律师？”

他噘起了嘴唇，但没有马上回答，因为海伦看起来还是有些心不在焉。她一直在思索蕾切尔究竟有可能会爱上这两个青年人中的哪一个。现在，坐在赫斯特对面，她想：“他真丑。真遗憾他们都长得这么丑。”

她的这番评论中并没有包括休伊特。她指的是认识的那些聪明、诚实、有趣的年轻人，而赫斯特是这其中的典型代表。她想知道是不是思想和学识一定要以这种方式摧残他们的身体，以此令他们的思想提升到一个绝高的境界，看待人类就像是俯视在地面上蠕动的鼠类。

“未来会是什么样呢？”她茫然地想象着一类男人变得与赫斯特越来越相像，而一类女人变得与蕾切尔越来越相像，“噢不，”她瞟了他一眼心中断定道，“没人会嫁给你的。那么，这个民族的未来就会掌握在苏珊和亚瑟的手中，不——这太可怕了。农场的劳工，不——全部都不是英国人，是俄罗斯人和中国人。”这一连串的想法没有让她感到满意，但这时她的思路被圣约翰打断了。

“但愿你知道本内特，他是这个世界上最伟大的人。”

“本内特？”她问。圣约翰稍微放松了些，也不再表现得那么失礼。他解释说，本内特住在距离剑桥六英里外的一个老旧风车房里。据圣约翰所说，此人的生活是完美无缺的，十分孤独，十分简单，只关心世间真理，乐于与人交谈，而且即便他拥有最伟大的思想，为人却依然格外谦逊。

“你难道不觉得吗？”圣约翰描述完本内特的生活后问道，“他的那种生活让我们的这种生活显得如此浅薄。你注意到在下午茶时可怜的老休伊特如何转变话题了吗？你看到他们以为我会说出什么不得体的话来，而准备对我群起而攻之了吗？但这不算什么，真的。如果本内特在场的话，他一定会直言不讳地说出他的心中所想，否则就会起身离开。然而那种性格也的确会带来一些坏处——我的意思是，如果一个人没有本内特那样的性格的话，就会感到痛苦。你觉得我痛苦吗？”

海伦还没有作答，他又继续说：

“当然，极其痛苦。这感觉真让人讨厌。然而，对我来说最糟糕的是，我的内心充满了嫉妒。我嫉妒每个人。我不能容忍做事比我强的人——哪怕做的是那些十分荒谬的事，比如侍者能够平稳地托起成堆的盘子。我甚至嫉妒亚瑟，因为苏珊深爱着他。我希望人们都喜欢我，然而他们并不喜欢。我猜一部分原因是因为我的外表，”他继续道，“尽管我身上的犹太血统是个纯粹的谎言——事实上我们已经在诺福克郡的赫斯特博尔纳祖宅生活了起码有三个世纪。像你这样的人一定活得无比自在——每个人都会立刻喜欢上你。”

“我向你保证，他们并不会。”海伦笑着说。

“他们会的，”赫斯特肯定地说，“首先，你是我见过的最美丽的女人；其次，你又拥有如此美好的性格。”

如果这时赫斯特看向海伦，而不是专注地盯着他的茶杯的话，就会发现海伦的脸唰地一下红了，一部分是由于高兴，另一部分是由于自己对这位无论怎么看都其貌不扬且不谙世事的年轻人产生了一股喜爱之情。她同情他，因为她推测他的心中充满了痛苦。她对他产生了兴趣，因为在她看来他说过的很多话都是正确的；她钦佩年轻人的观念，觉得自己的思想已经被囚禁了。她感觉自己的天性似乎即将被释放到一个唾手可得且更加多彩、更加客观的世界中去。她走进屋里，拿出了她的刺绣。但他对刺绣丝毫不感兴趣，甚至没有看上一眼。

“至于温雷丝小姐，”他继续道，“噢，对了，我们还是直呼其名吧，圣约翰和海伦，蕾切尔和特伦斯。蕾切尔是个什么样的人呢？她是个理性的人？是个情感充沛的人？或者仅仅是个异类？”

“噢，不是。”海伦坚定地说。通过下午茶时的观察，她认为赫斯特有可能是最适合教育蕾切尔的人了。海伦逐渐对自己的外甥女产生了兴趣，喜欢上了她；虽然讨厌她身上的一些东西，例如她经常被逗笑；但是总体来说，海伦觉得她的生活还存在着无限的可能性，还处于探索阶段。虽然在探索过程中有时不太走运，但她依然拥有着力量以及感知世界的能力。她内心深处的某处也已经与蕾切尔产生了一条坚不可摧、无以名状的情感纽带。“虽然看起来随波逐流，但她很有自己的主见。”仿佛审视了一遍她的全部特性似的，她停顿了一下才说。

海伦正在琢磨她那幅设计十分复杂，颜色还需要调整的刺绣作品。她似乎沉浸在丝绸的世界中，时不时把头微微后仰，眯起眼睛仔细审视一下整体效果。他们的谈话因此陷入了沉默。对圣约翰的话，她只是随口应道：“嗯……我要问她要不要和我一起散步。”

也许是因为对她的心不在焉感到不满，他端详着海伦，一言不发。

“你一定非常快乐。”他最后终于开口说道。

“是吗？”海伦一边把针穿过布面一边说。

“我想是因为婚姻。”圣约翰说。

“是的。”海伦说着，轻轻地把针拉了出来。

“你有孩子吗？”圣约翰问。

“有啊，”海伦说着，再一次把针穿过布面，“我也不知道自己为什么快乐。”她突然笑了起来，仔细端详起来他的脸庞。聊天中断了。

“我们之间隔着一道深渊，”圣约翰说道，他的声音听起来就像是从岩石深处的洞穴中传来的，“你比我要简单得多。当然，女人都是这样的。这就是困难所在。人们永远不知道女人心里在想什么。也许你一直都在想，‘噢，这病态的年轻人！’”

海伦手中拿着绣花针，坐在那里望着他。从她的位置望过去，他的脑袋刚好在一株合欢树的金字塔形状的深色树冠前。沉浸在针线活中的海伦抬起了一只脚踩在椅子的横档上，手肘向外拐着。她的姿态颇有几分早期妇女纺织命运之线时的崇高感——这种崇高感当今还可以在一些沉浸于擦洗或者缝纫中的女性的身上寻觅到。圣约翰望着她。

“我猜，你这一生中从来没有恭维过谁。”他突然开口说道。

“我宁愿去溺爱里德利。”海伦思考了一会儿后说道。

“我要直截了当地问你一个问题——你喜欢我吗？”

她停顿了一下，回答道，“是的，当然。”

“感谢上帝！”他喊道，“你看，上帝还是仁慈的。”他情绪激动地继续说，“在见过的所有人中，我最希望你能喜欢我。”

“那五位哲学家呢？”海伦一边熟练地刺绣，一边笑着问道，“我想听你讲讲他们。”

赫斯特本来不太想提及他们，但当他想到他们的时候，惊奇地发现自己变得平静与坚强了。远在世界的另一边，在烟雾弥漫的房间与灰白的中世纪宫廷中，任何人都可以与引人注目的他们放松地、毫无顾忌地聊天，他们极其善于察言观色。他们给予了他任何女人，即便是海伦，也不能给予的东西。在聊了一会儿他们的思想后，他开始向安布罗斯太太讲述自己的情况。他到底应该待在剑桥还是去当律师呢？他的想法一天一变，拿不定主意。海伦专注地听着。最后，没有任何铺垫，她直接说出了自己的看法。

“离开剑桥去当律师吧！”她说。他追问她这么说的理由。

“我觉得你更享受伦敦的生活。”她说。这似乎并不是一个很有说服力的理由，但在她看来，这个理由就足够充分了。她望着身处盛开的木兰花前的他。这景象看起来有些奇怪。或许是因为那些像上了厚厚一层蜡似的花朵是如此光滑，带来一种无以名状的感觉，而且他的脸庞——他把帽子甩到了一边，露出一头乱蓬蓬的头发，把眼镜拿在了手上，因此可以看到他鼻子两侧的红色压痕——显得那样忧心忡忡与喋喋不休。那是一棵美丽的木兰花树，树冠十分茂盛。她坐在那里聊天的时候，一直都在观察那斑驳的树影、树叶的形状，以及那些点缀在绿色枝叶中巨大的白色花朵。她一直有意无意地望着那里，仿佛这棵木兰花树也成了他们谈话中的一部分。她放下了手中的针线，开始在花园里走来走去，赫斯特也站了起来，陪在她身边。

他的内心相当不安与焦虑，充满了各种各样的想法。然而，他们谁也没有开口说话。

太阳开始西沉，山峦也随之变化，仿佛它们失去了尘世间的物质，而仅仅是由浓郁的蓝色薄雾构成的。那又长又薄的晚霞，边缘如同鸵鸟羽毛般卷曲，呈现出火烈鸟一般的红色，高低错落地散布在天空中。镇子上的屋顶都显得比平时更加低矮。屋顶间的松柏看起来漆黑一片，而屋顶本身呈现出棕色和白色。与往日的傍晚一样，可以清楚地听到从下面传来的每一声叫喊或钟鸣。

圣约翰突然停住了。

“那好吧，你一定得对你的话负责，”他说，“我下定决心了，我要去做律师。”

他的语气十分严肃，情绪有些激动；经过了几秒钟的停顿，海伦的思绪被这些话召唤了回来。

“我确信你的选择是正确的，”她温和地说，握了握他伸出来的手，“你将会成为一个伟大的人，我敢肯定。”

随后，似乎是为了让他看到眼前的这片景色，她用手绕了一个巨大的圆圈。这个圆圈从海面开始，越过镇子上的屋顶，穿越群山的山峰，超越河流与平原，然后又一次穿越群山的山峰继续前进，直到指向了别墅、花园、木兰树，以及赫斯特和她自己站在一起的身影，最后在她的身旁停了下来。